KB260806

태율 신무협 판타지 소설

촉산혈성

蜀山血星

축산혈성 4

태율 新무협 판타지 소설

초판 1쇄 찍은 날 § 2007년 2월 28일
초판 1쇄 펴낸 날 § 2007년 3월 8일

지은이 § 태율
펴낸이 § 서경석

편집장 § 문혜영
편집책임 § 한지윤
편집 § 서지현 · 심재영

펴낸곳 § 도서출판 청어람
등록번호 § 제1081-1-89호
등록일자 § 1999. 5. 31
어람번호 § 제2-1141호

주소 § 경기도 부천시 원미구 심곡1동 350-1 남성B/D 3F (우) 420-011
전화 § 032-656-4452 팩스 § 032-656-4453
http://www.chungeoram.com
E-mail § eoram99@chollian.net

ⓒ 태율, 2006

ISBN 978-89-251-0578-9 04810
ISBN 89-251-0346-X (세트)

촉산혈성

蜀山血星

시산혈해(屍山血海)

4

Fantastic Oriental Heroes

태율 신무협 판타지 소설

도서출판 청어람

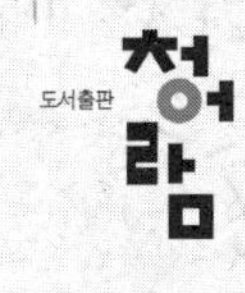

목차

제23장 연심고해(戀心苦海) ·· 7

제24장 내 마음 내놔! ·· 65

제25장 호교마장(護教魔將) ·· 111

제26장 진심을 털어놔 봐 ·· 165

제27장 협(俠)이 무엇이라 생각하는가? ·· 211

제28장 설상가상(雪上加霜) ·· 271

제23장

연심고해(戀心苦海)

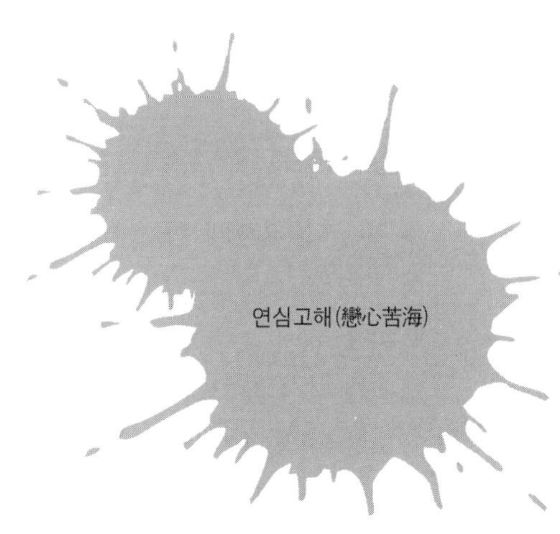

"가주……."

위대붕의 음성은 자신도 모르게 떨려 나오고 있었다. 혁련걸이 제때 나서지 않았다면 자신은 단리백의 지독한 손속에서 결코 벗어날 수 없었을 것이다.

그만큼 단리백의 공격은 그의 예상을 훨씬 뛰어넘는 가공할 위력을 지니고 있었다.

그러나 안도의 한숨을 흘리는 위대붕과 달리 혁련걸의 얼굴은 딱딱하게 굳어 있었다.

손아귀가 찢어질 것만 같은 충격 때문이 아니었다.

수치심을 무릅쓰고 감행한 기습이었다. 게다가 혼신의 힘을 실은 일격이었다. 하지만 부상은 고사하고 고작 단리백을 몇 걸음 물러서게 하는 데 그치고 말자 자존심이 상한 것이다.

손 안에서 요동치는 도를 더욱 세게 움켜쥐며 혁련걸이 단리백을 쏘아보았다.

"네놈이 혈왕(血王)이냐?"

단리백이 피식 웃음을 흘렸다.

"몇 번을 말해야 하지? 내가 바로 단리백이다."

"본가에 살수를 보낸 것도 네놈이었나?"

단리백은 대답 대신 싸늘한 미소를 피워 올리며 혁련걸을 노려봤다.

"아니라고 하면 돌아갈 텐가?"

혁련걸이 주위를 둘러봤다. 수백에 달하는 수하들의 참혹한 시신이 눈에 들어왔다.

"어림없는 소리!"

"그렇다면 굳이 주절거릴 이유가 없잖아? 덤벼, 죽여줄 테니."

"이노옴!"

창노한 음성을 터뜨리며 금방이라도 뛰쳐나갈 것 같은 혁련걸을 위대붕이 재빨리 붙들었다.

"가주, 놈의 도발에 넘어가면 아니 되오!"

그제야 자신이 지나치게 흥분했음을 깨달은 혁련걸이 그

자리에 멈춰 섰다. 그리고 단리백을 유심히 바라봤다.

아니나 다를까.

겉으로 보기엔 명백히 비웃음을 담고 있으나 표정 너머엔 알 수 없는 한기를 담은 눈빛이 예리하게 번뜩이고 있었다. 자신에게 고정된 단리백의 눈빛에는 경박함 따윈 담겨 있지 않았다. 오히려 차디찬 얼음장처럼 무시무시한 냉혹함이 도사리고 있었다.

이를 깨달은 혁련걸은 가슴이 답답해지는 것을 느꼈다.

지금과 같은 상황에서도 이처럼 냉정한 눈을 지닐 수 있다는 것은 그가 이보다 더욱 지독한 상황을 헤쳐 왔다는 반증이었다. 그리고 이런 자들이야말로 그 어떤 고수보다 상대하기 까다롭다는 것 역시 오랜 강호 경험을 통해 잘 알고 있었다.

이때 위대붕이 혁련걸을 향해 재빨리 전음을 날렸다.

"이 한 번의 접전으로 나는 그의 상대가 될 수 없음을 알았소. 가주께서 저자를 맡아주시오. 나는 저자의 빈틈을 만들어 내리다."

"합공을 하자는 것인가?"

혁련걸이 전음이 아닌 입을 열어 반문하자 위대붕은 자신도 모르게 인상을 찌푸렸다. 아직도 혁련걸은 자존심에 얽매여 자신이 처한 위기를 제대로 깨닫지 못하고 있었던 것이다.

위대붕이 입을 열었다.

"그는 십대고수요. 강호의 그 누구도 우리를 욕하지 못할 것이오. 그리고 지금은 체면을 차릴 때가 아니오. 위명도 오명도 살아 있을 때 누릴 수 있는 것이외다."

마지못해 혁련걸이 고개를 끄덕이자 위대붕이 훌쩍 옆으로 이 장가량을 비켜섰다. 그리곤 채찍을 들어 휘두르기 시작했다.

짜악! 짜악!

그의 채찍이 바닥을 때릴 때마다 잘게 부서진 돌 조각이 튀어 올랐다. 동시에 가시에 긁힌 것처럼 손가락만 한 고랑이 사방에 깊게 파이기 시작했다. 점차 그의 채찍은 더욱 빨라졌고, 종국엔 무수한 채찍의 그림자로 인해 위대붕의 모습마저 흐릿하게 보일 정도에 이르렀다.

우우웅.

혁련걸의 금도에서도 흐릿한 서기가 꿈틀거리더니 뚜렷한 도의 형태를 이뤄 칼끝에 맺히기 시작했다. 무려 한 자에 이르는 도강(刀罡)이 모습을 드러낸 것이다.

단리백이 혁련걸을 향해 신형을 날린 것도 그때였다.

눈 깜짝할 사이에 거리를 좁혀오는 단리백을 향해 혁련걸의 금도가 벼락처럼 떨어졌다. 하지만 단리백은 미간을 향해 날아드는 금도를 발견하고도 전혀 위축되거나 몸을 사리지 않았다. 오히려 이를 기다렸다는 듯 오른손을 비스듬히 쳐 올려 금도를 잡아가는 한편, 왼손을 뻗어 혁련걸의 목줄기를 틀어쥐려 했다.

"……!"

혁련걸은 한순간 가슴 한구석이 싸해지는 것을 느꼈다.

금방이라도 핏물이 뚝뚝 떨어질 것처럼 붉은 서기에 휩싸인 단리백의 손은 보는 것만으로도 섬뜩함을 자아냈다. 게다가 도강을 상대로 선뜻 손을 내밀었다는 사실이 불안함을 더욱 배가시켰다. 도강을 상대로 적수공권(赤手空拳)이라니… 미치지 않고서야 불가능한 일이었다. 하지만 애석하게도 단리백의 차가운 눈빛은 광인의 그것이 아니었다. 일견하기엔 무모해 보일지 몰라도 분명 도강을 제압할 승산이 있기에 이처럼 대응했을 것이다.

그 순간 혁련걸의 신형이 회오리처럼 휘돌았다. 동시에 그의 도가 미묘하게 각도를 틀었다.

"……!"

단리백의 눈에 이채가 떠올랐다.

쾅!

격렬한 파공음이 터져 나오며 단리백의 오른손이 튕겨져 나갔다.

왼손 역시 허공을 움켜쥐었을 뿐 처음 목표로 했던 혁련걸의 목을 놓치고 말았다.

"와선강기(渦旋罡氣)인가?"

회전을 일으켜 도강의 방향을 비튼 것은 참으로 대단한 발상이 아닐 수 없었다. 극강의 성질을 지닌 강기에 부드러움을 더하다니…….

확실히 혁련걸은 오대세가의 가주로서 이름값을 제대로 하고 있었다.

하지만 단리백은 일말의 동요 없이 허공으로 튕겨진 손의 방향을 틀어 혁련걸의 뒷덜미를 향해 내려쳤다.

위대붕으로서는 예상조차 못한 대응. 하나 그 움직임은 더없이 매끄럽고 자연스러워 순식간에 혁련걸의 허를 파고들었다.

피부가 따끔거릴 만큼 강력한 예기를 느낀 혁련걸이 고개를 돌렸다. 그 순간 그의 얼굴에서 핏기가 사라졌다.

'위험하다!'

혁련걸의 느낌은 정확했다.

찌익!

비단 폭이 찢어지는 소리와 함께 단리백의 핏빛 손은 와선강기와 호신강기를 종잇장처럼 차례로 찢으며 단숨에 명문혈 근처에 이르러 있었다. 가벼워 보이는 그 한 수 속에는 혁련걸조차 두려움을 느낄 만큼 무시무시한 기세가 담겨 있었던 것이다. 하지만 혁련걸을 공격하는 데 신경을 쏟느라 단리백은 등 뒤에 일순 허점을 드러냈다.

이때만을 기다리며 틈을 엿보고 있던 위대붕이 먹이를 노리는 매처럼 눈빛을 번뜩였다.

파앙!

허공을 때리는 채찍 소리와 함께 한줄기 은색 선이 단리백의 허리를 향해 날아들었다.

단리백의 얼굴이 와락 일그러졌다. 조금만 더 손을 뻗으면 혁련걸에게 치명상을 안길 수 있었다. 하지만 위대붕의 채찍을 무시하기엔 그 안에 실려 있는 위력을 소홀히 여길 수 없었다.

아니, 위력은 둘째 치고 채찍 전체를 둘러싼 채 번뜩이는 수백 개의 칼날, 염왕수마저 꿰뚫는 신병이기(神兵利器)의 위력을 간과할 수 없었다.

결국 단리백은 혁련걸을 노리던 손을 거두며 훌쩍 물러설 수밖에 없었다. 그러나 혁련걸을 놓친 그의 진노(震怒)는 고스란히 위대붕의 몫으로 돌아갔다.

단리백이 손을 뻗어 채찍을 움켜쥐려 하자 위대붕은 실소를 흘렸다. 이미 은룡편의 무서움을 겪었음에도 불구하고 또다시 맨손으로 잡으려 하는 단리백의 행동이 그에겐 더없이 어리석게 비쳐졌기 때문이다.

하지만 채찍과 부딪치기 직전, 단리백의 손이 허공을 움켜쥐듯 묘한 각도로 회전했다. 그러자 그의 장포가 마치 살아 있는 것처럼 움직여 채찍을 휘감았다.

"엇!"

뜻밖의 사태에 경악성을 흘린 위대붕이 재빨리 채찍을 잡아당겼다. 하지만 어느새 단리백의 소맷자락에 묶여 꼼짝도 하지 않았다.

위대붕의 얼굴에 당혹감이 떠올랐다.

이때 단리백의 손에 맺혀 있던 붉은 서기가 소맷자락으로 빠르게 옮겨갔다.

쩔그럭, 뚜두둑!

은룡편을 봉쇄한 소매를 단리백이 위아래로 크게 흔들자 그 안에서 차가운 금속성이 터져 나왔다.

은룡편을 둘러싼 칼날은 확실히 단리백조차 섣불리 상대할 수 없을 만큼 예리하기 그지없었다. 하지만 칼날의 연결 부위는 칼날의 예리함만큼이나 견고하지 않았던 모양이다.

펄럭.

단리백이 소매를 펼치자 그 안에서 수많은 칼날 조각이 물고기 비늘처럼 은빛으로 반짝이며 후두두 쏟아져 내렸다.

위대붕이 아연실색하여 단리백을 바라봤다. 수십 년간 은룡편에 의지해 강호를 질타해 온 그였다. 하지만 이런 식으로 은룡편이 망가질 줄은 그조차 예상치 못한 일이었다.

츄악!

공간이 압축되며 터져 나오는 파공음에 단리백이 고개를 돌렸다. 어느새 자세를 바로잡은 혁련걸이 도강이 맺힌 도를 앞세운 채 거리를 좁혀오는 것이 보였다.

콱.

단리백은 칼날이 떨어져 이제는 평범한 채찍이 되어버린

은룡편을 단단히 움켜쥐었다. 그리고 차가운 웃음을 흘리며 그대로 신형을 회전시켰다.

콰콰콰!

용권풍(龍捲風)처럼 휘도는 단리백의 신형을 따라 강력한 흡인력을 지닌 경기가 은룡편을 삼켰다.

"헉!"

막강한 힘이 자신을 끌어당기자 위대붕이 헛바람을 삼켰다. 하지만 은룡편을 놓을 순 없는 노릇.

가공할 회오리 속으로 빨려들어 가며 그가 본 것은 장내 가득 피어오르는 먼지 구름과 그 안에서 번쩍이는 몇 줄기의 핏빛 홍광이 전부였다.

카라라락!

대기를 찢어발기는 소음과 함께 자욱이 거대한 먼지가 위대붕을 덮쳤다. 혁련걸 또한 먼지 속으로 망설임없이 뛰어들었다.

카앙!

"컥!"

그리고 그 속에서 차가운 금속성과 억눌린 신음 소리가 터져 나왔다.

휘이이잉.

어디선가 불어온 바람이 먼지를 걷어내자 장내의 광경이 고스란히 모습을 드러냈다.

토막토막 끊어진 은룡편을 든 채 망연히 서 있던 위대붕이 돌연 허리를 꺾으며 피를 토하기 시작했다.

"우웩!"

한 사발이 넘는 피를 토한 위대붕은 흐릿한 눈을 들어 술 취한 사람처럼 비틀거리며 물러서는 혁련걸을 바라봤다.

그 또한 자신과 마찬가지로 심한 내상을 입은 듯했다. 그의 금도는 절반 이상이 깨져 나가 이미 본래의 형체를 알아볼 수도 없었다.

하나 여기서 물러설 수는 없었다.

생각 같아선 당장이라도 바닥에 주저앉아 내상을 다스리고 싶은 마음이 간절했다. 하지만 단리백은 결코 이와 같은 상황에서 온정을 베풀 위인이 아니다. 오히려 스스로 죽음을 재촉하는 것과 다름없었다. 기호지세(騎虎之勢)의 형국! 이미 호랑이 등에 올라탄 이상 그 마음대로 내려올 수는 없는 것이다.

촤락.

남아 있는 은룡편에 진기를 불어넣자 살아 있는 뱀처럼 하늘거리던 채찍이 빳빳하게 고개를 들었다. 아직 은룡편은 절반 이상이 남아 있었고, 채찍을 둘러싼 칼날 역시 남아 있었다.

마치 단봉에 수백 개의 칼날을 박아 넣은 듯한 형상. 아직 병기로 사용하기엔 충분했다.

위대붕은 낭아봉(狼牙棒)을 다루듯 은룡편을 휘두르며 단리백을 향해 신형을 날렸다.

이를 신호로 혁련걸 역시 늘어뜨렸던 금도를 위로 쳐올리며 단리백의 가슴을 베어갔다.

내상을 입은 데다 무리하게 진기를 끌어올린 탓에 그들의 입과 코에서는 연신 폭포수처럼 선혈이 흘러내리고 있었다.

생사의 기로에 서 있는 위기감에 떠밀린 탓일까. 그럼에도 불구하고 단리백을 향해 달려드는 그들의 움직임은 거침이 없었다.

단리백이 한 걸음 물러서자 혁련걸의 도는 허공을 베었다. 하지만 그 순간 혁련걸은 중간이 부러져 반밖에 남지 않은 도를 움켜쥐더니 태산압정(泰山壓頂)의 초식을 응용해 도끼처럼 찍어 내렸다.

어깨를 향해 내리꽂히는 혁련걸의 도를 향해 단리백이 불쑥 손을 내민 것도 그와 동시였다.

금도와 닿기 직전 단리백은 손을 한차례 흔들었다.

째앵!

홍광을 머금은 단리백의 손이 칼의 옆면을 때리나 싶더니, 귀청이 떨어질 것만 같은 충격음과 함께 혁련걸의 금도가 손잡이만 남긴 채 박살 나버렸다. 처음 부러졌을 때 이미 도신 전체에는 보이지 않는 금이 가 있었다. 그런 상황에서 염왕수의 충격이 더해지자 결국 부서지고 만 것이다.

쉬쉬쉭!

박살 난 금도의 파편이 사방으로 흩어졌다. 그리고 그중 일부는 연이어 공격을 펼치던 위대붕을 향해 날아갔다.

사력을 다한 모든 힘을 공격에만 쏟던 위대붕의 얼굴에 낭패한 감정이 떠올랐다.

"크윽!"

어쩔 수 없이 위대붕은 상체를 틀어 날카로운 파편들을 피했다.

이때 단리백이 순식간에 위대붕과 거리를 좁혔다.

촤아악!

일순 눈앞의 허공을 반으로 가르며 다가서는 핏빛 영상이 눈에 맺히는 순간 위대붕의 안색은 시커멓게 변해 버렸다.

위대붕은 있는 힘껏 채찍을 휘둘렀다. 그러나 엉겁결에 펼친 은룡편의 위력은 현저히 떨어져 있었고, 진기가 충분히 실려 있지 않은 칼날의 예리함 또한 처음과는 비교할 수 없을 만큼 무뎌져 있었다.

콰자작!

산산히 부서져 사방으로 비산하는 은빛 광채와 함께 마병으로 불리우던 은룡편은 단리백의 손에 의해 박살이 나버렸다.

단리백의 손이 다시 한 번 움직였다. 붉은 잔영을 남기며 짧게 반원을 그리는 단리백의 염왕수.

그 궤적 위에 놓인 위대붕은 그대로 몸이 얼어붙어 피할 생각조차 할 수 없었다.

우드득!

위대붕은 자신의 가슴뼈를 산산이 으깨며 훑고 지나가는 단리백의 손을 경악 어린 표정으로 바라보았다.

"크아악!"

처절한 비명과 함께 허공으로 피분수가 솟구쳤다. 그리고 위대붕의 비명이 사라지기도 전에 단리백의 신형은 어느새 혁련걸의 지척에 이르러 있었다.

"……!"

창백하게 변한 안색으로 혁련걸이 급히 뒤로 물러섰다. 금도마저 박살 난 마당에 더 이상 단리백을 상대할 수단이 남아 있지 않았다.

그러나 단리백이 순순히 그를 놓아줄 리 없었다.

츠츠츳!

허공을 울리는 묘한 기음과 함께 단리백이 내민 손. 그 손 끝에서 뱀의 헛바닥처럼 꿈틀거리던 붉은 서기가 뚜렷한 형태로 뭉쳐지더니 한순간 손끝을 떠났다.

피잉!

단리백의 손을 떠난 다섯 줄기의 혈리탄은 그대로 혁련걸의 양 어깨와 양 무릎, 그리고 기해혈에 깊숙이 틀어박혔다.

우드득!

무릎이 부서진 혁련걸이 물러서던 기세를 줄이지 못하고 꼴사납게 바닥을 나뒹굴었다.

"크윽!"

신음과 함께 고개를 들어올린 혁련걸이 믿을 수 없다는 표정으로 입을 열었다.

"어떻게 이런 무공이……?"

말을 끝맺지도 못한 채 혁련걸이 바닥에 엎드린 채 시커먼 피를 게워내기 시작했다.

만신창이가 된 자신의 몸을 내려다보며 혁련걸은 이루 말할 수 없는 절망감에 어깨를 떨었다.

'나 혁련광이 고작 십 초를 넘기지 못하다니!'

눈 몇 번 깜짝할 사이에 벌어진 공방. 그러나 그 결과는 참담했다.

이 순간 온몸이 부서져 나갈 것 같은 고통보다도 그를 괴롭힌 것은 정작 자신이 패배했다는 사실이 아니라 단리백의 십초지적(十招之敵)도 되지 못했다는 충격이었다.

단리백은 그런 혁련걸을 가만히 응시했다.

그 모습을 바라보던 혁련걸의 뇌리에 두려움이 자리 잡았다.

채찍의 칼날에 찢겨 너덜거리는 단리백의 손에서는 연신 핏물이 흐르고 있었다. 하지만 여전히 굳건한 자세로 처음과 같이 오연한 눈빛을 뿌리는 단리백의 존재감은 그조차도 느껴본 적 없는 무서운 위압감을 담고 있었다.

달라진 것이 있다면 기질이었다.

그저 조용히 서 있을 뿐이었지만 단리백의 시선을 마주하는 것만으로도 온몸이 덜덜 떨려왔다.

서슬 퍼런 살기를 요란하게 흘리지도 않았다. 심지어 조금 전의 폭풍 같던 기세조차 찾아볼 수 없었다. 허무하다 느껴질 만큼 고요한 정적이 단리백을 둘러싸고 있었다.

그것이 혁련걸을 더욱 두렵게 만들었다.

희미한 살기마저도 안으로 갈무리한 깊은 눈빛. 그러나 그 안에서 맹렬히 회오리치는 분노는 처음 그와 마주했을 때와는 비교도 되지 않는 흉험함으로 다가왔다.

그렇게 얼마나 시간이 흘렀을까.

혁련걸에게서 시선을 거둔 단리백이 위대붕을 향해 돌아섰다. 그리곤 핏물에 잠겨 발버둥치는 위대붕의 목을 움켜쥐고 억지로 일으켜 세웠다.

"위대붕."

자신을 부르는 단리백의 음성을 듣는 순간 위대붕은 한줄기 벼락이 등골을 관통하는 듯한 충격을 느꼈다.

"대가를 치를 시간이다."

위대붕이 입을 벌려 무언가 소리치려 한 순간 단리백의 주먹이 날아들었다.

콰직!

늑골이 부서지는 섬뜩한 소리와 함께 단리백의 주먹이 손목까지 위대붕의 옆구리에 틀어박혔다.

"우웩!"

토악질을 하는 위대붕의 입에서 쓰디쓴 위액과 검붉은 핏물이 섞여 쏟아졌다.

저항은커녕 단번에 정신을 헤집어놓는 듯한 격렬한 고통 앞에 위대붕은 비명조차 지를 수 없었다. 힘없이 늘어진 채 벌레처럼 꿈틀거리는 것이 고작이었다. 하지만 음산한 단리백의 음성을 듣는 순간 어디에서 그런 힘이 나왔는지 벌떡 고개를 쳐들었다.

"안심해, 고작 이 정도로 끝내진 않을 테니."

"자, 잠깐!"

퍽!

이번에도 단리백은 위대붕의 말을 듣지 않았다. 대신 그의 명치 깊숙이 주먹을 꽂아 넣었을 뿐이다.

"끄르륵!"

위대붕은 일말의 반항조차 할 수 없이 입에서 피 거품을 게워냈다. 하지만 단리백은 추호의 사정도 봐주지 않고 위대붕의 목을 움켜쥔 손을 들어올려 새우처럼 웅크린 그의 몸을 바르게 폈다.

그제야 위대붕의 눈에서 눈물이 흘러내렸다.

"제발……."

위대붕을 한 번이라도 만난 적이 있는 사람이라면 도저히 믿지 못할 말이 그의 입에서 흘러나왔다. 그만큼 위대붕이 느끼는 절망과 고통은 엄청난 것이었다.

분근착골 등의 고절한 고문 수법도 아니었다. 그저 철저히 상대를 파괴시키는 단순하기 그지없는 주먹질. 하나 그 안에 담겨 있는 살의와 죽음에 대한 공포는 그 어떤 고문 수법보다 악랄했다.

막상 입을 열고 나니 위대붕은 말로는 설명할 수 없는 자괴감이 밀려오는 것을 느꼈다.

단 한 번도 위대붕은 자신이 이와 같은 처지에 놓이게 되리라 생각해 본 적이 없었다. 아니, 생각할 수가 없었다.

지금껏 강호를 살아오며 늘 고수라 자부하던 그였다. 절정열편이라는 명호가 알려진 이후 그 누구도 자신을 우러러보지 않는 이가 없었고, 자신의 이름에 걸려 있는 무게만큼이나 수많은 강호인의 두려움 위에 군림하던 그였던 것이다. 하지만 지금 그가 할 수 있는 일이라곤 그저 편한 죽음을 애원하는 것이 고작이었다.

쾅!

벼락치는 음향과 함께 위대붕은 가슴뼈가 산산조각나는 듯한 엄청난 통증을 느껴야만 했다.

"크악!"

처절한 비명과 함께 위대붕의 몸이 허공으로 뜬 채 오 장

정도를 날아갔다. 그리곤 비죽비죽한 돌들이 날카롭게 튀어
나와 있는 암벽에 거칠게 내동댕이쳐졌다.

“끄으으……."

단리백은 신음을 흘리며 쓰러져 있는 위대붕에게 다가섰
다.

쾅.

단리백이 손을 뻗어 자신의 뒷목을 움켜쥐자 위대붕의 안
색은 완전히 흙빛이 되어버렸다.

단리백은 천천히 그를 일으켜 세운 다음 피와 눈물로 얼룩
진 위대붕의 얼굴을 눈 하나 깜짝하지 않고 똑바로 응시했다.

단리백이 입을 열었다.

“살고 싶나?”

위대붕이 젖 먹던 힘까지 쥐어짜 고개를 끄덕였다. 하지만
이어진 단리백의 말에 얼굴이 시커멓게 변해 버렸다.

“그들을 살려놓을 능력이 네게 있다면 기꺼이 널 살려주겠
다.”

무표정한 얼굴과 달리 단리백의 음성에는 진한 아픔이 배
어 나왔다.

위대붕은 눈앞의 서 있는 사내가 자신이 알고 있던 단리백
이 맞는지 의아했다. 더없이 쓸쓸하고 슬퍼 보이는 단리백의
눈빛에서는 조금 전까지 서슴없이 사람을 죽이던 냉혹한 수
라의 모습을 찾아볼 수 없었던 것이다.

하지만 이도 잠시.

"죽어."

단리백이 손에 힘을 넣었다.

날카로운 돌이 튀어나온 암벽에 얼굴이 닿는 순간 위대붕은 단리백이 무엇을 하려는지 깨닫고는 황급히 입을 열었다.

"안 돼……!"

위대붕이 말을 하기 무섭게 그의 입에서 잘게 부서진 이빨 조각이 시커먼 핏덩이에 섞여 튀어나왔다. 하지만 차디차게 식어 있는 단리백의 얼굴에는 일말의 온정도 남아 있지 않았다.

가가가가각.

"으아아아악!"

소름 끼치는 소리와 함께 참혹한 비명이 메아리쳤다. 날카로운 암벽에 위대붕을 얼굴을 짓이긴 채 단리백이 그대로 걸음을 옮기기 시작한 것이다.

단리백이 채 다섯 걸음을 옮기기도 전에 위대붕의 얼굴은 순식간에 벽에 갈려 형체를 알아볼 수 없게 되어버렸다. 암벽에 길게 남겨진 핏물과 군데군데 붙어 있는 살 조각만이 위대붕의 죽음을 증명할 뿐이었다.

"으으……."

멀리서 그 모습을 지켜보던 혁련걸의 입에서 자신도 모르게 신음이 흘러나왔다.

단리백이 신형을 돌려 자신에게 다가서자 혁련걸은 주저 앉은 채로 뒷걸음질치기 시작했다.

흠칫.

한순간 단리백과 시선이 마주친 혁련걸의 신형이 그 자리에서 굳어졌다.

단리백의 두 눈에서 자욱한 살광이 줄기줄기 흘러내렸다.

그그극!

땅을 울리는 묘한 진동음.

단리백이 내민 손을 따라 허공에서 붉은 서기가 아지랑이처럼 흔들리더니 거대한 강기의 벽을 만들어냈다.

혁련걸은 두려움에 질려 아무런 말도 할 수 없었다. 지금까지 살아오며 이처럼 노골적이고 적나라한 살기와 직접 맞닥뜨린 적이 없었다. 아니, 이는 단순한 살기가 아니었다. 나락의 밑바닥을 보는 듯한 단리백의 눈빛, 그리고 그 안에서 뭉클거리며 쏟아지는 끔찍한 기운.

'마기(魔氣)!'

콰르르!

가볍게 내민 단리백의 손을 따라 해일과 같은 강기의 벽이 혁련걸을 덮쳐 갔다.

자신을 집어삼키기 위해 쇄도해 오는 핏빛 강기 벽을 두려운 눈으로 바라보던 혁련걸은 문득 한 사람의 말을 떠올렸다.

“자네, 운이 없군. 자네의 목숨은 올해를 넘기지 못할 걸세.”

신년 정초부터 재수없는 소리를 지껄이던 사이비 도사. 그 빌어먹을 늙은이가 십대고수 중 한 명인 불확점복(不確占卜)만 아니었다면 단매에 때려죽이고 말았으리라. 하지만 지금은 그의 말에 좀 더 귀를 기울였어야 했음을 후회하고 있었다. 다른 건 몰라도 죽음에 관해서만큼은 단 한 번도 점괘가 빗나간 적이 없는 그였기 때문이다.

그게 살아생전 혁련걸이 떠올린 마지막 상념이었다. 무시무시한 속도로 짓쳐든 천강마벽이 그를 집어삼킨 것이다.

뿌드득!

혁련걸의 전신에서 끔찍한 소리가 터져 나왔다. 지독한 압력을 견디지 못한 그의 피부가 갈가리 터져 나가며 뒤틀린 근육을 찢고 조각조각 부서진 뼛조각이 날카로운 암기처럼 전신을 찢고 튀어나오는 소리였다.

하지만 이도 잠시.

뻐엉!

가죽 북이 터져 나가는 듯한 소리와 함께 수많은 육편으로 분해된 혁련걸이 자욱한 피보라와 함께 허공에 뿌려졌다.

툭.

몸을 잃은 혁련걸의 머리가 바닥을 굴렀다.

이를 무심한 눈으로 지켜보던 단리백의 입매가 비틀렸다.

“크큭……..”

입술을 비집고 흘러나오는 웃음.

“하하하!”

점차 높아지던 웃음소리는 이내 걷잡을 수 없는 광소(狂笑)가 되어 차가운 하늘에 울려 퍼졌다. 통쾌해서 웃는 웃음이 아닌, 어딘가 피폐하고 황량함이 느껴지는 그런 웃음이었다.

뚝.

한참 동안 미치광이처럼 웃어대던 단리백이 웃음을 그쳤다. 그리고 피에 흠뻑 젖은 자신의 두 손을 내려다보았다.

짙은 혈향이 떠다니는 장내에 우뚝 서서 단리백은 잠시 생각했다, 자신도 모르게 끊임없이 피를 갈구하는 진득한 살의에 잠식되고 만 것이 아닌가 하는. 그리고 나서 이를 부정할 수 없는 자신을 발견하고 자조 섞인 웃음을 머금었다.

처음 임채성 부부의 죽음을 알게 되었을 때 느꼈던 살의. 그 이면엔 더욱 깊은 슬픔과 공허함이 자리하고 있었다.

처음엔 그들 부부를 해친 자들을 잡아 죽여 복수하면 어느 정도 나아질 거라 생각했다. 그래서 그들을 죽일 때마다 단리백은 숨을 내쉬면 닿을 것 같은 거리에서 그들을 똑똑히 지켜보았다. 그들의 눈빛이 공포에서 경악으로, 그리고 다시 후회와 허무로 점철되는 죽음의 과정을 하나도 놓치지 않고 눈 안에 새겨 넣었다.

하지만 뼛속 깊이 사무치는 격렬한 증오는 가라앉질 않

았다.

혁련세가의 삼공을 비롯해 오종원과 위대붕, 그리고 혁련걸마저 죽였음에도 불구하고 공허함은 채울 수 없었다. 오히려 처음보다 더욱 강해진 살의만이 그 자리를 가득 메우고 있을 뿐이었다.

이때 불현듯 한줄기 바람이 단리백의 머리카락을 쓸어 올렸다.

그 차가운 느낌에 단리백은 문득 한 사람을 떠올렸다.

'소하……'

다른 이라면 몰라도 그녀에게만은 지금의 모습을 보여주고 싶지 않았다.

단리백은 애써 살기를 거두기 시작했다. 그러자 언제 그랬냐는 듯 그의 눈빛은 무공을 회복한 이후의 평범한 눈빛으로 되돌아왔다.

아직 장내에는 다섯 명의 혁련세가의 무인이 남아 있었다. 대부분이 음공에 당해 절명했으나, 내공이 뛰어난 몇몇이 기절해 있다가 뒤늦게 정신을 차린 것이다.

단리백은 그들을 향해 걸음을 옮기기 시작했다.

비록 살기가 거두어지긴 했으나 조금 전 목도했던 참혹한 광경에 넋을 잃고 있던 혁련세가의 무인들은 단리백이 다가서고 있음에도 몸이 얼어붙어 한 걸음도 움직일 수 없었다.

단리백은 그런 그들 사이를 무심히 지나쳤고, 한순간 그의 손이 허공을 그었다.

정확히 두 개의 머리가 허공으로 떠올랐다.

털썩.

목을 잃은 혁련세가의 무인들은 피를 뿜으며 쓰러졌다. 남은 세 명의 무인 역시 사정은 좋을 것이 없었다. 가슴에서 아랫배까지 쩍 갈라져 피와 내장을 쏟으며 절명했기 때문이다.

결국 혁련세가를 출발해 흑암보로 향했던 자들 중 살아남은 사람은 한 명도 없었다.

그야말로 시산혈해(屍山血海).

끔찍하기 이를 데 없는 한 폭의 지옥도가 장내에 펼쳐져 있었다.

그곳을 떠나면서 단리백은 한 번도 뒤돌아보지 않았다.

죽은 자의 사념이 자꾸만 발목을 붙드는 것 같았다. 그렇게 느낄 때마다 솟구치는 살기를 애써 안으로 갈무리하며 단리백은 그렇게 계속해서 걸음을 옮겼다.

"결국……."

문득 무언가를 읊조리던 단리백이 입을 다물었다.

스스로 알고 있는 것을 굳이 말로 새삼 확인한다 한들 달라질 게 없었기 때문이다.

지금 당장 들이닥칠 상황은 아니었으나, 입을 여는 것과 동시에 현실이 되어버릴 것 같은 막연한 불안감. 거기서 연유한 혼란한 감정에 사로잡히는 것만은 피하고 싶었다.

단리백이 눈을 들어 하늘을 바라봤다.

금방이라도 비를 뿌릴 것처럼 무겁게 가라앉은 회색 구름. 한바탕 비라도 쏟아지면 좋으련만, 겨울의 끝자락을 거머쥔 채 이따금씩 불어오는 바람만이 대지를 긁으며 서럽게 울어 대고 있었다.

단리백은 다시금 걸음을 옮기기 시작했다.

미치도록 술이 그리운 날이었다.

천천히 내려앉는 어둠 사이로 핏물 같은 진홍색 석양이 희미하게 구름을 적시울 무렵이었다.

진득한 피 냄새와 귀기만이 감도는 장내에 한 사람이 모습을 나타낸 것도 그때였다.

푸드득.

시신들을 뒤덮고 있던 수백 마리의 까마귀가 갑작스런 인기척에 놀라 일제히 하늘로 날아올랐다. 하지만 까마귀들은 멀리 벗어나지 않고 주위의 나뭇가지며 바위에 내려앉아 자신들의 식사를 방해한 인물을 까만 눈으로 응시하며 그가 사라지기만을 기다렸다.

장내에 들어선 사람은 도포를 입은 작은 체구의 도사였다.

알록달록한 색으로 어지럽게 치장되어 있는 그의 도포는 왠지 사이비 같은 분위기가 잔뜩 묻어나고 있었다. 하지만 꼿꼿한 자세에서는 어딘지 모르게 날카로운 기운을 품고 있었고, 새하얀 눈썹 아래 자리 잡은 두 눈에서 뿜어내는 안광은 보는 것만으로도 가슴이 서늘해질 만큼 짙은 예기를 담고 있었다.

그의 손에는 대나무를 잘게 쪼개 글자를 써 넣은 산통(算筒)이 들려 있었는데, 단리백이 사라진 곳을 우두커니 서서 응시하던 그가 갑자기 요란하게 산통을 흔들기 시작했다.

잠시 후 산통을 멈추고 그 안에서 대나무 조각을 집어 들었다.

"대흉(大凶)인가……."

산가지에 적혀 있는 글자를 읽어가던 노도사의 입에서 무거운 탄식이 흘러나왔다. 산통 안에 들어 있던 점괘 중 가장 나쁜 괘를 뽑은 것이다.

노도사가 고개를 들어 하늘을 응시했다.

짙은 구름 사이로 잠깐 모습을 드러낸 밤하늘.

유독 붉은 빛을 발하는 별 하나가 그의 눈을 사로잡았다. 거대한 재앙을 암시하는 불길한 별, 천살성(天殺星)이었다.

*　　　*　　　*

"그러고 보니 네놈들이 본 파의 제자들을 골탕먹였다지?"

지나가듯 던진 명현자의 물음에 술잔을 입으로 가져가던 사염천의 손이 그대로 굳어졌다.

백무쌍과 위송령 역시 마찬가지. 늘 그랬듯 욕설을 섞어가며 툭탁거리던 그들 역시 흠칫 놀라 이야기를 멈췄다. 그리곤 긴장된 표정으로 명현자의 눈치를 살피기 시작했다.

촉산에서 내려올 때 조명 도장을 비롯한 매화검수들과 마주친 사염천 일행은 그들을 속여 절진 안에 밀어 넣은 적이 있었다. 그들의 실력으론 죽었다 깨어나도 그 절진을 벗어날 수 없었을 것이고, 그로부터 상당한 시간이 지났으니 굶어 죽어도 한참 전에 굶어 죽었을 것이다.

사염천이 불안한 표정으로 눈을 굴리기 시작했다.

본래의 무공을 회복한 지금은 조명 도장이 아닌 매화검수 전체가 와도 제 한 몸 건사할 자신이 있었다. 하지만 지금 눈앞에서 지껄이는 늙은이가 나선다면 이야기가 달라진다.

수십 년 전부터 강호를 떨어 울리던 무음매영이다. 거기에 반로환동까지 한 늙은 괴물을 무슨 수로 상대한단 말인가.

모르긴 몰라도 그들 셋이 힘을 합친다 해도 일각 이상을 버티기 어려울 것이다.

"골탕? 화산파 애들하고 무슨 일 있었어?"

'제발 좀 닥쳐라, 늙은 여우야!'

위송령이 호계상을 향해 눈을 부라렸다.

"쯧쯧, 그새 또 무슨 사고를 쳤구만. 안 봐도 뻔하지."

백무쌍 역시 호계상을 잡아먹을 듯이 노려봤다. 눈치없이 혀까지 차는 호계상이 그토록 얄미울 수 없었다.

그때 문득 사염천은 깨닫는 바가 있었다.

'그놈들이 절진을 탈출했나 보군.'

그렇지 않고서야 명현자가 그 사실을 알 리가 없었다. 그렇다면 이야기는 간단했다.

"강호의 절대금지인 걸 알고 있으면서도 그들은 억지로 촉산을 오르려 했소. 게다가 우리를 죽여 입을 막으려고 했지. 결국 모든 화는 조명 도장이 자초한 일이외다."

"알아. 잘했어."

예상치 못한 명현자의 대답에 위송령과 백무쌍의 눈이 휘둥그래졌다.

느긋한 모습으로 명현자가 말을 이어갔다.

"조명 녀석도 한 번쯤 혼쭐이 날 필요가 있어. 화산에만 틀어박혀 있다 보니 생각도 굳고 시야도 좁아졌지. 나름대로 좋은 경험이 되었을 게야. 다만……."

의뭉스레 말끝을 흐린 명현자가 웃음을 담고 사염천 일행을 바라봤다.

"그 아이들이 무사하지 못했다면 자네들을 대하는 내 입장도 지금만 같지 못하겠지."

"……."

사염천은 순간 꿀 먹은 벙어리가 되었다. 비록 웃고는 있었으나 명현자의 미소 속에 담긴 은근한 위협은 명백한 살기보다 더욱 두려웠기 때문이다.

그때였다.

정문이 열리며 한 사람이 흑암보 안으로 걸어 들어왔다.

단리백이었다.

"의숙!"

단리백을 부르며 그에게 다가서던 임소하는 왠지 모르게 이상한 기분을 느끼며 걸음을 멈추었다.

석상을 깎아 얼음을 덧씌운 것처럼 그 어느 때보다 단리백은 차가워 보였다. 그뿐만이 아니었다. 살기를 피워 올리는 것도 아니건만 기이한 분위기를 흘리는 단리백의 모습은 그녀조차 선뜻 다가서기 힘들 만큼 매우 낯설었다.

"쯧쯧, 저거 지혈도 안 했네?"

그래도 딴에는 의원이랍시고 핏방울이 뚝뚝 떨어지는 단리백의 손을 발견한 사염천이 혀를 찼다.

임소하는 그제야 놀란 표정으로 단리백을 향해 다가섰다.

부욱.

자신의 소매를 찢은 임소하가 이를 단리백의 손에 동여맸다.

말없이 이를 지켜보던 단리백은 그녀가 치료를 마치자 손을 뻗어 가볍게 그녀의 어깨를 밀었다.

"의숙?"

"되었다. 대단한 상처가 아니니 신경 쓸 것 없다."

단리백이 희미하게 웃어 보였다. 하나 더없이 쓸쓸하고 외로워 보이는 미소였다.

단리백이 자신의 처소 쪽으로 걸음을 옮겼다.

임소하는 그 자리에 선 채 단리백을 바라보며 망설이고 있었다. 영문은 알 수 없었으나 자신과 거리를 두려는 듯한 단리백의 행동에 자신도 모르게 위축되었기 때문이다. 그래서 선뜻 그를 쫓아갈 수 없었다.

"피 냄새가 진동을 하는군."

단리백이 자신을 스쳐 지나가는 순간 명현자가 잔뜩 인상을 찌푸리며 입을 열었다.

잠시 걸음을 멈춘 단리백이 명현자를 향해 특유의 차가운 시선을 던졌다. 하지만 그뿐이었다.

이렇다 할 말도, 별다른 행동도 취하지 않은 채 잠시 명현자를 응시하던 단리백이 다시금 걸음을 옮기기 시작했다.

그의 신형은 금세 월동문을 넘어 사라졌고, 그제야 무거운 분위기에 눌려 있던 중인들이 한 명씩 입을 열기 시작했다.

가장 먼저 말을 꺼낸 사람은 유장령이었다.

"그가 이곳에 왔다는 말은 혁련세가 일당을 물리쳤다는 이야기가 되겠지?"

백무쌍을 시작으로 위송령과 사염천이 그의 말을 받았다.

"그것 봐. 음공은 존재한다니까."

"모르긴 몰라도 콧대 높은 혁련세가 놈들도 혼쭐이 났을 게야."

"당해보지 않은 사람은 모르지."

호계상이 의아한 얼굴로 입을 연 것도 그때였다.

"그런데 저놈, 분위기가 왜 저래?"

"낸들 아나? 원래부터 음침한 녀석이었잖아."

대수롭지 않게 대꾸하는 백무쌍이었으나 그 역시 내심 이상했는지 단리백이 사라진 월동문 쪽을 힐끔거렸다.

이때 또 다른 사람이 흑암보 안으로 들어섰다.

"어? 저놈, 언제 사라졌던 거야?"

호계상의 말이 떨어지기가 무섭게 강호사사가 한마디씩 거들었다.

"누가 살수 아니랄까 봐."

"음침함으로 따지면 저 자식도 단가 놈 못지않아."

"아니, 다르지. 저놈은 존재감이 없잖아. 유령처럼 희멀건한 얼굴에 하는 행동도……."

비아냥거리던 사염천 일행이 입을 다물었다.

평소라면 자신들의 이죽거림에 싸늘한 살기를 피워 올렸어야 할 유효명이다. 한데 유효명의 얼굴은 딱딱하게 굳어 있었다. 뿐만 아니라 복잡한 심사마저 고스란히 드러나 있었다.

"어찌 되었더냐?"

유장령의 질문에 유효명이 대답했다.

"사백 구가 넘는 시신이 흩어져 있었습니다. 그리고 그 안에는 오종원과 위대붕, 그리고 혁련걸이 포함되어 있더군요.”

유효명의 말에 장내에 모여 있던 인물들은 경악을 감추지 못했다.

“전부 죽었다고? 혁련세가의 가주까지?”

“믿을 수 없군!”

“저놈이 그 정도였단 말인가!”

그들의 놀람움은 당연했다.

혁련세가는 녹록한 가문이 아니었다. 거기다 가주라는 직책. 그것도 오대세가 중 한 곳인 혁련세가의 가주라는 이름에 실린 무게는 구대문파 장문인에 비견될 만큼 상당한 것이었다. 더군다나 세가의 정예를 대거 이끌고 온 혁련걸이었기에 그의 허무한 죽음은 그들의 예상을 한참이나 벗어나 있는 것이다.

단리백이 쉽게 당하진 않으리라 짐작했었다. 하지만 기껏해야 음공으로 겁을 줘 그들을 쫓아버리는 정도를 예상하고 있었던 것이다.

호계상이 나직이 한숨을 흘렸다.

“그래서 그놈 얼굴이 그리 어두웠던 게로군.”

“무슨 말씀이세요?”

임소하의 반문에 호계상이 애매한 표정을 지어 보였다.

“자신의 손으로 살아 있는 수백의 목숨을 고혼으로 만들어 버렸는데 어느 누군들 기분이 좋겠느냐.”

"예? 하지만……."

의아한 듯 말끝을 흐린 임소하와 달리 백무쌍과 위송령은 뭔가 알겠다는 듯 고개를 끄덕였다.

"그거 아주 기분 드럽지. 어쩌다가 죽는 놈과 눈이라도 마주치잖아? 그거 평생 간다."

"원념(怨念)이라고 해야 하나? 죽는 놈들의 눈에선 그런 게 뿜어져 나와. 별것 아닌 것 같은 데도 시간이 지나면 그 눈빛들이 영락없는 비수가 되어 가슴에 콱 하고 박힌다니까. 그게 두고두고 사람을 괴롭히는데, 겪어본 사람만 알지."

번갈아 말하던 백무쌍과 위송령이 거의 동시에 입 안으로 술을 털어 넣었다.

그들을 향해 임소하가 물었다.

"강호사사 같은 분들도 그런 생각을 하시나요?"

"우리에 대해 무슨 말을 들었는지 모르지만……."

말끝을 흐린 사염천이 눈매를 찡그리며 임소하를 바라봤다.

"사람 죽이고 기분 좋은 사람 없다. 살인을 즐긴다면 그거야말로 미친놈이지. 우리가 비록 악인이긴 하지만 살인귀는 아니다."

임소하가 미심쩍은 듯이 사염천과 백무쌍, 위송령을 번갈아 바라봤다. 그녀가 들어왔던 그들의 악명과는 좀처럼 어울리지 않는 그들의 언행 때문이었다.

사염천만 하더라도 독심광의라는 별호 뒤에 늘 만면살소(滿
面殺笑) 비명횡사(非命橫死)라는 수식어가 따라다니지 않던가?
　백무쌍과 위송령의 악명 역시 사염천에 비해 모자람이 없
었다.
　임소하의 생각을 눈치 챈 사염천이 멋쩍은 표정을 지었다.
　“그건 연기다.”
　“연기요?”
　“잔인한 모습을 보여 뒤에 있을 살인을 미리 줄이고자 함
이지. 어설프게 하느니 차라리 제대로 한 번 살인을 해 다른
이들이 함부로 덤비지 못하게 하기 위한 과시 같은 것이다.
실제로 그로 인해 귀찮은 일들을 피할 수 있었지. 대부분이
우리의 위명만 듣고 피하곤 했으니까. 하지만 결코 살인을 즐
겼던 게 아니야.”
　유장령이 수긍하며 사염천의 말을 받았다.
　“오히려 피에 미친 악귀들은 정파 놈들에게 종종 나타났
지. 특히 마교와의 정사대전 이후 그런 자들이 각 문파에서
속출했어.”
　“마교가 아니라요?”
　언뜻 이해하기 힘든 이야기라 임소하가 반문했다.
　이에 유장령이 쓸쓸한 웃음을 머금었다. 떠올리기 싫은 아
픈 기억이 주마등처럼 눈앞을 스치고 지나갔기 때문이다.
　“마교의 무인들은 어떤 종교적인 믿음을 지니고 있다. 그

래서 사람을 죽이는 일에 대해서도, 그리고 자신이 죽는 것에 대해서도 크게 연연해하질 않지. 오히려 죽음 자체가 자신들이 믿는 신에게 더욱 가까워지는 수단 정도로 인식할 만큼 그들의 종교에 대한 의지는 확고해. 사파 역시 마찬가지. 살인은 더 나은 자신들의 삶을 위한 도구일 뿐이야. 자신의 이익을 놓고 아귀다툼을 하며 살아가는 사파무림이야말로 진정한 약육강식의 세계라 할 수 있지. 하지만 정파 녀석들에겐 그런 게 부족해."

"그런 거라니요?"

"살인을 위한 신념."

유장령은 한쪽에 우두커니 서 있는 명현자더러 들으라는 듯이 계속해서 말을 이어나갔다.

"처음엔 대부분이 무림수호니 탕마멸사(蕩魔滅邪)니 하는 그럴싸한 대의를 가지고 싸움에 뛰어들지. 간혹 지인의 죽음 같은 원한을 풀기 위해 뛰어드는 사람도 있고. 하지만 계속해서 살인을 해나가는 동안 자신도 모르게 피에 절기 시작하는 거야. 애초부터 사파나 마교의 종자들에 비해 사람을 죽인다는 것에 대한 면역이 없기 때문에 점차 그 사람의 가치관마저 뒤흔들게 되지. 그리고 종국에는 피 냄새를 맡지 않고서는 자신이 살아 있다는 것조차 느끼지 못하는 상태가 되어버리는 자들이 생겨나."

유장령이 나직한 한숨을 터뜨렸다. 기억하기 싫은 무언가를 떠올린 듯 그는 몹시 불편한 얼굴을 하고 있었다.

이때 호계상이 고개를 끄덕였다.

"뭐, 흔한 이야기지. 사문의 명예를 위해 전장을 떠돌다 돌아왔건만 몸에 밴 살기 때문에 사문의 제자들조차 자신을 피하고, 그로 인해 서서히 고립되어 가다 자신의 정체성마저 흔들리는 거야. 그걸 스스로 인지하는 순간부터 마음의 붕괴가 시작돼. 검은 자신을 닦는 수양이니 뭐니 하며 평생 믿어왔지만 결국엔 한낱 살인 도구에 불과했다는 것을 깨닫기 시작하면서. 그리고 자신의 어딘가가 이미 망가져 있다는 걸 깨달으면서 급격히 무너지지. 그래서 맛이 가는 거야. 목적을 잃고 광기에 휩싸인 광인. 게다가 아수라장을 헤쳐 온 만큼 무공 역시 뛰어나지. 그뿐인가? 살인에도 익숙해서 그야말로 무시무시한 살인귀가 되는 거지."

임소하가 고개를 돌려 유장령을 바라봤다.

그녀의 눈빛에 담긴 의미를 이해한 유장령이 쓰게 웃었다.

"너도 알다시피 나는 살수다. 이익을 위해 사람을 죽이지. 살인은 나에게 있어 어디까지나 직업일 뿐이야. 특별히 살인이 좋아서 하는 건 아니다."

"그럼 의숙도……."

"당연하잖아."

다소 차가움이 느껴지는 한초설의 음성이 임소하를 돌아서게 했다.

임소하가 자신을 바라보자 한초설이 한심하다는 표정으로 입을 열었다.

"지금까지 넌 그를 어떻게 생각한 거야?"

당황해 말을 잇지 못하는 임소하를 향해 한초설이 나직이 한숨을 흘렸다.

"다른 사람은 몰라도 넌 그러면 안 되지. 이게 다 누구 때문인데."

"무슨 말씀이세요?"

"정말 몰라서 묻는 거야?"

한초설이 기다렸다는 듯 말을 쏟아내기 시작했다.

"만약 그가 촉산에서 내려오지 않았다면 이처럼 번거로운 일을 겪지 않아도 되었을 거야. 그가 이곳 흑암보에 머무는 것은 오직 너를 위해서라고. 그는 네게 위협이 되는 존재들을 확실히 제거하기 위해 사람을 죽일 뿐이야. 결코 그가 사람 죽이는 걸 좋아해서가 아니란 말이야."

그 말을 들은 백무쌍과 위송령이 고개를 끄덕였다.

"하긴 살인을 즐기기엔 너무 멀쩡한 놈이지. 미치지도 않았고."

"그리고 보니 우리와 있을 때는 누구도 죽이지 않았잖아?"

"검선은?"

호계상의 반문에 사염천이 대꾸했다.

"우화등선했다잖아. 그건 살인과 다르지. 자기가 스스로 육체를 버린 거니까."

한초설이 임소하를 바라봤다.

"들었지? 그가 피의 길을 걷는 이유, 그건 오직 너 때문이야. 게다가 네가 익힌 경하기는……."

무언가 말을 하려던 한초설이 급히 말끝을 흐렸다. 경하기에 대해 언급하지 말라는 단리백의 엄포가 뒤늦게 떠올랐기 때문이다.

"아아! 짜증나!"

신경질적으로 벅벅 머리를 긁은 한초설이 휙 신형을 돌리더니 술병을 끌어안고 있는 위송령을 향해 다가섰다.

"이리 내놔요."

대답도 듣지 않고 빼앗듯이 술병을 낚아챈 한초설이 그대로 월동문을 넘어 단리백이 사라진 방향으로 걸음을 옮겼다.

뒤에 남겨진 임소하는 그저 말없이 그녀가 사라진 곳을 응시하고 있을 뿐이었다.

어딘지 모르게 처연함이 느껴지는 그녀의 모습이 안쓰러웠던지 호계상이 너털웃음을 터뜨리며 다가섰다.

"허허, 걱정할 것 없다. 그가 누구라고 생각하느냐? 염왕도 꺼려한다는 촉산혈성이 바로 그다. 네가 염려할 위인이 아니니 쓸데없이 심기를 낭비하지 않는 게 좋아."

호계상의 눈빛을 받은 위송령과 백무쌍이 맞장구를 치며 거들었다.

"쓸데없는 걱정. 그가 사람을 죽이고 양심의 가책 따위를 느낄 것 같아?" "

"거럼, 거럼. 우리랑은 차원이 달라, 그 녀석은."

우스꽝스럽게까지 보이는 과장된 그들의 행동에 임소하는 희미하게 웃어 보였다. 하지만 이는 우는 것보다 더욱 못한 미소였다. 그 안에 묻어나는 감출 수 없는 슬픔을 마주하자 중인들은 마음이 무거워지는 것을 느꼈다.

이때 임소하를 부르는 음성이 있었다.

"아이야."

임소하가 자신을 바라보자 명현자가 질문을 던졌다.

"방금 전 검후 그 아이가 언급한 경하기에 대해 알고 있느냐?"

고개를 끄덕이는 임소하를 향해 명현자가 다가섰다.

"잠시 몸을 살펴보아도 되겠느냐?"

임소하의 얼굴에 스치는 당황스러운 기색을 알아챈 명현자가 빙그레 웃음을 머금었다.

"그저 진맥을 하자는 것뿐이다. 발가벗겨 살펴보자는 것이 아니니 걱정하지 않아도 된다. 내가 그래도 명색이 도산데 그런 불경한 생각을 떠올리다니. 쯧쯧."

그제야 임소하는 머쓱한 얼굴로 고개를 끄덕였다.

명현자가 임소하의 맥문을 잡았다.

처음엔 느긋한 표정으로 임소하를 진맥하던 명현자는 시

간이 지날수록 점차 얼굴이 굳어졌다. 그리고 나중엔 감탄성인지 탄식인지 모를 한숨을 흘리며 감았던 눈을 떴다.

"경하기를 누구로부터 배웠느냐?"

"의숙께서 가르쳐 주셨어요."

임소하의 대답에 명현자의 의외라는 표정을 지어 보였다.

"허, 자신의 생명까지 내줄 만큼 이 아이를 아꼈던 것인가?"

"무슨 말씀이세요?"

"모르고 있었단 말이냐?"

"뭐가 말인가요?"

"네 몸속엔 근 반 갑자에 이르는 내공이 쌓여 있다."

중인들이 놀란 눈으로 명현자를 바라봤다. 임소하의 나이는 기껏해야 열여섯. 반 갑자, 즉 삼십 년의 내공을 쌓기엔 터무니없이 어린 나이였다. 하지만 헛소리라 치부하기엔 명현자의 이름값이 너무나 컸다.

중인들은 이어질 설명을 기다리며 명현자를 주시했다.

"오래전 실전되었던 연생주(聯生呪)라는 금주법(禁呪法)이 있다. 이는 상대의 내공을 흡수해 자신의 것으로 만드는 흡성대법(吸星大法)과 달리 자신의 내공을 타인에게 전이시키는 방법이지. 격체전력(隔體傳力)처럼 짧은 시간 내공을 옮겨주는 것이 아니라 영구적으로 상대에게 상승의 내공을 심어줄 수 있다 들었다. 나 역시 실제로 본 것은 처음이구나."

"자세히 말씀해 주세요."

"경하기는 본래 원 황조가 각파의 도가 고수들을 초빙해 만든 기공으로, 한때 천하삼대극품기공(天下三大極品氣功)이라 불리울 만큼 초절한 내공심법이었다. 하나 원 황조가 무너지면서 이 역시 실전되었지. 무당의 태극심법에 연원을 두고 있는 것으로, 이를 완성하면 거의 불사에 가까운 육체와 정신을 얻는다 알려져 있다. 하지만 이를 익히는 건 워낙 까다롭다. 입문의 경지에 들어서는 데만 해도 무려 삼십 년의 내공이 필요하기 때문이다."

강호사사가 저마다 한마디씩 거들었다.

"그러고 보니 들어본 적이 있어."

"내공이 남아 있는 한 심장이 찢어지거나 목이 날아가지 않는 이상 죽지 않는다는 그 심법 말이지?"

"전설 아니었어? 떠들어대기 좋아하는 놈들이 지어낸 이야긴 줄 알았는데?"

"설마 저 노인네가 헛소릴 하겠어?"

이때 유장령이 명현자를 향해 질문을 던졌다.

"연생주라 하셨소? 얼핏 듣기엔 매우 좋은 목적인 것 같소만 어찌 그게 흡성대법처럼 사악한 금주법에 속해 있는 것이오?"

유장령은 그 부분이 의아했다. 타인의 내공을 강제로 빼앗는 흡성대법은 그 잔인한 성격과 훗날 주화입마를 동반하는 심각한 부작용으로 인해 강호에서 사용이 금지되었다. 하지만 연생주는 그 목적과 성격이 판이하게 다르다 느껴졌기 때문이다.

명현자가 설명을 이어갔다.

"금주법에는 인과율(因果律)이 따르네. 절대 공짜나 요행은 없어. 연생주를 시전하기 위해서, 즉 자신의 내공을 다른 이의 내공으로 바꾸기 위해선 반드시 촉매가 필요한데, 그 촉매는 다름 아닌 시전자의 생명일세. 그 또한 마찬가지. 이 아이에게 내공을 심어주기 위해 그는 분명 자신의 수명을 대가로 치렀을 게야. 그게 십 년일지 이십 년일지는 오직 그만이 알고 있겠지."

"……!"

임소하의 신형이 석상처럼 굳어버렸다.

그러고 보니 처음 경하기를 전수해 줄 당시 단리백은 매우 지쳐 보였었다. 그녀가 듣기론 단리백은 당금 강호에 적수를 찾아보기 힘든 엄청난 고수였다. 그런 고수가 경하기를 전수한 이후 거의 녹초가 되어버렸음을 뒤늦게 떠올린 것이다.

한초설이 그토록 자신에게 화를 냈던 이유도 비로소 이해할 수 있었다.

휙 소리 나게 돌아선 임소하가 단리백이 사라진 곳을 향해 달려가기 시작했다. 복잡한 심사는 이루 말로 설명할 수 없었으나 일단은 단리백을 만나야만 할 것 같았다.

임소하의 뒷모습을 바라보던 사염천이 입을 연 것은 한참의 시간이 지나고 나서였다.

"에이, 설마?"

위송령과 백무쌍도 고개를 끄덕였다.

"그 괴물이 그럴 리 없잖아?"

"맞아. 아무리 그래도 목숨은 하나라고. 제 피붙이도 아닌데 그렇게까지 했을라고."

하나 호계상의 말에 그들은 모두 입을 다물고 말았다.

"네놈들은 모른다, 저 아이를 그가 얼마나 끔찍이 아끼는지."

한초설은 어렵지 않게 단리백을 찾아냈다.

한적한 정원의 연못 가장자리. 그곳에서 단리백은 막 녹기 시작한 연못의 얼음 밑으로 느리게 헤엄치는 잉어들을 바라보고 있었다.

한초설은 그에게 말을 건네려다 말았다. 깊은 생각에 빠져 있는 단리백을 방해하기 싫었던 것이다. 대신 조용히 그 옆에 쪼그리고 앉았다. 그리고 말없이 술을 홀짝이기 시작했다.

이따금 힐끔거리며 단리백의 표정을 살피곤 했으나 무표정한 그의 얼굴에선 이렇다 할 감정은 찾아볼 수 없었다.

단리백 역시 한초설을 향해 고개조차 돌리지 않았다. 그저 묵묵히 연못을 응시하며 자신만의 생각에 깊이 침잠(沈潛)할 뿐이었다.

처음부터 대협이나 정인군자 따위와는 거리가 먼 자신이었기에 살인에 대한 후회 같은 건 없었다.

모든 게 명확했다.

세상 그 누구의 생명도 임소하 한 사람의 생명과 비교할 수 없었다. 세상 사람 모두의 생명을 합친다 해도 그녀의 생명보다 무겁지 않았다. 그래서 망설임도, 양심의 가책도 느낄 필요가 없었다. 그녀의 안위를 위해서라면 세상을 피로 적시더라도 자신은 그 길을 기꺼이 걸을 각오가 되어 있었다.

정작 그의 마음을 어지럽히는 건 따로 있었다. 바로 단리백 자신이었다.

촉산을 내려선 이후 싸움을 거듭해 오는 동안 단리백은 마음 깊은 곳에서 꿈틀대는 사악한 존재와 끊임없이 마주쳐야만 했다. 이는 자신의 의지와는 상관없이 수시로 단리백을 위협했고, 무공을 되찾기 위해서라곤 하나 사염천 일행으로부터 마령단의 마기를 흡수한 이후 더욱 잦아졌다. 이것이 단리백을 불안하게 만들었다.

만약 완전히 마성에 잠겨 본래의 인격을 잃게 된다면?

생각조차 하기 싫어졌다. 자신조차 헤아릴 수 없는 어둡고 캄캄한 심연(深淵)의 나락(奈落). 끝 모를 분노와 살기 끝에 도사리고 있는 마기에 잠식당하는 순간에 이르러서야 비로소 그 깊이를 깨닫게 될 것이다. 하지만 그보다 두려운 것은 그땐 이미 자신의 존재 자체가 임소하에겐 두 번 다시 없을 재앙이 되리란 사실이었다.

현재로선 우습게도 금제로 남아 있는 제마봉공에 의지할 수밖에 없었다. 자신의 의지가 개입하지 않는 한 이는 결코 깨질 리가 만무했기 때문이다.

"역시 고민하는 사내는 멋있어 보여."

뜬금없는 음성에 단리백이 한초설을 바라봤다.

기다렸다는 듯 배시시 웃는 그녀의 모습에 단리백도 마지못해 실소하고 말았다.

"자, 여기."

한초설이 허공에 던진 술병을 단리백이 잡아챘다.

말없이 술을 마시는 단리백을 향해 한초설이 입을 열었다.

"좀 쉬는 게 어때? 무척이나 피곤해 보여."

단리백은 여전히 요지부동, 묵묵히 술을 들이킬 뿐이었다.

그 모습을 지켜보며 한초설은 나직이 한숨을 흘렸다. 그리곤 지나가듯 넌지시 입을 열었다.

"명려군이라 했던가?"

말을 꺼내기가 어려워서 그렇지 막상 운을 떼자 그동안 참았던 질문들이 쉬지 않고 쏟아져 나왔다.

"그녀와의 약속이 그렇게 중요해? 대체 그 사람은 오라버니에게 어떤 의미야?”

거기에 더해진 질문이 마침내 단리백으로 하여금 한초설을 돌아보게 만들었다.

“그녀를 사랑… 했어?”

“무엇이 알고 싶은 거냐?”

“질문한 그대로야. 왜 그렇게 그 사람의 그림자에 목을 매는지 그 이유를 알고 싶어.”

“그게 그렇게 중요한가?”

“중요해. 적어도 나에게는.”

단리백이 한초설을 응시했다.

꾹 다문 입술 사이로 흐르는 결연한 의지. 마치 필생의 적을 조우한 것처럼 그녀의 얼굴에 흐르는 긴장감을 읽어낸 단리백은 슬쩍 웃음을 머금었다.

고개를 저으며 단리백이 입을 열었다.

“그런 걸 사랑이라 부를 수 있을까?”

자신의 손에 감긴 피 묻은 면포를 바라보며 단리백이 말을 이어갔다.

“그녀와 나 사이엔 사랑에 있어서 가장 중요한 무언가가 빠져 있었다. 상대를 간절히 원하는 절박한 심정, 그리고 서로를 소유하고 싶다는 다소 이기적인 감정 같은 것들이 말이야.”

“그렇다면 어째서?”

"나는 그녀를 통해 일종의 안도감 같은 걸 느끼고 싶었는 지도 모르겠군."

"안도감?"

"그녀는 처음부터 나라는 사람을 완벽하게 들여다보고 있었다. 그럼에도 불구하고 나를 피하지 않았지. 그 때문이었을 거야. 누군가에게 받아들여진다는 기분, 그 생소한 감정을 떨쳐 내기 힘들더군. 진심으로 나를 인정해 주면서 그토록 거리낌없이 다가서는 그녀의 모습은 지금까지 내가 경험했던 인간관계에선 찾아보기 힘든 경험이었으니까."

잠시 말을 멈춘 단리백이 다시금 입을 열었다.

"만약 내가 그녀를 사랑했다면 어떻게든 그녀를 붙들었겠지. 하지만 난 그녀가 행복하기를 바랬다. 임 형은 그런 그녀의 행복에 걸맞는 사내였어. 그래서 난 새로운 삶을 시작한 그들 부부를 마음으로나마 축복했다."

"뭐야, 괜히 걱정했잖아."

한초설이 비로소 안도했다는 듯이 미소를 지었다. 하나 이도 잠시, 그녀의 얼굴이 급격히 흐려졌다. 명려군을 언급하던 내내 단리백의 얼굴에 떠오른 감정의 편린(片鱗). 비록 잠깐이었지만 그 안에 흐르는 그리움을 그녀 또한 분명히 느낄 수 있었기 때문이다.

그 눈빛을 바라보고 있자니 한초설은 가슴 한구석이 아려오는 것을 느꼈다. 그리곤 말로는 설명하기 힘든 복잡한 심경이 되어 입을 다물고 말았다.

애초부터 사랑이란 딱 이렇다고 정의하긴 어려운 법이다. 세상에 존재하는 수많은 사람의 사는 모습이 전부 다를진대 각자에게 주어진 사랑의 방식 또한 같을 순 없지 않은가.

'뭐야. 똑똑한 척은 혼자 다 하더니, 천하의 멍텅구리.'

한초설은 바닥에 떨어져 있던 매화나무 가지를 집어 들었다. 그리곤 애꿎은 나뭇가지를 꺾으며 복잡한 심사를 떨쳐 내려 했다.

다급한 발걸음으로 달려오는 임소하의 모습이 그녀의 눈에 들어온 것도 그때였다.

단리백과 한초설 앞에 이른 임소하는 잠시 거친 숨을 가다듬었다.

의아하게 자신을 바라보는 단리백의 눈을 똑바로 응시하며 임소하가 입을 열었다.

"사실인가요?"

"뭐가 말이냐?"

"경하기 말이에요. 경하기를 익히게 하기 위해 제 몸에 삼십 년의 내공을 심어주셨다면서요? 연생주라는 금주법으로, 자신의 수명을 줄여가면서까지."

단리백이 고개를 돌려 한초설을 바라봤다.

이에 한초설은 화들짝 놀라 손사래를 쳤다.

"난 아니야!"

한초설이 문득 아차 하는 표정을 지었다.

"혹시 그 노괴(老怪)가……."

"노괴?"

"아까 무음매영 앞에서 무심코 경하기를 언급했었거든. 절대 고의는 아니었어."

기어들어 가는 음성으로 말끝을 흐리는 한초설의 모습에 단리백은 나직이 한숨을 내쉬었다. 그리곤 대수롭지 않다는 듯 임소하를 향해 입을 열었다.

"받은 것 일부를 돌려줬을 뿐이다."

"무슨 뜻이죠?"

"네가 아니었다면 어차피 난 죽었을 몸이다. 목숨의 빚을 목숨으로 갚은 것이니 넌 신경 쓸 것 없다."

이때 한초설이 거의 들리지 않는 목소리로 중얼거렸다.

"빚치고는 이자가 너무 센데……."

임소하의 표정이 굳어진 것도 동시였다.

"제게 숨기고 있는 게 더 있나요?"

질문은 단리백에게 했으나 임소하는 한초설을 바라보고 있었다.

단리백이 눈살을 찌푸리며 한초설을 노려봤다.

이에 찔끔한 표정을 짓던 한초설은 이내 답답함을 참지 못하겠다는 듯이 왈칵 소리를 질렀다.

"아, 몰라! 왜 나만 가지고 그러는 건데?!"

"언니…….."

"누가 네 언니야? 나, 동생 없거든?"

"말해주세요."

"아, 정말…….."

"제발…….."

간절한 임소하의 눈빛에 결국 한초설이 무너지고 말았다.

"잘 들어."

단리백의 제지에도 불구하고 한초설이 재빨리 말을 이어 갔다.

"당금 강호에서 경하기를 사용하는 문파나 무인은 없어. 있다면 오직 촉산혈문의 계승자뿐이지. 전대 촉산혈성은 후대에게 문주 자리를 물려주면서 자신의 내공도 함께 전수해, 연생주를 이용해서. 그래서 촉산혈성은 당대에 오직 한 명뿐이야. 촉산혈성이 나이를 초월해 고강한 무공을 지닐 수 있는 이유도 이 때문이고. 하지만 여기엔 조건이 따르는데, 촉산혈성의 계승 이외엔 절대 연생주를 사용해서는 안 된다는 거야. 그런데 당대 촉산혈문의 문주인 너의 의숙은 너를 위해 스스로 그 금기를 깨버렸어."

"그런……!"

"한 가지 더 말해줄까? 네 의숙의 생명은 그리 길지 않아. 촉산혈문을 잇는 사내들은 가혹한 천형(天刑)을 타고났어. 원인도, 치료 방법도 없이 마흔을 넘기기 무섭게 피가 차갑게 식으며 굳어가는 병이지. 대대로 촉산혈성은 스무 살 이전에 자식을 보고 서른 이전에 후계자에게 문주 자리를 물려줘. 일단 그 병이 발병하면 오 년을 넘기기 힘드니까. 게다가 네게 연생주까지 시전했으니 가뜩이나 짧은 그의 수명은 더욱 줄어들었을 거야. 그런데 그것도 모르고 넌……."

"……!"

"촉산혈문은 당대에서 끝났어. 그는 후계자가 없으니까. 있다 해도 시간이 부족해. 그의 모든 걸 물려받으려면 적어도 십 년은 필요할 테니까."

처음엔 화가 나 소리치던 한초설이었으나 그동안 억누르던 이야기를 꺼내자 봇물처럼 터져 나왔다. 음성 역시 시간이 지날수록 격앙되더니 종국엔 울음마저 섞여 있었다.

"너희들 모녀가 그를 망쳤어."

단리백의 인상이 와락 일그러졌다.

"그만."

"하지만!"

"거기까지다."

싸늘한 단리백의 음성에 한초설이 원망을 담아 그를 바라봤다. 하지만 이내 그녀의 눈빛이 흔들렸다.

단리백의 눈빛에는 위협 이상의 무언가가 있었다. 그것은 미안함, 그리고 분노만으론 담아낼 수 없는 안타까움이었다.

한초설이 입술을 잘근 깨물었다. 그리곤 말없이 돌아섰다.

단리백은 마음이 몹시 무거워졌다. 월동문을 넘어서는 그녀의 어깨가 미약하게 들썩이고 있음을 놓치지 않았던 것이다.

큰 충격을 받았는지 임소하는 한초설이 사리지고 나서도 한참이나 멍하니 서서 그녀가 사라진 곳을 바라보고 있었다.

여전히 월동문 쪽을 응시한 채 임소하가 문득 입을 열었다.

"몰랐어요."

"소하야."

"미안해요. 정말 미안해요."

임소하는 차마 단리백의 얼굴을 똑바로 마주할 수 없었다. 그런 그녀를 단리백이 억지로 붙들어 돌려 세웠다.

"네가 미안해할 일이 아니다. 모든 건 나의 결정. 그리고 지금까지 나는 단 한 번도 이를 후회한 적이 없다."

임소하는 결국 구슬 같은 눈물을 떨구고 말았다.

"이제 저는 어떡해야 하죠? 미안해서… 너무나 미안해서 의숙을 어찌 대해야 할지 모르겠어요."

단리백이 입을 열었다.

"지금까지 그래왔던 것처럼… 살아서, 앞으로도 기분 좋게 웃어준다면 그걸로 충분하다."

그 말에 비로소 임소하는 단리백의 얼굴을 바라봤다.

찡그린 듯 다소 어색한 미소를 지어 보이는 단리백의 얼굴이 눈에 들어왔다. 그것이 그가 가장 노력한 따듯한 미소임을 알기에 임소하는 가슴이 메어왔다.

무어라 말하든, 단리백이 어떻게 자신을 대하든 간에 그녀는 그를 좋아했다. 그건 열여섯 치기 어린 동경일지라도 상관없었다. 폭풍처럼 마음을 휘젓는 그 감정은 이유도, 돌아볼 여지도 없는 저돌적인 것이어서, 그래서 더욱 어찌할 수 없는 연정이었다. 그래서 임소하는 단리백에게 받은 그 어떤 것보다 그 한마디 말이 더욱 고맙고 소중했다.

"제 존재가 의숙에겐 재앙이었군요."

임소하의 말에 단리백은 문득 재미있다는 생각을 했다. 자신 역시 이와 비슷한 생각을 하지 않았던가.

단리백은 자신도 모르게 웃고 말았다. 지금까지와는 다른, 진심으로 유쾌해져 나온 웃음이었다.

"왜 이렇게 제게 잘해주시는 거죠? 어째서 저를 위해… 그런 희생을 감수하시는 건가요?"

임소하의 질문에 단리백은 말없이 웃기만 할 뿐이었다.

그런 그의 모습에 임소하는 가슴속에서 뜨거운 무언가가 솟구치는 것을 느끼며 자신도 모르게 소리치고 말았다.

"대체 저는 의숙에게 있어 어떤 사람인가요?!"

금방이라도 울음을 터뜨릴 것만 같은 그녀의 모습을 바라보며 단리백이 고개를 저었다.

"골치 아픈 존재지. 나와 눈이 마주치면 미소 짓는 유일무이한 존재이기도 하고."

그 말뿐이었다. 이렇다 할 설명도 없이 의미 모를 말만 남긴 채 단리백은 다시금 연못을 향해 시선을 던졌다. 하지만 그것만으로도 임소하는 충분히 단리백의 진심을 느낄 수 있었다.

임소하의 얼굴에 미소가 피어올랐다. 비 맞은 배꽃처럼 어딘가 처연함이 느껴지는 미소. 하지만 더없이 따스함을 담은 그런 미소였다.

임소하가 조용히 손을 뻗어 단리백의 허리를 껴안았다.

"……!"

갑작스럽고도 예상치 못한 그녀의 행동에 단리백의 신형이 일순 굳어졌다. 하지만 그녀에게 무안함을 주기 싫어 굳이 뿌리치진 않았다.

"아직은 의숙에게 어떤 도움도 되지 못하는 저지만……."

잠시 말끝을 흐린 임소하가 말을 이어갔다.

"이런 저라도 괜찮으시다면 제가 항상 의숙 곁에 있어줄게요."

귓불에 와 닿는 뜨거운 입김! 이제는 제법 소녀 티를 벗기 시작한 그녀의 속삭임에 단리백은 마음이 크게 흔들리는 것을 느꼈다.

그런 자신의 마음을 감추기 위해 단리백은 여전히 뒤를 돌아보지 않았다. 대신 태연한 척 농담을 던졌을 뿐이다.

"참으로 끔찍한 일이로군."

임소하가 웃으며 고개를 끄덕였다.

"벌이니까요, 제 마음을 아프게 한."

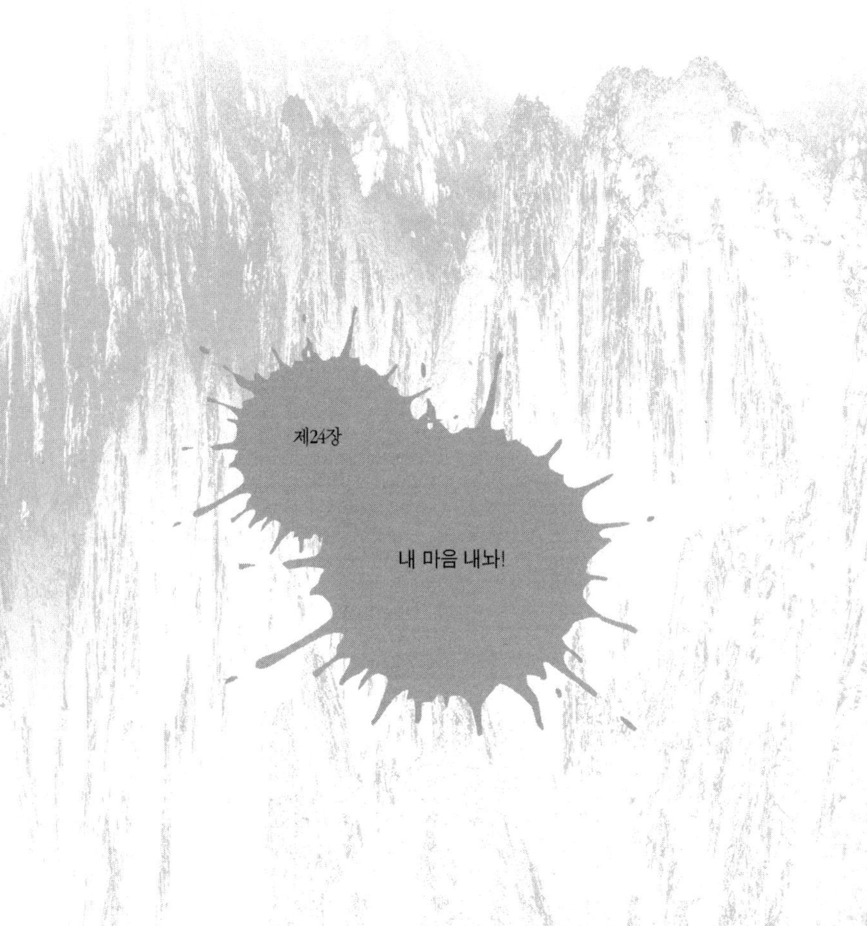

제24장

내 마음 내놔!

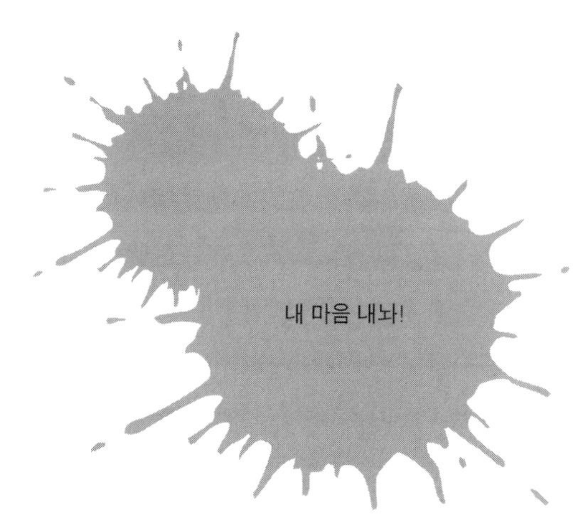

종리청의 얼굴은 창백했다.

얼마나 충격을 받았는지 전서를 받아 든 그의 손은 바람 앞의 사시나무처럼 부르르 떨리고 있었다.

"이걸 믿으란 말인가?"

정신 나간 사람처럼 중얼거리는 그의 모습에 맞은편에 부복해 있던 하운이 걱정스러운 얼굴로 그를 바라봤다.

그가 아는 종리청은 오직 실력만으로 수많은 위기와 암계(暗計)를 헤쳐 온 입지전적인 인물이었다. 목숨이 경각에 달린 상황에서도 늘 여유를 잃지 않았던 그인지라 지금처럼 격동한 모습은 이십여 년간을 보필해 온 그로서도 처음 보는 것이었다.

그만큼 걱정과 염려가 앞섰다.

종리청은 대답 대신 하운에게 전서를 내밀었다.

전서구를 건네받아 그 안의 내용을 읽어가던 하운의 얼굴이 급격히 굳어졌다.

"총사, 이것은……."

하운은 자신의 눈을 믿을 수 없었다.

전멸이라니? 혁련세가의 정예가, 그것도 위대붕과 오종원 등 내로라하는 고수들을 대동한 혁련걸 같은 절정고수가!

잠시 생각을 정리하던 하운이 입을 열었다.

"일단 이 보고서의 진위를 먼저 파악하는 것이 우선이라 생각됩니다."

"서신의 말미를 보라."

하운의 시선이 다시금 서신을 살폈다.

뚜렷하진 않지만 서신 끝자락엔 급하게 휘갈겨 쓴 수인(手印)이 적혀 있었다.

"이건?"

"불확점복 그 사람의 수인이다."

"능곡유!"

하운의 눈이 더없이 크게 홉떠졌다.

자신이 익히 아는 명호라서가 아니었다. 바로 그 명호가 지닌 의미가 너무나 무거웠기 때문이다.

불확점복 능곡유.

당금 십대고수의 일인이자 사괴 중 가장 신비하다 알려진 인물. 그가 전해온 서신이라면 내용은 의심할 여지가 없었다.

그때였다.

하운의 놀라움이 채 가시기도 전에 집무실을 울리는 음성이 있었다.

"과연, 이런 곳에 숨어 있으니 찾기가 어려울 수밖에."

스릉!

하운의 검집에서 검이 뽑혔다. 그리고 그의 검은 한줄기 빛살이 되어 허공을 갈랐다. 이는 거의 동시에 이루어진 일이어서, 하운과 가까이 있던 종리청조차 차가운 검명을 듣고 나서야 그가 검을 휘둘렀음을 깨달을 정도였다. 하나 그 섬전 같은 빠름으로도 불쑥 집무실 안으로 들어선 괴인을 벨 수 없었다.

"성질 급한 친구로군."

하운이 믿을 수 없다는 표정으로 자신의 검을 응시했다. 아니, 정확히 말하면 자신의 검끝을 엄지와 검지로 잡아낸 한 사람의 손을 바라보고 있었다.

그 손의 주인은 매우 우스꽝스러운 차림을 하고 있었다.

누더기처럼 덕지덕지 기워놓은 도포는 도포라 부르기에도 민망할 정도로 어지러운 색으로 치장되어 있었다. 등에 메고 있는 열두 개의 깃발은 누렇게 색이 바래 금방이라도 바스러질 것 같았고, 한 손에 들고 있는 대나무 통 역시 때가 타고

꼬질꼬질해 거지조차 거들떠볼 것 같지 않았다.

생김새 또한 기괴한 행색에 못지않았다. 축 처진 눈꼬리와 음울한 입매는 줄초상을 당한 과부의 얼굴을 떠올리게 했고, 짓누른 눈매에는 누런 눈곱이 끼어 있었다.

"능 대협!"

"……!"

종리청의 외침에 하운은 새삼스러운 표정으로 눈앞의 노도사를 바라봤다.

종리청이 대협이라 부를 만한 인물은 손에 꼽을 정도였다. 그중에서도 능 씨 성을 지닌 이라면 방금 전 그들이 입에 담았던 한 사람 외엔 달리 생각할 수 있는 인물이 없었다.

손으로 툭 건드려도 피를 토하고 죽을 것만 같은 눈앞의 노인네가 능곡유라니…….

잠시 머뭇거리는 하운을 향해 종리청이 다그치듯 입을 열었다.

"하운, 어서 검을 치워라!"

그러나 하운은 검을 거둘 수 없었다. 힘주어 검을 잡아당겼으나 마치 만 근 바위에 짓눌린 듯 검이 옴짝달싹하지 않았기 때문이다.

식은땀을 흘리는 하운을 바라보며 능곡유가 웃음을 머금었다.

"자네… 섬전검(閃電劍)의 후예인가?"

그 한마디에 하운은 등골이 서늘해졌다. 아직도 자신의 부친을 기억하고 있는 사람이 있을 줄이야……! 더구나 일 검을 마주한 것만으로 그와 자신의 관계를 유추해 냈다는 것은 놀라운 일이었다.

섬전검 유관. 한때는 점창의 기대를 한 몸에 받는 후기지수였으나 정사대전에서 돌아온 이후 피에 전 살귀가 되어 지금도 운남 일대에서 언급되곤 하는 창산혈사(蒼山血事)의 장본인이었다. 수많은 사람을 해친 끝에 결국 점창파의 장로 여덟 명과 일대제자 삼십여 명이 동원되어 그를 처단했다. 하지만 그 과정에서 두 명의 장로가 열한 명의 일대제자와 함께 횡액을 당했다. 그 때문일까. 당시 기억을 떠올린 점창파 인사들은 자다가도 이를 가는 이가 수두룩하다 들었다.

웃고는 있었으나 가늘게 휘어진 능곡유의 눈꼬리에 맺혀 있는 살기를 하운은 여실히 느낄 수 있었다.

하운은 내심 한숨을 흘렸다. 유관의 죽음 이후 해가 바뀌어 수십 년이 지나고 이름마저 바꿨지만 아직도 자신은 아비의 악명으로부터 자유롭지 못한 것이다.

이때 종리청이 급히 나섰다.

"그는 비록 무공을 아비에게 물려받았으나 성품은 물려받지 않았습니다. 제가 수하로 거둔 지 적지 않은 세월이 지났으니 능 대협께선 부디 손을 거둬주시길 바랍니다."

그제야 능곡유가 손을 털며 하운의 검을 놓아주었다. 그리곤 종리청을 향해 눈인사를 건네더니 집무실을 둘러보았다.

"의천맹의 총사가 기거하는 곳치곤 매우 소박하군. 자네도 어지간히 적이 많은 모양이야. 이런 곳에 숨어살다니 말일세."

쓴웃음을 머금은 종리청이 질문을 던졌다.

"제가 있는 곳을 어떻게 찾으셨습니까?"

그 질문에 능곡유는 과장스럽게 자신의 어깨며 무릎을 주물렀다.

"우선 차부터 내오게. 거지들 소굴에서 예까지 쉬지 않고 달렸더니 몹시 목이 마르구먼."

"알고 계셨습니까?"

"개방이 자네의 눈과 귀가 되었음을 아직까지 모르는 사람도 있다던가?"

"그럼 전서구를 쫓아서……."

"그 외엔 달리 자네가 있는 곳을 알아낼 방법이 없지 않은가?"

약간은 멋쩍었던지 능곡유가 자신의 콧잔등을 긁었다. 그러나 하운은 놀라움을 넘어 경악을 금할 수 없었다. 어찌 인간이 날개 달린 짐승을 두 발로 쫓아올 수 있단 말인가?

"하운, 차 좀 내오게."

한차례 허리를 숙이고 하운이 밖으로 나서자 종리청이 능곡유를 바라보며 입을 열었다.

"서신의 내용이 사실입니까?"

장난스럽던 능곡유의 얼굴에서 웃음기가 사라졌다.

"이 나이에 흰소리를 지껄이면 사람들이 욕하네."

"자세히 말씀해 주십시오."

"내가 도착했을 때는 모든 것이 끝난 뒤였네. 산처럼 쌓인 시체와 내를 이룬 핏물이 가득한 그곳엔 죽음의 냄새만이 떠돌고 있더군."

할 말을 잃은 종리청을 향해 능곡유가 설명을 이어갔다.

"현장의 남겨진 흔적으로 미루어보건대 흉수는 분명 단 한 명이었네. 아마도 당대 촉산혈성의 짓이겠지."

"그가 아무리 초절한 무위를 지녔다 할지라도 단신으로 그들을 전멸시키다니……. 더구나 생존자가 한 명도 없다니……. 이는 도저히 납득이 가질 않는군요."

"아마도 달아날 수 없었을 게야, 워낙 순식간이었으니."

"무슨 뜻입니까?"

"수하들의 시신을 살펴보다 흥미로운 사실을 발견했네."

능곡유가 혀로 입술을 축였다. 그리곤 눈빛을 빛내며 당시의 상황을 떠올렸다.

"혁련세가의 무인들 대부분의 사인은 한 가지였다네. 심맥이 가닥가닥 끊겨 있었지. 이상한 점은 그들에게서 이렇다 할 저항의 흔적을 찾아볼 수 없었다는 거야. 더구나 사망 시각 또한 같았지. 다시 말해, 그들은 단 한 번에 가해진 엄청난 충격으로 인해 내부가 진탕되어 죽음에 이른 거야. 그것도 동시에.”

“독?”

“어디에서도 중독의 흔적은 찾아볼 수 없었네. 그리고 당시에 바람은 흑암보 방향으로 불고 있었네. 독공을 사용하기엔 불리한 상황이었지.”

종리청의 얼굴에 의구심이 떠올랐다.

‘독이 아니라고?’

그럴 리가 없다. 독이 아니라면 이처럼 일거에 무인들을, 그것도 혁련세가의 정예처럼 철저히 훈련된 무인들을 동시에 죽음에 이르게 할 수 없다. 그러다 문득 한 가지 생각이 벼락처럼 머릿속을 스치고 지나갔다.

“그렇다면……..”

종리청의 생각을 짐작한 듯 능곡유가 고개를 끄덕였다.

“그렇다네. 아마도 음공이었겠지.”

종리청이 이의를 제기했다.

“그렇다 해도 이해할 수 없는 점이 있습니다. 당금에 현존하는 음공 중 으뜸으로 꼽는 소림의 사자후라 할지라도 사람의 혼백을 흐트러뜨리는 정도이지 그처럼 살인적인 위력을 지닐 수는 없습니다.”

“신풍마유의 음공이라면 이야기가 다르지.”

“……!”

"촉산혈문의 개파 조사인 단리양과 신풍마유는 친분이 깊었다고 알려져 있네. 사백 년 전 구대문파의 혈겁 역시 단리양의 죽음으로 인한 것이었고. 그들의 친분을 생각하건대 아마도 촉산혈문에는 신풍마유가 어떤 형태로든 남겨놓은 진전이 보존되었을 게야."

"으음……."

종리청은 침음성을 흘렸다. 확실히 신풍마유의 음공이라면 한 번에 수백 명의 인원을 주살하는 대량 살상이 가능할 것이다.

자신이 너무나 무서운 자를 적으로 삼고 만 게 아닌가 하는 후회가 불현듯 고개를 들었다. 하나 종리청은 이내 고개를 저었다. 아무리 단리백이 무서운 적이라 할지라도 맹주의 목숨과 의천맹의 안정, 나아가 어둠 속에 웅크린 채 강호를 주시하는 마교의 음모에 맞서기 위해서라도 단리백이라는 산은 반드시 넘어야만 하기 때문이다.

복잡한 생각에 안색이 어두워진 종리청을 바라보며 능곡유가 입을 열었다.

"그런데 이상한 점이 있단 말이야."

종리청이 자신을 바라보자 능곡유가 고개를 갸웃거렸다.

"어째서 그는 그토록 서둘렀던 것일까?"

"서두르다니, 그게 무슨 말입니까?"

"믿겨지지 않을지 모르겠지만……."

　의미심장하게 말끝을 흐린 능곡유가 손가락 일곱 개를 펴
보였다.

　"단 일곱 초 만에 승부가 갈렸네."

　영문을 몰라 의아해하던 종리청은 이어진 능곡유의 설명
에 얼굴이 검게 물들어 버렸다.

　"주위에 남겨진 전투의 흔적을 살폈네. 음공에서 살아남은
혁련걸과 위대붕은 힘을 합쳐 촉산혈성과 맞섰네. 그런데도
일곱 초를 넘기지 못했어."

　"그런 말도 안 되는……."

　"사실일세. 그전에 싸운 오종원은 이 초 만에 치명상을 입
었으니까."

　종리청은 한참이나 말을 잇지 못했다. 이는 자신이 예상한
그의 무위를 훨씬 뛰어넘고 있었다. 그도 그럴 것이, 오래전
그가 목격한 단리백의 무공은 절반밖에 되지 않는 실력이었
기 때문에 아직도 그가 본래의 무위를 회복한 사실을 모르고
있었던 것이다.

　"그래서 더욱 이상하다는 거야."

　비로소 능곡유가 자신이 분석한 상황을 설명하기 시작했
다.

　"그 정도 고수라면 혁련세가 전부가 달려든다 해도 충분히
그들을 주살할 수 있었을 게야. 거기에 내가 있었다고 해도
마찬가지야, 나 역시 그를 상대로 이십 초 이상을 겨룰 자신

이 없으니까. 그런데도 굳이 음공을 쓴 이유를 이해할 수 없단 말이야. 지금까지 신풍마유의 음공이 단 한 번도 드러나지 않았던 점이 더욱 걸려. 아마도 촉산혈성은 대대로 음공을 사용하길 꺼려왔을 게 틀림없어. 만약 음공의 존재가 알려진다면 전 무림의 공적으로 몰려도 이상할 게 없거든. 그런데도 그는 음공을 사용했네. 다시 말해, 이는 그가 모종의 이유 때문에 서두르고 있었다는 반증이 되지.”

능곡유의 말을 곱씹어 생각하던 종리청의 눈에서 섬전 같은 안광이 스쳤다 사라졌다.

“시간! 그에겐 시간이 부족했군요!”

능곡유가 감탄했다는 듯이 새삼스러운 눈으로 종리청을 바라봤다.

“괜히 총사 자리를 꿰찬 것은 아니었군.”

“그에겐 무언가 제약이 있었을 게 틀림없습니다. 예를 들어 잠력을 격발했다던가…….”

“그럴 수도 있지, 격발시킨 잠력은 지속 시간이 짧으니까.”

능곡유가 고개를 끄덕였다.

그제야 종리청은 사람 같지 않은 단리백의 엄청난 무위를 납득할 수 있었다. 단 한 번 스쳤을 뿐임에도 불구하고 단리백은 십대고수라 불리기에 부족함이 없는 인물이었다. 그가 잠력을 격발하여 평소보다 몇 배의 힘을 얻었다면 그 초인적인 누력도 이해가 불가능한 것도 아니었다.

종리청이 돌연 능곡유를 향해 질문을 던졌다.

"이십 초 정도를 상대할 수 있다 하셨습니까?"

능곡유가 빙그레 웃음을 머금었다. 질문 안에 담긴 종리청의 의도를 단번에 읽어낸 것이다.

"나 혼자로는 부족해. 적어도 십대고수 중 네 명은 있어야 할 게야. 어쩌면 그걸로도 부족할지 모르지. 그중 광룡도제나 설산검후가 가세한다면 이야기가 달라지겠지만."

종리청이 깊은 생각에 잠겼다.

검선은 화산파의 인물. 그는 어떨지 몰라도 화산파가 의천맹의 행사에 힘을 보탤 리 없었다. 구대문파를 견제하며 그들의 강호 행사를 철저히 막아온 건 의천맹이 아니던가.

광룡도제 하후용은 행방이 묘연할 뿐 아니라 정파에도, 사파에도 속하지 않은 자유분방한 사고를 가진 사람. 자신의 의견에 동조해 줄지 알 수 없었다.

설산검후 역시 마찬가지였다. 몇몇 무림명숙에게 알려진 대로라면 설산검문과 촉산혈문은 나름의 유대 관계를 맺고 있어서 그곳에도 선뜻 부탁할 수가 없었다.

'그렇다면 남은 건 삼왕과 사괴……'

삼왕 중 수왕인 패력거산(覇力巨山) 사도명. 단리백에게 죽은 오종원이 그에겐 처남이 되니 오종원의 죽음으로 그를 움직이는 게 가능할 것이다.

'권왕은 어려울지도……'

이미 오랜 세월 무림과 발을 끊은 홍적문이다. 명리를 초월하여 흔들리는 법이 없는 그의 담백한 성품으로 미루어보건대 자신의 제안을 거절할 가능성이 높았다. 아니, 이미 한 번 금적산을 통해 확실히 거절해 왔다. 더구나 의천맹 재정의 상당 부분은 중원상단에 의지하고 있는 현재로썬 더욱 그를 움직이는 게 어렵게 느껴졌다.

이때 잊은 것이 생각났다는 듯 능곡유가 입을 열었다.

"아참! 홍가 녀석은 반드시 있어야 하네."

"어째서입니까?"

"혹시 모를 촉산혈성의 음공에 맞설 수 있는 사람은 오직 그 사람뿐이니까."

그랬다.

현재로썬 음공에 대한 대비책이 전무했다.

구대문파와의 불편한 관계로 인해 소림에겐 도움을 청하기 어려웠다. 홍적문이 비록 파계했다 하나 소림의 승려였던 자. 더구나 그 자신은 아직까지 소림을 버리지 못했으니 사문의 뜻을 거스를 리 없었다. 하지만 그가 이룬 사자후의 성취는 당금 소림의 장문인을 능가한다 하지 않던가. 어떻게 해서든 그를 끌어들여야만 했다.

'어쩔 수 없는가…….'

생각해 보면 딱히 방법이 없는 것도 아니었다. 다만 그로서도 선뜻 내키지 않는 졸렬한 수단이기에 애써 생각하지 않았던 것뿐이다. 하지만 지금과 같은 상황에선 어찌할 수 없었다.

'그리고 사괴.'

능곡유는 이미 자신과 함께하기로 뜻을 굳혔음이 확실했다. 불호신투 척대명이야 모습을 드러내지 않은 지 오래니 일단 제쳐 두고, 사망유희 오문호는 충분한 조건을 제시하면 자신의 뜻대로 움직여 줄 것이다. 종여서생 종리항 역시 마찬가지. 비록 광인이긴 하나 의천맹의 뇌옥 깊숙한 곳에 구속되어 있는 그 또한 자유를 갈망하고 있을 터.

정작 문제는 이제는 사대세가가 되어버린 나머지 세가들을 설득시키는 것이었다.

자신의 생각을 가늠하던 종리청이 능곡유를 바라봤다.

"어떻게든 될 것 같습니다. 삼왕과 사괴 중 불호신투를 제외한 나머지 사람들은 아마도 저희와 함께할 것입니다. 이것으로 충분한지요."

"충분하지. 아암, 충분하고말고."

"그런데……."

만족스러운 표정으로 고개를 끄덕이는 능곡유의 모습에 종리청이 조심스레 입을 열었다.

"능 대협께선 어떻게 본 맹과 촉산혈성 사이에 불거진 갈등을 아셨습니까?"

갑작스러운 그의 등장에 경황이 없어 지금까지 묻지 못한 질문이었다.

능곡유가 웃으며 들어올린 손가락을 흔들었다.

"묻는 순서가 틀렸네. 자네는 어째서 내가 자네를 도우려 하는지 그 이유를 가장 먼저 물었어야 했어."

종리청이 머쓱한 표정을 지었다.

"그렇다면 지금 묻지요. 무엇 때문입니까?"

"자네는 나의 점괘를 믿나?"

뜬금없는 반문에 종리청이 대답을 하지 못하자 능곡유는 그럴 줄 알았다는 듯이 웃음을 떠올렸다.

"세간에 알려진 바와 달리 지금까지 나의 점괘는 단 한 번도 틀린 적이 없다네. 천기를 읽는 것은 매우 위험한 것이어서 함부로 누설했다가는 제 수명을 누리지 못할 뿐만 아니라 남은 삶도 온전히 살기 어렵기에 함부로 입밖에 낼 수 없었을 뿐이야. 병신으로 반평생을 살기가 일쑤고, 때론 인간으로선 상상도 하지 못할 가혹한 천형이 기다리기도 한다네. 그래서 나는 천기를 읽을 뿐 이를 발설할 수 없었지. 그래서 내가 불확점복이야. 죽음에 관한 점괘만을 허락받았거든."

웃음기 하나 없이 엄숙해진 얼굴로 능곡유가 입을 열었다.

"나는 오늘 자네 앞에서 처음으로 천기를 누설하려 하네."

능곡유 정도 되는 사람이 허언을 입에 담을 리가 없었다. 그래서 종리청 역시 사뭇 긴장한 얼굴로 그의 말을 기다렸다.

쫘라락.

능곡유는 산통에 담긴 대나무 가지를 탁자 위에 아무렇게나 쏟았다. 그리고 눈은 감은 채 그중 하나를 집어 종리청에게 내밀었다.

"읽어보게."

"대흉이로군요."

"이와 같은 점괘가 나왔던 적은 내 평생 단 한 번뿐일세. 정사대전이 벌어졌을 당시에도 대흉은커녕 복과 화는 서로 견줄 수 없으나 길(吉)보단 흉(凶)이 많으리란 뜻의 '소흉(小凶)'과 번쩍이는 칼이 뒤섞이는 '혼화(混鉌)'의 괘가 나왔을 뿐이네. 그런데 이번에는 대흉이야."

"으음……."

"나는 점쟁이라 매일같이 하늘 쳐다보는 게 일이야. 그러던 어느 날, 정확히 십육 년 전 밤하늘에 떠오른 불길한 별을 발견할 수 있었네. 자네 역시 천살성이 무언지는 알고 있겠지? 그 별의 기운이 머문 곳은 산서, 정확히 흑암보의 하늘 위였네."

잠시 말을 멈춘 능곡유가 당시의 기억을 더듬었다.

"그때부터 흑암보를 주시하기 시작했지. 그리고 나서 놀라운 것을 알게 되었네. 산서 일대를 평정했던 강호사사의 실종이 그것일세. 비록 십대고수와 비견할 순 없으나 그들은 결코 만만한 인물들이 아니야. 흑도무림을 산서로 한정 지은 이후 정파에서도 그들을 건드릴 이유가 없으니 그들의 실종은 확실히 이상한 점이 있었지. 게다가 그들의 실종 이후 흑암보가 욱일승천(旭日昇天)의 기세로 산서의 흑도 세력을 규합한 것 역시 어딘가 부자연스러웠어."

"그래서 알아내신 것이 있습니까?"

종리청의 반문에 능곡유가 고개를 끄덕였다.

"강호사사의 실종과 흑암보의 득세. 거기에 한 사람이 관여했음을 알 수 있었네. 그가 바로 당대의 촉산혈성인 단리백이란 잘세."

이미 종리청은 단리백과 전대 흑암보주였던 임채성의 관계를 알고 있었기에 그리 놀라진 않았다. 하나 이어진 능곡유의 말에 자신도 모르게 얼굴이 붉어졌다.

"나는 계속해서 흑암보를 주시했네. 비록 촉산혈성은 강호사사와 함께 모습을 감췄으나 천살성은 여전히 흑암보에 머물고 있었기 때문이지. 나는 그가 언젠간 다시 흑암보에 모습을 드러내리라 생각했네. 그리고 십육 년이 지나서야 내 예상은 들어맞았네."

"그렇다는 것은 흑암보에 대한 본 맹의 행사 역시 알고 계셨겠군요."

"스스로를 탓하지 말게나. 나 역시 도중에 주의를 주려다 말았네. 천리란 인간의 힘으로 쉽게 바꿀 수 있는 게 아니니까."

능곡유의 말에 종리청은 쥐구멍에라도 숨고 싶은 심정이

었다. 괜한 질문으로 자신의 실수를 드러낸 것과 다름없었기 때문이다.

이에 상관없이 능곡유가 말을 이어갔다.

"촉산혈성이 처음 강호에 나선 것이 십육 년 전. 그리고 같은 해 천살성이 하늘에 빛을 발하기 시작했네. 그리고 그가 돌아온 지금 천살성의 기운은 더욱 짙어졌지. 이것이 우연이라 생각하는가?"

"그렇다면……."

"촉산혈성. 그가 아니고서는 천살성을 대신할 인물이 없네. 어떤 식으로든 그가 강호에 재앙을 가져오는 단초가 될 것임은 틀림없는 사실이야. 일단 그로 인해 피바람이 몰아치면 이는 걷잡을 수 없이 번질 터, 미연에 삭초제근(削草除根)하여 혈풍을 잠재울 수밖에."

여기까지 말한 능곡유가 갑자기 입을 다물었다. 하지만 그도 잠시, 그의 얼굴이 급격히 창백해지나 싶더니 돌연 왈칵 시커먼 핏덩이를 토해냈다.

뜻밖의 사태에 종리청이 놀라 벌떡 일어섰다.

그런 그를 능곡유가 웃으며 제지했다.

"말했잖은가, 천기를 누설했기 때문일세. 게다가 천리를 바꾸려고까지 하는 걸……."

말을 잇기도 힘겨운 듯 능곡유는 몹시도 지친 표정으로 가쁜 숨을 몰아쉬었다.

때마침 하운이 한 잔의 차를 들여왔다.

찻물로 입 안에 고인 핏물을 행궈내는 능곡유를 바라보던 종리청이 하운을 향해 고개를 돌렸다.

"하운, 각 세가에 전서구를 띄워라. 회의를 소집한다."

"알겠습니다."

"그리고⋯⋯."

"⋯⋯!"

종리청의 전음에 하운의 표정이 돌처럼 굳어졌다.

"진심이십니까?"

평소와 다르게 하운은 반문까지 하며 종리청의 얼굴을 응시했다.

이에 종리청은 나직이 한숨을 흘리며 고개를 끄덕였다.

"어쩔 수 없구나. 주어진 시간이 촉박하니."

"⋯복명."

지그시 입술을 깨문 하운이 한차례 부복하더니 집무실을 나섰다. 하나 그의 뒷모습에서 종리청은 그가 자신의 명령을 매우 탐탁지 않아함을 알 수 있었다. 하지만 어쩌겠는가, 그 역시 마음이 불편하긴 마찬가진데.

가슴이 답답해지는 것을 느낀 종리청은 말없이 창밖을 응시할 뿐이었다.

*　　　　*　　　　*

"흑승."

어둠 속을 낮게 울리는 저음에 검은 피풍의를 걸친 사내가 고개를 들었다.

새파란 안광이 일렁이는 무간과 눈이 마주친 흑승은 자신도 모르게 온몸의 털이 곤두서는 듯한 느낌을 받았다.

매번 겪는 것이지만 지옥의 밑바닥에서나 어울릴 법한 무간의 시선은 이십 년 넘게 그를 보필해 온 자신도 쉽게 적응할 수 없는 위험한 무언가를 담고 있었다.

그 눈이 지금 웃고 있었다.

"꽤나 귀찮게 군다면서?"

처음엔 의미를 몰라 의아해하던 흑승이었으나 음습한 살기를 피워 올리는 무간의 모습에서 이내 질문의 요지를 파악할 수 있었다.

"자신들은 혁련걸이 죽은 지금이 적기라 판단한 모양입니다."

무간이 의미 모를 미소와 함께 고개를 끄덕였다.

"어떻게 생각하나?"

잠시 생각을 정리하던 흑승이 신중하게 입을 열었다.

"아직은 시기상조라고 생각합니다."

"그래? 난 지금도 괜찮다고 생각하는데."

무간이 말을 이어갔다.

“그들의 소원대로 해주지. 모용가의 늙은이들을 움직여.”

“하오나… 아직 팔한지옥이…….”

“우리는 나서지 않는다.”

“……!”

“움직이는 건 모용가뿐이다. 우리는 그저 멀리서 구경하며 여흥을 즐길 뿐이다. 그들이 의천맹의 힘을 조금이라도 갉아 낸다면 그것 또한 나름대로 괜찮겠지.”

당황한 흑승과 달리 무간은 여유로운 웃음으로 작은 소도를 들어 손톱을 다듬기 시작했다.

“이쯤에서 꼬리를 자를 필요가 있어. 언제까지 넋 놓고 있을 의천맹이 아니거든. 게다가 하루빨리 산속에 웅크리고 있는 구대문파를 전면으로 끌어내려야 해.”

“그대로 시행하겠습니다.”

“그보다 팔한지옥의 소집을 서두르는 게 좋겠어. 아무래도 때가 임박한 것 같다.”

사각.

소도 끝에 잘려져 나간 손톱을 떨어내는 무간의 웃음이 짙어졌다.

“그를 만나봐야겠어.”

흑승의 얼굴이 굳어졌다.

“직접… 말씀이십니까?”

“아아, 확인할 게 있거든.”

폭발하듯 짙어진 무간의 살기를 정면에서 받은 흑승은 자신도 모르게 마른침을 삼켰다.

드디어 시작인 것이다. 천하 일통도 강호 재패도 아닌, 그들만의 원대한 계획. 그 모든 것이 눈앞에 앉아 있는 사내의 한마디로 결정되었다.

＊　　　＊　　　＊

주륵.

무심코 따르던 잔에 채우던 술이 넘치고 말았다.

"대체 무슨 생각을 하는 거람?"

스스로에게 자책의 한마디를 던진 한초설은 천천히 손을 들어 입으로 가져갔다. 그리고 흥건히 손등을 적신 술을 핥기 시작했다.

혀끝을 짜릿하게 적셔오는 독한 술 맛을 음미하기도 잠시, 그녀의 시선은 다시금 멍해져 허공을 더듬었다.

단리백.

그를 생각하자 한초설은 가슴이 빠르게 뛰었다. 그리고 돌연 그가 보고 싶어졌다. 그를 만나기 위해 무작정 강호로 걸음을 옮겼던 그때 역시 마찬가지였다. 달라진 것이 있다면 당시보다 지금이 훨씬 가슴 아프고 안타깝다는 점이다.

석상처럼 무뚝뚝한 얼굴과 차가운 눈빛, 그리고 그 너머로 이따금씩 내비치는 미소를 떠올리자 더욱 그랬다.

그녀는 단리백이 행복하기를 바랐다. 그의 차갑고 메마른 얼굴에 웃음이 떠나지 않기를 바랐다. 찡그리듯 억지로 웃는 미소가 아닌, 감정이 겉으로 드러나는 자연스러운 미소.

얼마 전에야 그녀는 비로소 그런 그의 웃음을 마주할 수 있었다. 하지만 정작 그녀는 기뻐할 수 없었다. 그에게 그와 같은 웃음을 선사한 이는 자신이 아니었기 때문이다.

토도독.

뺨을 타고 흐르던 몇 방울의 눈물이 술잔 위로 떨어져 작은 파문을 만들었다.

"여기까지인 걸까⋯⋯."

나직이 중얼거리는 그녀의 음성에는 짙은 후회와 안타까운 심정이 고스란히 담겨 있었다.

"산을 내려오더니 줄창 술만 마셔대는군."

갑작스러운 음성에 한초설이 깜짝 놀라 황급히 고개를 돌렸다. 언제 왔는지 그곳엔 단리백이 서 있었다.

"상관 마셔."

피식 웃은 단리백이 한초설에게 다가섰다.

"나도 상관하고 싶지 않지만 여긴 내 방 앞이라서 말이야. 네 주사 때문에 밤잠을 설치긴 싫다."

"아, 그러서?"

시큰둥한 대답과 달리 한초설의 얼굴이 확 붉어졌다. 생각없이 발길을 옮기다 보니 자신도 모르게 단리백의 처소 앞에 이르러 있었던 것이다.

서둘러 자리를 뜨려는 한초설을 단리백이 붙들었다.

"이거 놓으시지?"

여전히 고개를 돌린 채 한초설이 으르렁거렸다. 그러나 단리백은 대답 대신 빼앗듯이 술잔을 낚아채더니 그녀에게 내밀었다.

"뭐야?"

"한잔 주려무나."

"싫어, 내 거야. 나 혼자 마실 거야."

어이없는 표정으로 한초설을 바라보던 단리백이 술병마저 빼앗았다. 그리곤 잔에 넘치도록 술을 따른 다음 단숨에 비워 냈다.

한초설이 소매를 들어 슥슥 얼굴을 문질렀다.

자신을 향해 돌아서는 그녀의 모습에 단리백은 입맛이 몹시 썼다. 눈물을 닦았다 해도 붉어진 눈시울은 감출 수 없었던 것이다.

이때 한초설이 단리백을 향해 오른손을 내밀었다.

단리백은 말없이 그녀의 손에 술병을 건넸다. 그러자 그녀는 다시 왼손을 내밀었다. 술잔마저 받아 들었으나 한초설은 여전히 손을 거두지 않았다. 그리곤 불쑥 입을 열었다.

"내놔."

단리백은 의아한 눈으로 그녀의 손에 들린 술병과 잔을 바라봤다.

한초설이 더욱 소리를 높여 입을 열었다.

"내놓으라구!"

"뭘?"

"내 마음 내놓으란 말이야, 이 나쁜 자식아!"

단리백은 한숨을 터뜨렸다. 푸른 달빛을 받아 더욱 서럽게 느껴지는 눈물이 다시금 그녀의 뺨을 타고 흐르기 시작했던 것이다.

단리백 또한 피가 흐르고 심장이 뛰는 사람이었다. 어찌 그라 해서 그녀의 마음을 모르겠는가. 다만 냉정히 뿌리칠 수도, 그렇다고 선뜻 받아들일 수도 없어 무심한 표정 너머로 감춰두었을 뿐이다.

"그거 알아? 오라버니 되게 잔인하단 거."

단리백은 말없이 고개를 끄덕였다.

"오라버니는……."

잠시 말끝을 흐리던 한초설이 슬픈 눈으로 단리백을 바라봤다.

"오라버닌 항상 자기는 아무것도 안 하고 남이 먼저 움직이길 기다리더라?"

"그랬던가?"

"그랬어. 자기 감정은 일언반구도 내비치지 않잖아. 그때도, 그리고 지금도.”

“…….”

“기억나? 내게 목숨을 맡기겠다고 한 말.”

“그런 말을 한 적이 있었지.”

“그래도 그때만큼은 정말 멋있었어.”

“고맙군.”

쓴웃음을 머금는 단리백을 향해 한초설이 소리쳤다.

“웃지 마! 그 웃음이 나에겐 무지 해롭다고! 독이 돼서 심장에 콱 하고 박힌단 말이야!”

“초설…….”

한초설이 더없이 서글픈 미소를 지어 보였다.

“내 이름 불러준 거 오랜만이네.”

“미안하다.”

“……!”

한초설의 어깨가 굳어지는 걸 보는 단리백 역시 마음이 아파왔다.

그러기를 잠시, 고개를 숙이고 있던 한초설이 애써 웃음을 머금고 단리백을 바라봤다.

“역시… 그 아이 곁에 있는 게 좋겠어, 오라버닌.”

한초설이 손을 뻗어 단리백의 얼굴을 매만졌다.

단리백은 잠시 인상을 찡그렸으나 그녀의 손을 뿌리치진 않았다.

한초설은 손끝에 느껴지는 단리백의 얼굴을 가슴 깊이 새겨갔다.

'손가락도… 눈도, 이 나의 모두가 당신을 느끼기 위한 것.'

앞으로 어떻게 될지 예측조차 할 수 없었지만 단리백이 행복하기를 바라는 마음은 변함이 없었다. 이것이 오직 자신만의 바람일지라도, 그리고 그가 자신의 마음을 몰라준다 해도.

"돌아갈래."

갑작스런 그녀의 말에 단리백의 눈빛이 흔들렸다.

"굳이 당장이 아니라도……."

"아니, 난 떠나겠어."

강하게 고개를 흔든 한초설이 단리백을 보며 웃었다.

"걱정 마, 오라버니 때문이 아니니까."

한초설은 자신이 메고 있던 검집을 툭툭 두들겼다.

"설산을 내려온 이유 말 안 했지? 사실 말하기 민망해서 감추고 있었는데……."

한초설이 말을 이어갔다.

"어느 순간부터 검이 늘지 않는 거야. 갑자기 무서워지더라? 눈앞에 닥친 벽이 지금까지와 다르게 너무나 두텁고 높았거든. 더 이상 이를 넘지 못하는 게 아닐까 하는… 그런 막연한 공포를 느꼈어. 일단은 나 역시 무인이니까."

그렇게 말한 한초설이 혀를 내밀며 머쓱한 표정을 지었다.

“그래서 더욱 오라버니에게 의지했던 걸지도 몰라. 분명히 나보단 뛰어난 무인이잖아. 하지만 이젠 아니야. 좀 더 나 자신을 시험해 보고 싶어졌어. 그렇지 않으면 난 언제까지나 오라버니만 쫓아다니며 그 뒤를 바라볼 수밖에 없을 거야. 그 벽을 넘어 언젠간 오라버니가 나를 돌아보게 만들어주겠어.”

“초설.”

“괜찮아, 난 괜찮으니까……..”

“…….”

“그러니 오라버닌 좀 더 행복해져도 괜찮아.”

안쓰러운 단리백의 눈빛에 한초설은 가슴이 먹먹해지지는 것을 느꼈다.

이대론 또다시 눈물을 쏟을 것 같아 한초설은 재빨리 돌아섰다.

“고마웠어, 지금까지 나와 있어줘서.”

그 말을 끝으로 그녀는 뒤도 돌아보지 않고 어둠 속으로 사라졌다.

단리백은 그녀를 붙잡을 수 없었다. 억지로 가까이 머물게 한다는 것이 그녀에게 더욱 가혹한 일이 될 것임을 그 역시 모르는 바가 아니었기 때문이다.

단리백이 눈을 들어 하늘을 바라봤다.

시린 빛을 뿌리는 별빛이 유독 쓸쓸하게 느껴지는 밤이었다.

*　　　*　　　*

　의천맹을 대표하는 오대세가가 한자리에 모였다. 하나 그 어느 때와 달리 회의실 안은 무거운 정적에 휩싸여 있었다. 이미 죽어 회의에 참석할 수 없게 된 혁련걸을 대신해 참석한 혁련세가의 장로 혁련무위가 시종일관 침울한 표정을 짓고 있어서가 아니었다. 종리청 뒤로 의미 모를 웃음만 짓고 있는 능곡유의 존재가 신경 쓰여서도 아니었고, 오대세가의 수장만이 참석할 수 있는 회의에 중원상단의 인물이 끼어 있어서도 아니었다. 다만 오늘 회의에서 다룰 사안이 결코 가볍지 않다는 데서 기인한 것이었다.

　"그러니까……."

　무거운 침묵을 깨고 가장 먼저 입을 연 사람은 성질 급하기로 유명한 하북팽가의 장로 팽감영이었다.

　"총사 말은 혁련가주와 혁련세가의 정예들이 흑암보를 치러 갔다 횡액을 당했다는 말이오?"

　"그렇습니다."

　"생존자는 단 한 명도 없고?"

　"들으신 대로입니다."

　"으음……."

　수염을 꼬며 신음을 흘리는 팽감영에 이어 진주언가의 언고연이 조심스레 질문을 던졌다.

"총사께서는 어째서 우리를 속인 것인가?"

은근한 질책이 담긴 언고연의 말에 종리청이 한숨을 흘렸다.

"제 실책입니다. 그가 당대의 촉산혈성임은 알고 있었으나 괜한 동요를 일으킬까 저어해 함부로 진실을 언급할 수 없었습니다. 사태가 이렇게 커질 줄은 저 역시 예상하지 못했습니다."

"책임을 따지기 위함이 아니오. 앞으로 어찌하실 생각인지 의견을 듣고자 함이외다."

"일단은 사태를 수습해야지요."

"그러니까 어떻게 이를 수습할 건지 묻는 게 아니오?"

이때 말없이 상황을 지켜보던 사천당가의 가주 당령이 언고연을 제지하며 입을 열었다.

"총사, 묻고 싶은 게 있소."

"말씀하십시오."

"혁련 가주의 죽음이 결코 가벼운 사안은 아닐 터, 어찌하여 맹주께서는 아직도 모습을 보이지 않으시는 게요? 설마 폐관 수련 중이라는 얼토당토하지 않은 이야기라면 이 당 모는 결코 납득할 수 없을 것이오."

"맹주께서는……."

말끝을 흐리던 종리청이 긴 한숨을 터뜨렸다.

“맹주께서는 회의에 참석하실 수 없습니다.”

“그게 무슨 말이오?”

“그분은 현재 주화입마를 치료하고 계십니다.”

“……!”

일순 회의실에 정적이 감돌았다.

“그분이 주화입마라니…… 자세히 설명해 주시겠소?”

고개를 끄덕인 종리청이 남궁세가의 가주인 남궁기를 바라봤다.

자리에서 일어난 남궁기가 종리청을 대신해 상황을 설명하기 시작했다.

“아버님께서는…….”

남궁기의 말은 이러했다.

어느 날 갑자기 이름도 출신 내력도 알 수 없는 고수가 단신으로 의천맹에 잠입해 맹주인 남궁정이 폐관 수련을 하고 있던 폐관동에 침입했다. 운공 도중 불의의 습격을 당한 남궁정은 괴인을 제압하긴 했으나 그로 인해 주화입마에 들고 말았다.

종리청과 남궁정이 이 일을 비밀에 부친 것은 마지막 남궁정이 남긴 한마디 때문이었다. 그들, 바로 마교가 움직일 것이라는…….

“그 말이 사실이오?”

당령의 반문에 종리청이 고개를 끄덕였다.

"틀림없는 사실입니다."

"그렇다면 이제 와 그 사실을 밝히는 이유가 뭐요?"

"지금까지 진행된 일은 제가 세워놓았던 계획과 한 치의 어긋남도 없었습니다. 하지만 흑암보와 관련된 이후 급격히 흔들리더니 작금의 사태에까지 이르게 되었습니다. 저조차 결과를 예측하기 힘든 변수를 끌어들이고 말았기 때문입니다."

"촉산혈성?"

"그렇습니다. 게다가……."

종리청이 고개를 돌려 회의장 한 켠에 마련된 자리를 바라봤다.

그의 시선을 따라 자연스럽게 고개를 돌린 오대세가의 인물들은 말없이 자리를 지키고 있는 풍채 좋은 노인과 훤칠한 키와 반듯한 이목구비가 인상적인 중년인을 바라봤다.

"중원상단의 금 노대야와 사위 되시는 홍 대협입니다."

"금적산!"

"홍적문!"

사람들의 눈이 크게 홉떠졌다. 중원상단에서 보내온 사람인 줄 알았건만 설마 주인인 금적산과 이름만으로도 당금 강호를 위진시키는 권왕이었을 줄이야!

"그들이 어째서?"

팽감영의 질문에 홍적문이 조용히 자리에서 일어나 주위

를 향해 포권했다.

"본래 이곳에 있어서는 아니 됨을 모르는 것은 아닙니다. 하지만……."

홍적문의 시선이 당령을 향했다.

"당가의 가주께 묻고 싶은 바가 있어 이렇게 부득불 참석하게 되었습니다."

"나 말이오?"

"그렇습니다."

"말씀해 보시구려."

홍적문의 나이 올해 서른넷. 일가를 이룬 당령에 비해 한참이나 어린 연배였다. 하나 십대고수라는 이름이 지닌 무게 때문에 당령은 그에게 하대를 할 수 없었다.

"학정홍(鶴頂紅)에 중독당한 증상이 어찌 됩니까?"

뜬금없는 질문에 당령이 의아한 표정을 지었다. 홍적문이 학정홍에 대해 언급하는 이유를 알 수 없었기 때문이다.

부시독(腐屍毒)과 더불어 이대금용독(二代禁用毒)으로 불리우는 학정홍이다. 수명이 오래된 학은 자신의 머리에 독을 지니게 되는데, 이것이 학의 깃털을 변색시켜 붉은색을 띠게 한다. 이를 추출한 것을 학정홍이라 하며, 학정홍을 제조하기 위해서는 천 마리가 넘는 학을 필요로 하기 때문에 만들기도 어려울뿐더러 지금은 그 제조 방법이 실전되어 독에 관해 타의 추종을 불허하는 당가만이 극히 소량을 보관하고 있을 뿐이었다.

당령이 대답했다.

"학정홍은 부시독과 같이 사람을 순식간에 절명시키는 맹독은 아니지만 오랜 시간을 두고 중독된 사람을 괴롭히는 절독임에는 틀림없소. 천고의 질병이라 알려진 절맥을 유발시키기 때문이요. 학정홍은 발작을 동반하오. 발작은 주화입마와 비견될 만큼 고통스럽다 들었소. 처음엔 일각, 그리고 두 번째는 이각……. 발작이 찾아올 때마다 그런 식으로 고통을 겪는 시간이 늘어나지요. 게다가 그 발작에는 주기가 있는데, 처음엔 닷새의 간격을 두고 찾아오다 점점 그 주기가 짧아진다 들었소."

"그 주기가 하루에 이르면 어찌 됩니까?"

"열두 시진, 꼬박 하루를 괴로워하다 죽게 되오."

"치료 방법은 없습니까?"

"현재로썬 알려진 바가 없소."

당령의 말이 끝나기가 무섭게 회의장이 술렁이기 시작했다. 남궁기와 당령을 제외한 대부분의 사람들은 급격히 얼굴이 굳어지더니 당령과 홍적문을 뚫어지게 주시하고 있었다.

심상치 않은 분위기를 감지한 당령이 당혹스러운 표정으로 주위를 둘러봤다. 이유는 알 수 없었으나 자신을 바라보는 이들의 시선에 평소와는 다른 적개심이 묻어나고 있었던 것이다.

당령은 홍적문을 응시했다.

독에 관한 단순한 질문인지라 대답하는 건 어려운 일이 아니었다. 하지만 이어진 홍적문의 질문은 결코 단순한 사항이 아니었고, 자연 당령은 긴장할 수밖에 없었다.

"마지막으로 묻겠습니다. 당금 강호에 학정홍을 지닐 수 있는 곳이 몇 군데나 됩니까?"

"무슨 뜻이오?"

살짝 찌푸린 당령의 눈가에는 은은한 분노마저 감돌고 있었다.

홍적문의 표정 역시 싸늘하기 그지없었다.

"제 처와 여식이 며칠 전부터 가주께서 언급한 것과 동일한 중독 증세를 보이고 있습니다. 부족한 식견을 지닌 저로서는 당문만이 학정홍을 보유한 것으로 알고 있습니다. 그리고 그 관리가 철저해 외부로 유출되는 것을 철저히 차단하고 있다 들었습니다. 맞는지요?"

"지금 본 가를 의심하는 건가?"

당령의 말투가 존재에서 하대로 바뀌었다. 아무리 권왕이라 할지라도 당가를 모욕하는 것만은 참을 수 없었다.

"대답하시게, 당 가주."

"팽감영, 당신?"

자신의 대답을 재촉하는 팽감영의 말에 당령의 얼굴은 노기를 띠고야 말았다.

그런 당령을 달래듯 팽감영이 말을 이었다.

"오늘 이 자리에 형님이 함께하지 못한 이유를 알고 있는가?"

당령이 의아한 눈으로 팽감영을 바라봤다. 그렇지 않아도 늘 그림자처럼 팽감영과 행동을 같이하던 팽문호의 모습이 보이지 않아 내심 이상하게 생각하고 있었다.

이윽고 팽감영이 한숨과 함께 흘린 말에 당령은 당혹감을 금치 못했다.

"형님은 학정홍에 중독당했네."

"……!"

"처음엔 주화입마인 줄 알았네만… 방금 전 권왕의 말을 듣고 보니 학정홍에 중독된 증세가 틀림없구먼."

진주언가에서도 같은 말이 튀어나왔다.

"본가 역시 사정이 비슷하오. 얼마 전 본가의 가주께서도 비슷한 증상을 보이며 쓰러지셨소. 회의가 끝난 뒤 따로 이에 대해 당 가주와 면담을 하려던 참이었소."

"당 가주, 이게 대체 어찌 된 일인가?"

연이은 질문 공세에 당령은 정신을 차릴 수가 없었다.

학정홍을 비롯한 당가의 모든 독은 집약당(集藥堂)에서 관리하고 있다. 특히 학정홍과 부시독은 이대금용독으로 분류된 만큼 관리가 철저하고 매우 엄정해 누구나 함부로 다룰 수 있는 것이 아니었다. 더구나 칠 일 전, 당가를 출발하기 전에 자신이 직접 집약당에 들러 모든 물품과 제반 사항을 점검하지 않았던가.

당령이 홍적문을 향해 급히 물었다.

"처음 발작을 일으킨 게 언제요?"

"보름 전입니다."

당령이 팽감영과 언고연을 바라봤다.

"열흘 전이오."

"오늘로 열하루째 되오."

당령은 다소 상기된 표정으로 입을 열었다.

"그렇다면 본가에서 유출된 물건이 아닙니다. 일주일 전 제가 직접 학정홍을 비롯해 본가가 보유한 독의 양을 확인했습니다."

그때까지 말이 없던 금적산이 활활 타오르는 듯한 눈으로 당령을 노려봤다.

"노부는 이해가 가지 않는구려. 그렇다면 당가 외에 학정홍을 가진 곳이 있단 말이오?"

"그건……."

선뜻 대답하기 어려워 당령은 곤혹스러운 표정으로 주위를 둘러봤다. 그 어디에서도 당가에 우호적인 눈빛을 보내는 이가 없었다.

위기였다.

아무리 자신이 설명한다 한들 달리 사실을 입증할 방법이 없었다. 그들이 믿어주지 않는다면 자칫 당가는 공분(共憤)을 사게 될 것이다. 당장 어찌 될 일은 아니지만 하북팽가와 진주언가, 거기에 중원상당의 재력이 더해진다면 사천의 패주 당가로서도 상당한 곤경을 겪게 될 것임은 불 보듯 뻔한 일이었다.

당령이 긴장한 표정으로 마른침을 삼키고 있을 때였다.

종리청이 나서서 금적산의 말을 정정했다.

"학정홍이 반드시 당가에서 흘러나왔다고 단정할 수만은 없습니다."

중인들의 시선이 일제히 종리청을 향해 모아졌다.

"총사의 고견을 듣고 싶소."

"당금 세력 중 당가를 제외하고도 학정홍을 보유할 수 있는 능력을 지닌 곳은 세 군데가 있습니다."

"그게 어디요?"

"황실, 그리고 본 맹과 마교입니다."

"……!"

"하나 현재로썬 황실이 무림의 일에 개입할 이유가 없으니 그들은 아닐 것입니다. 그리고 본 맹 역시 이번 일과 관련이 없습니다."

"그렇다면……."

중인들의 생각은 한결같이 나머지 한 곳에 집중되었다.

마교!

맹주의 자리가 공석이 된 지금 의천맹을 움직이는 실질적인 권한은 총사인 종리청이 쥐고 있었다. 혁련가주의 죽음으로 가뜩이나 뒤숭숭한 이때에 그가 이와 같은 일로 맹 내의 혼란을 야기시킬 이유가 없었다. 게다가 언제 마교가 발호할지 모르는 불안한 상황에서 오대세가의 분열을 자초할 리도 만무했다. 하지만 이해가 가지 않는 점이 있었다.

남궁세가의 가주 남궁기가 질문을 던졌다.

"왜 하필 팽가와 언가, 그리고 중원상단이란 말이오?"

"그들이 원하는 건 오직 하나. 바로 본 맹의 혼란 그 자체이기 때문입니다."

종리청의 설명이 이어졌다.

"의천맹은 오대세가의 힘이 결집되었을 때 그 힘을 발휘합니다. 하지만 혁련가주가 죽은 이때 혁련세가를 둘러싸고 나머지 세가들이 이권 다툼을 벌이는 것이 그들이 원하는 상황일 것입니다. 여기에 오해가 보태져 중원상단으로부터의 자금 지원이 끊기고, 나머지 세가들이 반목하기 시작한다면 의천맹은 그야말로 자중지란(自中之亂). 그들로선 더할 나위 없는 기회가 되겠지요."

어느 정도 수긍하는 분위기가 조성되자 비로소 혐의를 벗은 당령은 가슴을 쓸어 내렸다.

종리청이 한 걸음 앞으로 나섰다.

"하나 그들이 모르는 것이 있습니다. 학정홍의 중독을 치료할 수 없는 방법이 존재하기 때문입니다."

당령이 매우 놀란 눈으로 종리청을 바라봤다. 오랜 세월 동안 당가가 학정홍에 대해 연구해 왔으나 그간 쏟아 부은 노력에 비해 아직까지 이렇다 할 결과를 내놓지 못하고 있었기 때문이다.

학정홍으로 피해를 입고 있는 당사자들의 놀라움 또한 더하면 더했지 당령보다 못하지 않았다.

"경청하겠습니다."

홍적문이 종리청이 말을 재촉했다. 좀처럼 차분함을 잃지 않던 그의 얼굴에도 다급함이 묻어나고 있었다. 그 역시 사람인지라 혈육의 목숨이 경각에 달린 만큼 신경이 곤두설 수밖에 없었다.

"그전에 분명히 해둘 이야기가 있습니다."

잠시 말을 멈춰 중인들의 시선을 모은 뒤 종리청이 입을 열었다.

"제 대답 여하에 따라 오대세가는 상당한 대가를 치러야 할지도 모릅니다. 중원상단 역시 마찬가지입니다. 그만큼 가벼운 사안이 아님을 먼저 알아주십시오."

"알았으니 그 방법이 뭔지 어서 말해보시오!"

성질 급한 팽감영이 얼굴까지 붉힌 채 소리쳤다.

고개를 끄덕인 종리청이 입을 열었다.

"이 자리에서 천하삼대극품기공을 모르시는 분은 없으리

라 생각됩니다."

중인들이 의아한 얼굴로 고개를 끄덕였다. 강호에 몸담고 있는 이들 중 이를 모르는 이가 얼마나 될까.

남궁기가 반문했다.

"경하기, 혼원일기공(混原一氣功), 철혼유마심공(劉魂喩魔心功) 말입니까?"

"그렇습니다. 하지만 지금은 대부분 실전되고 철혼유마심공만이 마교 교주를 통해 전승되고 있지요."

"갑자기 천하삼대극품기공을 언급하시는 이유가 뭔지 물어도 되겠소?"

"바로 맹주님께서 익힌 대력금황기가 한때 혼원일기공이란 이름으로 불리웠기 때문입니다."

"……!"

놀란 표정을 짓는 중인들을 향해 종리청이 말을 이어갔다.

"주화입마에 들기 전 맹주께서는 십성의 경지를 눈앞에 두고 계셨습니다. 십성에 이른 혼원일기공이라면 충분히 학정홍을 해독시키고, 중독으로 인해 제자리를 벗어난 기맥과 혈맥을 온전히 바로잡을 수 있습니다."

중인들은 고개를 끄덕여 수긍했다.

혼원일기공을 십성의 경지까지 익혔다면 만독불침(萬毒不侵)을 지니게 되며 십이성 대성하면 수화(水火)의 기운마저 침범하지 못해, 그야말로 금강불괴(金剛不壞)를 이룬다 하지 않았던가. 하지만 문제는 혼원일기공을 익힌 맹주 남궁정이 지금은 주화입마에 빠져 의식조차 없다는 것이었다.

"그게 그거 아닌가? 맹주께서 일어나시지 않는 이상 어떻게……."

팽감영이 탄식을 터뜨렸다.

중인들 역시 실망한 기색이 가득했다. 심지어 못마땅한 눈으로 종리청을 바라보는 이도 있었다. 하지만 이는 오래가지 않았다.

"주화입마로부터 빠져나올 방법이 있습니다."

중인들의 얼굴에서 엿보이는 희망을 발견한 종리청이 재빨리 말을 이어갔다.

"천룡의 인을 지닌 자로 하여금 맹주를 치료하게 하면 됩니다."

"총사, 지금 제정신이오?"

언고연이 눈살을 찌푸리며 벌떡 일어섰다.

"고작 한다는 말이……. 총사께서는 강호의 뜬구름 같은 전설에 의지하고 있었던 게요?"

그런 그의 반응을 충분히 예상했다는 듯이 종리청은 가볍게 웃으며 고개를 저었다.

"전설 따위가 아닙니다."

"그럼?"

"이미 그녀의 소재는 파악해 둔 상태입니다. 그리고 이미

저는 그녀가 이미 죽은 사람을 소생시키는 것을 두 눈으로 확
실히 보았습니다.”

종리청의 말이 끝나기가 무섭게 회의장이 술렁이기 시작
했다. 죽은 사람을 소생시키다니? 언뜻 쉽게 믿겨지지 않는
이야기였으나 종리청은 함부로 허언을 담을 사람이 아니었
다.

“그렇다면 당장 그 사람을 데려와야 할 것 아닙니까?”

남궁기의 음성은 자신도 모르게 격해져 있었다.

부친의 생사가 걸린 문제였다. 그런데도 종리청이 지금까
지 타개책을 알면서도 방관한 것 같아 자연 목소리가 높아진
것이다.

“여기서부터 문제가 하나 있습니다.”

종리청이 쓰게 웃었다.

“그녀가 바로 흑암보의 여식이라는 것입니다.”

“흑암보라면……..”

“그렇습니다. 촉산혈성이 그곳에 있지요.”

제25장

호교마장(護敎魔將)

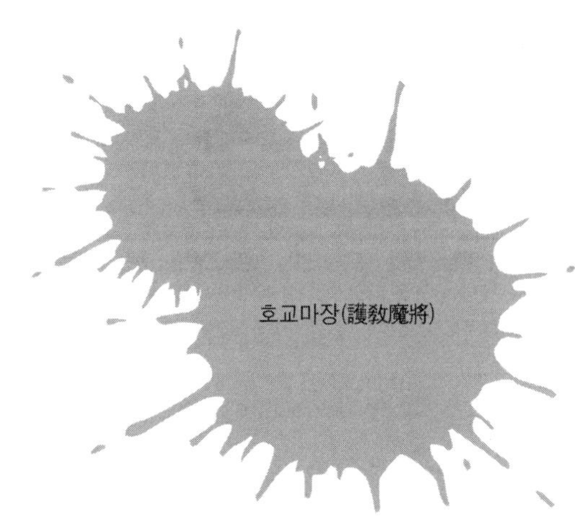

"오 년인가……."

후원을 거닐던 가종령의 입에서 나직한 탄식이 흘러나왔다.

사문을 떠나 흑암보에 일신을 의탁해 온 오 년의 시간. 하지만 늘어가는 나이만큼 형산에 대한 그리움은 깊어져만 갔다.

운봉무쇄(雲封霧鎖)라는 말이 무색지 않게 늘 신비로운 안개와 구름을 끌어안고 있는 곳 형산. 웅장한 산세와 근엄한 위용을 자랑하는 수많은 봉우리, 그리고 준령(峻嶺). 눈송이를 휘말아 축융봉(祝融峰) 정상을 향해 내달리는 바람의 그림자가 지금도 눈앞에 선명했다.

'잘 지내고 있을까?

문득 한 사람을 떠올린 가종령의 얼굴에 더없이 쓸쓸한 미소가 번져 갔다. 적지 않은 세월이 흘렀건만 아직까지 한 사람에 대한 미련을 떨쳐 내지 못한 것이다. 그런 자신을 향한 자조적인 웃음이었다.

쿠웅!

가종령의 상념을 깨뜨린 것은 흑암보 전체를 울리는 거대한 충격음이었다. 의아함에 고개를 돌린 가종령은 소리가 들려온 곳이 후원의 외진 별당임을 깨닫고 이내 그 이유를 깨달았다.

가종령은 발걸음을 돌려 별당 쪽으로 향했다.

예상한 대로였다. 월동문을 넘자마자 아무렇게나 널브러져 있는 강호사사의 모습이 눈에 들어왔다. 백무쌍은 혼절했는지 거품까지 문 채 눈이 돌아가 있었고, 위송령은 가슴을 움켜쥔 채 병든 고양이처럼 웅크리고 골골거리고 있었다. 하지만 이들조차 엄청난 고통에 비명조차 지르지 못하고 학질 걸린 사람처럼 부르르 몸을 떠는 사염천에 비하면 양호한 편이었다. 아직도 그의 목은 단리백의 손아귀에 움켜 잡힌 상태였던 것이다.

"끄으윽! 자, 잘못했네……."

금방이라도 숨이 넘어갈 듯한 사염천의 애원에 비로소 단리백이 손을 거두었다.

털썩.

그대로 바닥에 주저앉은 사염천은 거친 숨을 몰아쉬며 두려움 가득한 눈으로 단리백을 올려다보았다.

단리백이 가볍게 손을 휘둘렀다.

미약한 격타음과 함께 백무쌍과 위송령의 신형이 한차례 들썩였다. 그러자 거짓말처럼 쓰러져 있던 두 사람이 정신을 차렸다.

두 사람은 정신을 차리기가 무섭게 사염천을 향해 달려들었다.

퍽퍽!

"이 미친놈! 죽으려면 혼자 죽을 것이지!"

"죽어! 죽어! 네놈이 그냥 죽어주는 게 우리를 위한 길이야!"

두 사람은 악담을 퍼부으며 사염천을 짓밟기 시작했다. 이제 막 단리백의 손에서 벗어난 사염천은 반항할 기력도 없어 원한이 담긴 그들의 발길을 고스란히 몸으로 감내해야만 했다. 하지만 이도 잠시, 단리백의 한마디에 그들의 신형이 그대로 굳어졌다.

"내일부터 연무 시간을 반 시진 더 늘린다."

"……!"

백무쌍과 위송령이 곤혹스러운 표정으로 서로를 바라봤다.

수련을 빙자한 일방적인 구타는 근 보름에 이르고 있었다. 제아무리 강철 같은 몸을 타고났다 해도 이런 식으로는 몸이 배겨날 리 없었다. 조만간 셋 중 하나가 가장 먼저 관 속에 누울 것이고, 그 뒤를 이어 나머지 둘도 황천행 배에 오를 것이 틀림없었다.

그들은 괜히 애꿎은 사염천을 잡아먹을 듯이 노려보았다.

애초부터 사염천의 말에 넘어간 자신들이 어리석었다.

처음엔 단리백의 일초지적도 되지 않았으나 최근 들어 어느 정도 무공이 발전했음을 스스로도 느끼는 그들이었다. 백무쌍은 육 초, 위송령은 육 초 반, 심지어 사염천은 칠 초까지 버텨내기 시작한 것이다.

사염천의 꼬드김이 시작된 것도 그때부터였다.

이때 언제까지 이 지옥 같은 생활을 반복할 거냐고, 지금의 자신들이 힘을 합치면 단리백을 쓰러뜨릴 수 있다고.

이곳을 벗어나 새로운 곳에 터를 잡고 이름을 드날리자는 그의 제안은 확실히 솔깃한 것이었다. 단리백이란 존재 자체에 대한 막연한 두려움 때문에 거절하기를 두세 번. 그러나 이는 오래가지 않았다. 이런저런 근거를 들이대며 설득하는 사염천의 집요한 회유에 결국 넘어가고 만 것이다. 하지만 그것이 얼마나 어리석은 생각이었는지를 깨닫는 데는 그리 오랜 시간이 걸리지 않았다. 처음부터 단리백은 절반 정도의 무공으로 자신들을 상대하고 있었던 것이다.

“저… 이보시게, 혈성. 그래도 이건 너무한 게 아닌가?”

“이제 우리는 스스로의 무위에 어느 정도 만족한다네. 이쯤에서 그만둬도…….”

조심스럽게 입을 열던 백무쌍과 위송령이었으나 돌아온 단리백의 대답에 울상을 짓고 말았다.

“한 시진.”

비 맞은 문풍지처럼 축 어깨를 늘어뜨린 그들의 모습 그 어디에서도 한때 산서 무림에 공포로 군림했던 강호사사의 위엄은 찾아볼 수 없었다.

안쓰러운 눈으로 그들을 바라보던 가종령이 문득 단리백의 시선을 느끼고 고개를 돌렸다.

“관심있나?”

가종령이 쓰게 웃었다.

“그냥 지나던 길이었소.”

돌아서는 가종령을 향해 단리백이 입을 열었다.

“아직도 망설이고 있군.”

걸음을 멈춘 가종령이 단리백을 마주 보았다.

“무슨 말이오?”

“염원하던 경지를 눈앞에 두고도 정작 그 안에 들어서는 것을 두려워하고 있다는 말이야.”

가종령은 침묵했다. 하지만 그의 눈에서 스쳤다 사라지는 당혹감을 단리백은 놓치지 않았다.

"그 두려움 너머에 뭐가 있는지 알고 싶지 않나? 원한다면 보게 해주지."

다소 도발적인 단리백의 말에 가종령은 문득 울컥 치밀어 오르는 노여움을 느꼈다. 하지만…….

"나중에 부탁하리다."

"겁쟁이로군."

단리백의 비아냥에도 상관없이 가종령이 신형을 돌렸다.

막 월동문을 넘기 전 가종령은 헐레벌떡 뛰어오는 한 사람과 마주쳤다.

"손님이 오셨소."

"나에게 말이오?"

가종령이 의아한 얼굴로 반문하자 송자필이 고개를 끄덕였다.

"가종령이 아닌 심일광을 찾더이다."

가종령의 얼굴이 굳어졌다. 상대가 자신의 본명을 알고 있다는 것, 그것만으로도 반가운 손님일 리가 없었다.

"그는 어디에 있소?"

"찾아온 손님은 남자가 아니라 여인이오."

송자필이 그녀의 외모를 설명했다.

"자그마한 키에 눈이 매우 큰 여인이오. 나이는 스물 후반쯤 되어 보였소."

"설마……."

가종령의 눈빛이 흔들렸다.

그녀일 리가 없다. 자신이 이곳에 있다는 걸 어찌 알고 찾아온단 말인가? 속으론 부정하고 있었으나 객청을 향해 걷는 가종령의 발걸음은 점차 빨라지기 시작했다.

이윽고 객청과 잇닿는 담을 돌아 안으로 들어선 가종령은 그대로 석상처럼 굳어지고 말았다.

그녀가 틀림없었다.

비록 뒷모습뿐이었으나 그것만으로도 충분했다. 한시도 잊어본 적이 없는 그녀였기에 가종령은 그저 우두커니 서서 그녀의 뒷모습을 하염없이 바라볼 뿐이었다.

그렇게 얼마나 시간이 지났을까.

여인이 문득 고개를 돌리다 가종령을 발견했다.

“……!”

그녀는 믿을 수 없다는 표정으로 가종령을 응시했다. 하지만 이내 날 듯이 달려와 가종령의 품에 뛰어들었다.

얼떨결에 그녀를 받아 든 가종령은 자신의 품에 안겨 펑펑 눈물을 터뜨린 그녀의 모습에 멍한 얼굴이 되어 말을 잇지 못했다.

“사형은 바보예요! 어떻게 사람이 그럴 수가 있어요? 난 사형이 죽은 줄로만 알았어요. 그래서 몇날 며칠을 울며 사형을 찾아다녔어요. 장례라도 제대로 치러주고 싶어서……. 한 번만이라도 사형의 얼굴을 다시 보고 싶어서…….”

“사매…….”

“한 번도 제 생각이 나지 않던가요? 홀로 모든 짐을 털어버리니 행복하던가요? 못됐어! 정말 못됐어요!”

가종령은 아무 말도 하지 못하고 멍하니 그녀를 바라봤다.

많이 야위어 이전의 모습은 찾아볼 수 없었지만 그녀는 여전히 아름다웠다.

“미안해.”

가종령은 힘껏 그녀를 끌어안았다. 그리고 가슴 가득 차오르는 기쁨에 한참 동안 말을 잇지 못했다.

“보기 좋죠?”

어느새 곁에 다가선 임소하가 단리백을 향해 속삭이듯 입을 열었다.

“그녀와 이야기를 나누어봤는데 좋은 사람 같았어요. 가 아저씨와는 사매지간이었대요. 역시 사랑하는 사람은 함께 있어야 하나 봐요. 저렇게 기뻐하는 가 아저씨의 모습은 처음 봐요.”

비록 조용히 말한다곤 했으나 고수인 가종령이 이를 듣지 못할 리 만무했다.

주위를 둘러본 가종령은 어느새 흑암보의 모든 사람이 자신들을 둘러싼 채 호기심 어린 눈빛을 던지고 있음을 발견할 수 있었다.

얼굴이 붉어진 채 가종령이 여인을 가볍게 떠밀었다.

“사매, 그런데 여긴 어떻게?”

호연정은 소매를 들어 눈물을 훔쳤다.

그제야 단리백은 가종령의 사매란 여인을 자세히 볼 수 있었다.

부드럽게 휘어진 눈썹과 그에 어울리는 시원한 눈망울, 다소 고집 있어 보이지만 오뚝한 코와 작고 붉은 입술이 인상적인 여인이었다. 가종령의 어깨까지밖에 오지 않는 작은 키에 아담한 체구였으나 전체적으로 당당한 기품이 흐르고 있어 명문의 제자임을 한눈에 알아볼 수 있었다.

주위의 시선에도 아랑곳하지 않고 호연정이 가종령을 향해 입을 열었다.

“사형, 여기 있어서는 안 돼요. 당장 여길 떠나야 해요.”

“무슨 말이야?”

“청성의 장문인 생신이 얼마 전이었어요. 생신을 축하하기 위해 둘째 사형과 저, 그리고 일대제자 열 명이 청성을 방문했죠. 그러다 그곳에서 연 백부를 뵈었어요.”

비로소 가종령은 그녀가 자신의 행방을 찾을 수 있었던 이유를 알 수 있었다. 예전부터 사부와 친분이 깊었던 연청운을 그들 사형제는 백부라 불러왔기 때문이다.

호연정이 재촉하듯 입을 열었다.

“어서요. 망설일 시간이 없어요. 조만간 둘째 사형이 이곳을 찾아올 거예요.”

“운곡이?”

“아시잖아요. 둘째 사형이 어떤 사람인지. 둘째 사형은…….”

말끝을 흐리던 호연정이 한숨을 터뜨렸다.

“그는 아직도 사형에 대한 열등감을 떨쳐 내지 못했어요. 그래서 그때도 그리 지독하게 사형을 내몬 것이죠. 그는 사형이 살아 있다는 말을 듣고 나서 계속 초조해했어요. 분명 사형에게 해코지를 하려 들 거예요. 그러니 어서 이곳을 떠나요.”

가종령이 고개를 저었다.

“넌 어찌하려 하느냐? 그가 만약 네게 책임을 묻는다면?”

“그는 절 어찌하지 못해요.”

의아해하는 가종령의 모습에 호연정이 얼굴을 붉히며 대답했다.

“그가 나에게 청혼을 했거든요.”

호연정이 굳어진 가종령의 얼굴을 발견하고는 크게 놀라 손사래를 쳤다.

“걱정 마세요. 저는 그 청혼을 거절했으니까요. 게다가…….”

고개를 숙인 호연정의 목덜미가 붉게 달아올랐다.

“제겐 사형뿐인 걸요. 이대로 사람들이 모르는 심산유곡(深山幽谷)으로 숨어요, 우리. 사형과 함께라면 난 모든 걸 버릴 수 있어요."

"정 매."

부드러운 가종령의 음성에 호연정이 고개를 들었다. 하지만 이어진 가종령의 말에 그녀는 당혹감을 금치 못했다.

"난 이곳을 떠날 수 없어."

"어째서죠?"

가종령은 이렇다 할 설명 없이 고개를 저을 뿐이었다.

"그보다 본 파의 다른 사람들은 어찌 지내느냐? 다들 무사히 잘 있겠지?"

가종령의 질문에 호연정의 얼굴이 어두워졌다.

잠시 주저하던 끝에 그녀가 입을 열었다.

"형산은 더 이상 사형이 알던 형산이 아니에요."

"그게 무슨 소리냐?"

"이제 형산은 머지않아 구대문파에서 밀려날 거예요. 사부님이 돌아가시고 사형마저 떠난 이후 이렇다 할 고수가 없는 형산으로서는 여러 가지 어려움을 겪어야만 했어요. 게다가 사부님의 신물마저 사라지는 바람에 차기 장문인의 자리도 지금까지 공석이죠. 의천맹의 견제 때문에 예전처럼 세를 확장할 수도 없어요. 표국을 비롯한 무관 등의 속가제자들 역시 본 파를 등지기 시작했어요. 어쩌면 당연한 일일지도 몰라요. 형산의 이름은 더 이상 그들의 버팀목이 되어주지 못하게 되어버렸으니까요."

가종령이 한숨을 터뜨렸다. 혹시나 했던 자신의 우려가 현실로 다가온 것이다.

모든 게 자신의 책임이었다. 당시엔 스스로가 힘들어 다른 것이 눈에 들어오지 않았다. 오직 끝없는 죄책감에 휩싸여 어디론가 달아나고 싶을 뿐이었다.

그런 가종령의 마음을 짐작한 듯 호연정이 그의 손을 움켜쥐었다.

"사형 탓이 아니에요. 그러니 자책하지 마세요."

"아니, 나 때문이다."

"사형……."

"지금 본 파의 대소사를 결정하는 사람이 누구지?"

"둘째 사형이에요."

"조광 태사백께서는?"

"지난해 귀천하셨어요."

"……!"

놀라서 할 말을 잃은 가종령을 호연정이 안타까운 눈으로 바라봤다.

"마지막에 태사백께서 그러셨어요. 미안하다고, 믿어주지 못해 미안하다고……. 그렇게 말씀하시며 사형의 이름을 불렀어요."

"두 분의 장로님도 돌아가신 것이냐?"

"아니에요. 사형을 원망하던 호 장로님은 당대 형산의 모

습이 부끄럽다 하시며 은거해 버리셨고, 끝까지 사형에게 호
의적이셨던 조 장로님은 사형이 돌아오기 전엔 두 번 다시 형
산에 오르지 않겠다 하시며 산을 내려가셨어요."

"그래서 운곡이……."

"그는 지금 자신을 장문 대리라 칭하고 있어요. 하지만 다
들 겉으론 복종하는 척하나 대부분의 제자들이 그의 독단적
인 결정과 행동에 반감을 가지고 있어요. 하지만 어쩔 수 없
죠. 현재 형산에서 가장 높은 배분은 지닌 사람은 그뿐이니까
요."

가종령은 한참 동안이나 말이 없었다. 그저 허탈한 표정으
로 하늘을 응시하며 복잡한 마음을 달랠 뿐이었다.

그러기를 잠시.

무언가를 결정한 듯 굳게 다문 그의 입매 위로 확고한 의지
가 자리 잡았다.

"조금 전 했던 말, 아직까지 유효하오?"

단리백의 얼굴에 희미한 미소가 떠올랐다.

"달아나는 건 포기했나?"

약간은 조소 섞인 질문이었으나 가종령은 담담히 고개를
끄덕였다.

"더 이상 과거로부터 숨지도, 도망치지도 않겠소."

"좋아."

고개를 끄덕인 단리백이 진지한 표정으로 가종령 앞에

섰다.

가종령이 단리백을 향해 포권을 취했다.

"형산파 일대제자 심일광이 비무를 청하오!"

"부상을 입었다 해서 대충 하는 일은 없을 거야."

"바라는 바요. 보게 해주시오, 그 너머에 뭐가 있는지."

갑작스런 비무 요청에 중인들은 놀라움을 금치 못했다.

때마침 외지에 볼일을 마치고 돌아오던 호계상이 어수선한 장내의 분위기를 느끼고 사염천에게 다가섰다.

"무슨 일이야?"

"저 숙수 놈이 혈왕에게 비무를 신청했다."

"으잉?"

놀란 얼굴로 가종령을 돌아보는 호계상을 향해 사염천이 으르렁거렸다.

"이 망할 여우 새끼! 우리는 죽어라 고생하는데 혼자 내빼?"

"수련은 할 만하던가?"

"궁금하면 직접 해봐."

"내가 왜?"

"그럼 묻지를 말던가."

"허허, 못마땅하면 자네가 총관 하던가. 그것보다 지금 문제는 그게 아니잖아. 대체 무슨 바람이 불어서?"

"내가 어찌 아냐? 저기 서 있는 처자와 몇 마디 주고받더니 대뜸 비무를 청하더구만."

"괜찮으려나? 아직 부상도 다 낫지 않았을 텐데……."

이전, 청성의 연청운이 흑암보를 방문했을 때 가종령은 그에게 일장을 허용했고, 그로 인해 늑골이 세 대나 나갔었다. 이제 겨우 한 달 남짓. 아직 부러진 뼈가 아물기에는 시간이 부족했다. 그래도 미운정이 들었다고 그 점이 못내 걱정되는 호계상이었다.

위송령이 어슬렁거리며 호계상에게 다가섰다.

"그런데 저놈, 형산 문하였어?"

"그랬다더군."

"실력은?"

"검강을 뿜어."

"……!"

호계상의 한마디에 중인들은 저마다 표정을 달리했다. 특히 시종일관 얼음 같던 유효명의 얼굴에도 놀라움이 떠올랐다. 대단한 고수일 거라 어느 정도 짐작은 하고 있었다. 하지만 검강의 경지에 이르러 있으리라곤 그 역시 생각하지 못하고 있었던 것이다.

겉으론 드러내지 않았지만 내심 가종령에게 호의를 지니고 있던 유효명이었다. 흑암보 안에서 몇 안 되는 비슷한 연배였기 때문만은 아니었다. 그를 보고 있으면 왠지 어린 시절을 함께했던 자신의 형이 떠오르곤 했다.

유효명은 말없이 가종령에게 다가섰다. 그리곤 불쑥 손을 내밀었다.

유효명의 손에 들린 것은 그가 한시도 손에서 놓아본 적 없는 자신의 검이었다.

가종령이 빙그레 웃음을 머금었다. 비록 많은 대화를 나눈 것은 아니었으나 유효명이 얼마나 자신의 검을 아끼는지 익히 알고 있었던 까닭이다.

"마음은 고맙지만 사양하겠네."

"맨손으로 겨룰 작정이오?"

"검이라면 있다네."

말을 마친 가종령이 식당 안으로 들어갔다.

잠시 후 식당 밖으로 나서는 가종령의 손에는 붉은 천으로 둘러싸인 길죽한 물건이 들려 있었다.

천을 벗기자 한 자루 장검이 모습을 드러냈다. 검집도, 화려한 문양조차 없는 수수한 검이었으나 검신에 은은히 흐르는 범상치 않은 예기는 한눈에 봐도 보검임이 분명했다.

호연정이 놀라 외쳤다.

"사형이 지니고 계셨군요?!"

"사부님께서 내게 맡기셨으니까."

이제는 유품이 되어버린 자전뇌검(紫電雷劍)을 바라보는 가종령의 눈빛에 착잡함이 떠올랐다. 하지만 이는 나타날 때보다 더욱 빨리 사라졌다. 대신 그의 눈을 채운 것은 강호사사조차 움찔할 정도의 투지였다.

"젊은 놈이 대단하군!"

자신도 모르게 백무쌍이 탄성을 터뜨렸다.

이미 가종령은 마음이 일면 자연스레 진기가 일어나는 경지에 이르러 있었다. 그가 검을 바로 잡고 단리백과 마주 서자 그의 전신에서 서릿발 같은 검세가 피어올랐고, 그 삼엄함 안에 갈무리된 기파 역시 대단한 것이었다.

어느새 자리를 함께한 명현자가 흐뭇한 표정으로 고개를 끄덕였다.

"좋은 눈빛이야."

강호사사가 못마땅한 표정으로 명현자를 힐끔거렸다. 그가 화산에 적을 두고 있다는 이유만으로 괜히 주는 것 없이 얄미운 그들이었다.

"그래도 검강을 다룬다는 데 쉽게 지진 않겠지?"

위송령이 넌지시 물어오자 사염천이 손가락 다섯 개를 펴 보였다.

"오 초를 버틴다고? 오 초면 우리보다 하수란 이야기야?"

사염천이 고개를 저었다.

"분명 무공은 저 녀석이 우리보다 높을 거야. 하지만 비무는 그게 다가 아니거든. 바로 경험. 저 녀석에겐 그게 부족해. 비록 무공이 높다 해도 나는 충분히 그와 싸워 이길 자신이 있어."

백무쌍과 위송령이 코웃음쳤다.

"개뿔. 또 아는 척한다. 네놈 말은 이제 하늘이 파랗대도 안 믿어."

면전에 대놓은 면박에 사염천이 노여운 눈으로 그들을 노려봤다.

이때 유장령이 한마디 거들었다.

"틀린 말은 아니야. 무공도 무공이지만 경험이 받쳐 주지 못하면 그조차 무용지물이지."

거 보란 듯이 사염천이 어깨를 으쓱했다.

분명 유장령은 자신들보다 고수였기에 백무쌍과 위송령은 툴툴거릴 뿐 달리 할 말이 없었다.

이때 단리백이 품속에서 무언가를 꺼내 들었다.

"엇? 저건 내가 가져온!"

짙은 묵빛을 띠고 있는 한 쌍의 장갑을 발견한 백무쌍이 아쉬운 듯 입맛을 다셨다. 그것은 천금사라는 독특한 재질의 실로 짜여진 것으로, 어느 정도의 내공만 지니고 있으면 검기마저 잡아채 찢어버릴 수 있는 공능을 지니고 있어 적수공권의 무인에게는 가치를 매길 수 없는 보물이었다.

"호오, 묵수갑(墨手甲)?"

명현자의 탄성에 중인들의 눈이 휘둥그레졌다.

"묵수갑이라고 하면 강호칠대기보 중 하나가 아닙니까?"

송자필의 질문에 명현자가 고개를 끄덕였다.

사염천이 혀를 내둘렀다.

"월광비에 혈영사에 초혼신침(招魂神針), 거기에 묵수갑까지. 칠대기보 중 네 개를 저놈이 가지고 있군 그래."

"왜, 배 아프냐?"

빈정대는 위송령과 달리 하나씩 칠대기보를 꼽아보던 백무쌍이 의아한 표정을 지었다.

"월광비, 혈영사, 은룡편, 금환정, 묵수갑, 초혼신침…… 그리고 마지막 하나가 뭐였지?"

"구절옥로환(九絶玉露丸)."

"아! 그렇군. 그걸 까먹었어. 죽은 사람도 살려낸다는 바로 그 약 말이지?"

"혹시 그것마저 저놈 손에 있는 것 아냐?"

"에이, 설마."

약 이백 년 전 의선(醫仙)이라 불리우는 신의(神醫)가 있었다. 그가 손을 대서 낫지 못하는 병이 없다 하여 무불능요(無不能療)라고도 불리웠다.

그는 평생을 통틀어 한 가지 신단을 제조하는 데 몰두해 있었는데 죽기 전에 겨우 이를 완성했다. 다만 그가 죽은 이후 아무도 그 제조법을 몰라 세상에 아홉 개의 신단(神丹)만이 남겨졌을 뿐이다. 그중 네 개는 역대 황실의 황제를 살리는 데 쓰였다 전해지고, 나머지 네 개는 강호의 전설처럼 그 사용처가 알려졌을 뿐이다.

남아 있는 구절옥로환은 오직 하나. 하나 이조차 백 년 넘게 모습을 드러내지 않아 존재 자체를 믿지 않는 사람들이 대부분이었다.

하지만 이도 잠시. 중인들의 시선이 일제히 단리백에게 모아졌다. 그의 입에서 흘러나온 한마디 말 때문이었다.

"시작하지."

가종령은 순간 발가벗고 얼음장에 누운 듯한 한기를 느꼈다. 진한 살기, 그리고 그걸 실행에 옮길 수 있는 자만이 지닐 수 있는 단호함. 그것을 바탕으로 한 위압감이었다.

가종령이 검을 고쳐 잡았다.

단리백 역시 천천히 양손을 들어올리며 가종령을 향해 한 걸음을 내디뎠다. 하지만 어느새 단리백의 신형은 가종령의 지척에 이르러 있었다.

"……!"

보고도 믿지 못할 쾌속한 신법에 가종령은 놀라움을 금치 못했다.

츠츠츳!

허공에서 떨어지는 단리백의 수도(手刀) 주위로 한순간 사물이 일그러져 보였다. 단리백의 손을 휘감고 있는 경력으로 인해 대기중의 공기가 한순간에 압축되며 일어난 신기(神技)였다.

스릉.

서늘한 검명과 함께 가종령의 검이 움직인 것도 동시였다. 가종령은 그대로 단리백의 손을 향해 마주 검을 부딪쳐 갔다.

'어리석은!'

비무를 지켜보던 사염천이 눈살을 찌푸렸다. 한눈에 봐도 단리백의 손에 맺혀 일렁이는 기운은 진기가 유형화된 강기무공이 틀림없었다. 반면 가종령의 검에는 검강은커녕 검기조차 실려 있지 않았던 것이다.

제아무리 보검이라 할지라도 진기가 담겨 있지 않은 병기는 강기 앞에선 무 토막과도 다름없었다. 하지만 그것이 자신의 착각이었음을 깨닫는 데는 그리 오랜 시간이 걸리지 않았다.

카앙!

차가운 금속성이 울려 퍼지는 순간 사염천이 의아한 표정을 지었다.

가종령의 머리 위에서 한 자 정도의 거리를 남겨둔 채 단리백의 손이 멈춰 있었다. 아니, 정확히 말하면 가종령의 검에 막혀 있었다.

다른 이들도 황당한 표정을 짓기는 마찬가지였다. 대체 무슨 수로 가종령이 단리백의 일격을 받아냈는지 알 수가 없었다.

이때 명현자가 탄성을 터뜨렸다.

"훌륭한 움직임이야! 검법이라는 것은 검과 나누는 대화.

하나 검의 목소리는 굉장히 무뚝뚝하고 고집이 세 마음을 비우고 차신을 마주하는 자만이 그 소리를 들을 수 있지.”

‘저 늙은이는 대체 뭔 소리를 지껄이는 거야?’

사염천은 알지 못할 말을 중얼거리는 명현자를 마뜩찮은 눈으로 바라봤다. 그 시선을 느꼈음인지 명현자가 웃으며 가종령을 가리켰다.

“잘 보게. 그의 검은 멈춰 있는 게 아닐세.”

“……?”

모든 이들의 시선이 가종령의 검에 집중되었다.

몇몇 이의 얼굴에 놀란 감정이 떠올랐다. 아직 경지가 낮은 이들은 느낄 수 없었지만 유장령을 비롯한 강호사사는 가종령의 검이 미세하게 진동하며 강기의 충격을 계속해서 흘려내고 있음을 알아본 것이다.

그때였다.

“나쁘지 않군.”

갑자기 들려온 단리백의 음성에 가종령은 전신의 털이 곤두섰다. 비무 도중 말을 건넬 만큼 단리백은 아직도 여유가 있는 것이다. 반면 자신은 지금의 일격을 견뎌내는 데 온 힘을 쏟아 붓고 있었다. 그리고 그조차 점점 한계로 치닫고 있었다.

입맛이 썼다.

단리백 정도 되는 고수에게 선공을 허용하는 것이 아니

었다.

'여기까진가⋯⋯.'

진한 아쉬움이 밀려왔다. 제대로 힘을 써보기도 전에 패색을 면치 못하고 있는 자신의 모습이 더없이 한심하게 느껴졌다.

"졌⋯⋯."

가종령이 의아한 눈으로 단리백을 바라봤다. 막 패배를 시인하려던 순간 단리백이 훌쩍 뒤로 물러섰던 것이다. 게다가 이어진 단리백의 말은 그의 마음을 흔들기에 충분했다.

"고작 이 정도 가지고 만족하는 건가?"

가종령은 비로소 깨닫는 바가 있었다.

'나는 아직도 망설이고 있었던 건가.'

검을 거두며 가종령이 단리백을 향해 고개를 숙였다. 그리고 다시 검을 들었을 때 가종령은 달라져 있었다. 눈빛, 기파, 그리고 분위기마저 마치 다른 사람을 보는 것만 같았다.

우우웅.

묵직한 울음을 토하는 자전뇌검 위로 옥빛 서기가 일렁이나 싶더니 뚜렷한 검의 형체를 갖춰가기 시작했다.

이에 단리백도 경하기를 끌어올려 양손에 실었다.

짜자작.

단리백의 손에서 흘러내리는 붉은 서기와 옥빛 검강의 기운이 부딪치자 허공에 불꽃이 튀어 올랐다.

팽팽한 대치 상태는 오래가지 않았다.

피잇!

한줄기 번뜩이는 청광(靑光)과 함께 날카로운 소성이 허공을 갈랐다. 가종령의 검이 움직인 것이다.

단리백은 자신을 향해 짓쳐드는 검기를 느낄 수 있었다.

검끝이 노리는 부위는 어깨 부근의 견정혈. 싸늘한 기운이 먼저 쏘아지고 그 뒤를 자전뇌검이 그림자가 되어 따랐다.

가종령의 출수는 그만큼 예리하고 빨랐다.

불필요한 예비 동작도 없었고, 검이 움직임조차 눈으로 쫓을 수 없을 정도로 쾌속무비했다.

분명 삼 장여의 거리를 유지하고 있었는데 가종령은 단 일격으로 그 공간을 없애 버린 것이다.

하지만 단리백은 그보다 빨랐다.

쩌엉!

두 개의 빛무리가 서로 작렬했다.

펄럭!

후폭풍처럼 몰아친 기류에 가종령의 장포가 찢겨 나갈 듯이 펄럭였다. 반면 단리백은 여전히 일 장의 거리를 유지한 채 지독한 암경을 뿌려대고 있었다.

가종령이 이를 악물었다.

이 순간 그가 견뎌내야 하는 압력은 실로 무서운 것이었다. 하지만 그 와중에도 울컥 솟구치는 핏물을 억지로 삼키며 호흡을 놓치지 않으려 노력했다. 그리고 단전으로부터 끌어올린 진기를 모조리 검에 쏟아 부었다.

무학의 정수라 할 수 있는 강기와 강기의 충돌에서 초식은 더 이상 의미가 없었다. 내공은 둘째 치더라도 가장 중요한, 무엇보다 우위에 둬야 할 것은 투지. 가종령은 이를 본능적으로 느끼고 있었다.

찌이익!

비단 폭이 찢어지는 듯한 소리와 함께 가종령의 검이 거센 압력의 폭풍을 갈랐다.

단리백의 눈에 이채가 떠올랐다.

본래대로라면 가종령은 압력을 흘리며 뒤로 물러났어야 했다. 이미 본신의 무위를 회복한 단리백이 팔성의 경지로 시전한 암경의 압력은 십대고수라 해도 쉽게 뚫을 수 있는 성질의 것이 아니었기 때문이다.

아니나 다를까.

칼날 같은 경기에 스친 가종령의 옷은 넝마처럼 찢어졌고, 얼굴은 창백하기 그지없었다. 내상을 입은 듯 코와 입에서도 핏물을 내비치고 있었다. 하지만 가종령은 전신이 엉망진창 되어 피투성이가 되는 것을 감수하면서까지 꾸준히 거리를 좁혀오고 있었다.

'드디어 한계를 넘었군. 하지만……'

단리백의 입가에 비로소 한줄기 웃음이 떠올랐다.

‘아직 그 깨달음을 완전히 자기 것으로 만들지 못했어.’

콰앙!

대기를 뒤흔드는 폭음과 함께 가종령의 전면으로 마치 수십 근의 붉은 모래를 뿌려놓은 듯한 광경이 펼쳐졌다. 마침내 가종령이 단리백의 암경을 뚫고 지척까지 접근한 것이다.

츄릿!

가종령의 검이 단리백의 목을 향해 날아들었다.

검강을 동반한 가종령의 검에 목이 꿰뚫리려는 찰나, 단리백의 눈에서 섬뜩한 기운이 폭사되었다.

퍽.

가종령은 순간 자신이 솜뭉치를 때린 것이 아닌가 하는 느낌이 들었다. 격렬하게 부딪치던 반발력이 순식간에 사라지며 끝없이 깊은 공간으로 자신의 검이 삼켜진 듯한 착각을 일으켰기 때문이다.

그리고 한순간 핏빛을 머금은 묵수갑이 눈앞에 나타났다.

쩍!

단리백의 주먹이 그대로 가종령의 턱에 틀어박혔다.

“……!”

이번의 일격은 그야말로 강력하기 그지없어서 가종령은 입과 코로 검붉은 피를 뿜으며 튕겨지듯 허공에 떠올랐다.

쿵!

그대로 십여 장을 날아 실 끊어진 연처럼 추락한 가종령은 한동안 꼼짝도 못하고 바닥에 널브러져 있었다.

인정사정없는 단리백의 손속에 강호사사는 치를 떨었다.

"대체 저놈의 끝은 짐작조차 할 수가 없군."

"오 할이 아니었어……. 우리와 싸울 때는 고작 삼 할 정도의 힘밖에 쓰지 않았던 게야."

새삼 단리백이 괴물처럼 느껴지는 강호사사였다.

"끄응."

이때 신음을 흘리며 가종령이 힘겹게 신형을 일으켰다.

투두둑.

입가에서 흘러내리는 핏물의 양은 점점 많아져 이내 그의 턱을 타고 비 오듯 쏟아졌다.

전신의 뼈가 모조리 어긋난 것만 같았다. 통렬한 일격을 감당하지 못해 기혈이 미친 듯이 끓어올랐으며, 심지어 근육과 혈맥마저 제 위치를 벗어난 듯 손가락 하나 까딱할 수 없었다.

그런데도 가종령은 그 자리에 꼿꼿하게 섰다. 그리고 웃었다.

"고맙소. 이 비무… 잊지 않으리다."

입을 열기조차 힘겨운 듯했으나 그 상황에서도 가종령은 검을 놓치지 않고 있었다.

"보았나?"

단리백의 질무에 가종령은 씨익 웃으며 고개를 끄덕였다.

"보았소. 마지막에서야 겨우……. 그리고 붙들었소."

"잘됐군."

털썩.

가종령이 무너지듯 그 자리에 무릎을 꿇었다.

"사형!"

호연정이 가종령을 부르며 달려갔다. 만신창이가 된 그를 부축하는 그녀의 얼굴은 울음을 참는 기색이 역력했다.

이때 명현자가 가종령을 향해 질문을 던졌다.

"자네가 마지막에 펼치려 했던 것은 혹시 뇌공(雷公)의 검 아닌가?"

단리백을 제외한 중인들이 어리둥절한 표정으로 명현자와 가종령을 바라봤다. 그도 그럴 것이, 마지막 일격을 허용하기 직전 가종령의 검이 한순간 움직였다는 것을 눈치 챈 이는 그들 중 명현자가 유일했기 때문이다.

"뇌공의 검? 그게 뭐야?"

위송령이 두리번거리며 물었으나 아무도 대답하는 이가 없었다. 오직 유장령만이 다소 놀란 표정을 지었을 뿐이다.

그가 알고 있는 것이 맞다면 명현자가 언급한 그것은 분명 형산파의 개파 조사인 뇌공 하원일이 사용했다던 거침없는 파괴의 검이 틀림없었다. 형태는 물론 초식도, 이름도 남아 있지 않고 오로지 전설로만 전해지는 검. 그것이 뇌공의 검이 었다.

"모르겠소."

가종령이 고개를 저었다. 그리곤 입을 열었다.

"다만 이것이 사부님께서 추구하시던 검이란 것은 분명하
오."

"사형, 그렇다면……!"

놀라움을 금치 못하는 호연정을 향해 가종령이 빙그레 미
소를 지어 보였다.

"돌아가자, 우리들의 형산으로."

이때 십여 명의 인물을 이끌고 흑암보 안으로 들어서는 인
물이 있었다. 날카로운 눈매와 매부리코를 지닌, 다소 강팍한
느낌을 주는 인상의 사내였다.

"당신 같은 반도를 받아줄 만큼 본 파는 너그러운 곳이 아
니오."

호연정이 놀라 외쳤다.

"이사형!"

"대사형이라 불러라."

정운곡의 한마디에 호연정은 어이가 없었다. 아무리 그라
해도 가종령을 앞에 두고 이처럼 말할 줄은 몰랐던 것이다.

가종령이 파르르 떠는 그녀의 어깨 위에 손을 올렸다.

이를 바라보는 정운곡의 눈에서 불꽃이 튀었다.

"오랜만이구나, 운곡."

"당신이 함부로 담을 이름이 아니오."

정운곡이 고개를 돌려 호연정을 바라봤다.

"사매, 꼭 이렇게까지 해야 했나? 어째서 나를 실망시키는 거지?"

"내가 마음을 준 사람은 이사형이 아니기 때문이에요."

정운곡의 눈썹이 꿈틀거렸다.

"후회하게 될 거야."

"아니요. 그런 일은 결코 없을 거예요."

정운곡이 뒤를 향해 소리쳤다.

"형산 문하들은 저 반도를 구속하라!"

그 말이 떨어짐과 동시 정운곡을 따라 들어선 열 명의 제자가 각자 검을 뽑아 들며 앞으로 나섰다. 그들 중 한 사람의 얼굴을 알아본 가종령이 반색하며 말을 걸었다.

"잘 지냈나, 삼사제."

의외로 따듯한 그 한마디에 막 가종령에게 다가서던 둥근 얼굴의 사내가 멈칫하며 멈춰 섰다. 그리고 망설이다 입을 열었다.

"미안합니다, 대사형."

"말조심해라, 두태! 누가 대사형이란 말이냐? 그는 사부님을 해한 본 파의 반역자일 뿐이다!"

정운곡의 고함 소리에 호두태가 움찔했다. 그는 말없이 다른 제자들과 함께 가종령을 에워쌌다. 하지만 그의 얼굴에는 이를 내켜하지 않는 기색이 역력했다.

호두태뿐만이 아니었다. 가종령을 에워싼 대부분의 인물
은 난처한 표정을 지을 뿐 선뜻 검을 휘두르지 못하고 있었
다.

보다못한 호연정이 정운곡을 향해 외쳤다.

"왜 당신은 나서지 않는 거죠?"

"흥! 고작 반도 하나를 잡는 일에 내가 굳이 손을 써야 하느
냐?"

"그게 아니겠죠. 이사형은 아직도 대사형이 두려운 게 아
닌가요?"

"시끄럽다!"

"두렵지 않을 리 없겠죠. 그때 장강에서 얻은 가슴의 흉터
가 아직 사라지지 않았을 테니까요. 하지만 그거 알아요, 만
약 그때 대사형이 이사형을 죽이려 했다면 이사형은 그대로
장강의 고기밥이 되었을 거란 걸?"

정운곡이 얼굴을 붉으락푸르락하며 호연정을 노려보았다.
하지만 이도 잠시, 그가 직접 검을 뽑아 들며 소리쳤다.

"장문 대리의 명령이다! 당장 그를 제압해 무릎 꿇게 하
라!"

정운곡의 손에 들린 검을 발견한 호연정이 실소를 흘렸다.
그도 그럴 것이, 그가 들고 있는 검은 자전뇌검을 교묘히 위
조하여 겉으로만 그럴싸한 가짜였기 때문이다.

사실 이 자리에 있는 형산 문하 대부분이 이를 알고 있었

다. 다만 모른 척할 뿐이었다.

그때였다.

"이것들이 보자 보자 하니까……."

위송령이 으르렁거리며 앞으로 나섰다.

"남의 집에 허락도 없이 들어와서 이게 무슨 짓이냐, 애송이?"

"이는 본 파의 문제요. 당신들은 개입하지 마시오."

"뭐? 당신들?"

되도 않는 위세를 떠는 정운곡의 모습이 실로 가소롭기 그지없었다.

반면 정운곡은 정운곡대로 위송령을 비웃고 있었다. 우두둑 손가락을 꺾는 그의 모습은 파락호의 그것과 조금도 달라 보이지 않았기 때문이다. 그러나 한순간 위송령이 십 장의 거리를 압축해 코앞까지 다가와 노려보자 귀신을 본 듯 놀라고 말았다.

"어디를 분질러 줄까?"

사염천과 백무쌍도 거들고 나섰다.

"흐흐. 위가야, 적당히 해라. 너무 두들기면 육질이 질겨져."

"난 상관없어. 어차피 피만 마실 수 있으면 되니까."

정운곡의 얼굴이 하얗게 떴다. 비로소 심상치 않은 그들의 존재감이 가슴을 짓눌러 왔던 것이다. 게다가 흡혈과 인육을

즐기는 듯한 그들의 음성에 실린 진득한 살기는 결코 온전한
정신을 지닌 사람의 것이 아니었다.

"다, 당신들은 누구요?"

"우리? 산서의 진정한 패자 강호사사가 바로 이 어르신들
이다."

"강호사사!"

정운곡이 화들짝 놀라 물러서려 했다. 하지만 벼락같이 뻗
은 위송령의 큼지막한 손에 이미 어깨가 붙들린 상태였다.

나머지 열 명의 형산 문하 역시 비슷한 처지였다. 비록 머
릿수에서 우위를 차지하곤 있었으나 앞뒤로 포위한 사염천과
백무쌍의 기세에 눌려 두려운 얼굴로 두리번거리고 있을 뿐
이었다. 구대문파의 장로와 견주어도 손색없는 무위를 지닌
그들이다. 게다가 강호 경험이 적다 하나 그들 역시 강호사사
의 두려움과 잔인함에 대해서는 질리도록 들어 알고 있었던
것이다.

"죽여도 되나?"

위송령이 고개를 돌려 단리백에게 물어왔다.

"좋을 대로."

단리백의 허락이 떨어지자 위송령은 새하얀 이빨을 드러
내며 잔인하게 웃었다.

"어떻게 요리해 줄까, 애송아?"

그 말이 떨어지기가 무섭게 정운곡의 검이 위송령의 목을

향해 날아들었다. 두려움에 휩싸여 본능적으로 검을 휘두른 것이다. 하지만 이내 정운곡은 검을 휘두를 때보다 더욱 창백해진 얼굴로 검을 놓고 말았다. 위송령의 이빨 사이에 붙들린 자신의 검을 발견했기 때문이다.

콰작.

위송령이 턱에 힘을 넣자 그의 이빨 사이에서 검이 산산조각났다.

"흐흐, 이게 끝이냐? 더 없어?"

위송령이 천천히 주먹을 치켜들었다. 그리고 단매에 쳐 죽일 요량으로 정운곡의 관자놀이를 겨누었다. 사염천과 백무쌍 또한 자욱한 살기를 흘리며 살초를 전개하려 했다. 하나 그들은 마음먹은 바를 이룰 수 없었다. 그들을 제지하는 가종령의 음성 때문이었다.

"본 파의 일입니다. 부디 선배님들께서 양보해 주시기 바랍니다."

"도와주려는 건데 왜?"

위송령의 반문에 가종령이 다시 한 번 고개를 숙였다.

"부탁드립니다."

"쳇."

아쉬운 듯 쩝쩝 입맛을 다시며 물러서는 강호사사의 모습에 형산 문하들은 비로소 안도의 한숨을 흘렸다. 짧은 순간이었으나 지옥의 문턱에 발을 딛는 모골 송연한 느낌에 한결같이 창백한 얼굴들이었다.

가종령이 정운곡을 바라봤다.

"어째서냐, 운곡? 어찌하여 그토록 나를 미워하는 것이냐?"

타이르는 듯한 가종령의 음성에 정운곡은 얼굴이 벌게져 소리쳤다.

"그런 눈으로 나를 보지 마시오! 반도 따위가……! 사부님을 해친 배신자 따위가!"

정운곡이 주위를 둘러보며 명령했다.

"뭐 하고 있느냐! 빨리 그를 제압하라니까!"

하지만 신물인 검이 부서진 이상 그의 명령을 따르는 형산 문하는 아무도 없었다.

그 모습을 안쓰러운 눈으로 지켜보던 가종령이 한숨을 흘렸다.

"검을 들어라, 운곡. 우리 식대로 매듭을 지어야 할 것 같구나."

정운곡은 움직일 생각을 하지 않는 형산 제자들을 이글거리는 눈으로 한참 동안 노려보다 부러진 검을 집어 들었다. 그리곤 가종령을 잡아먹을 듯이 바라봤다.

예전 같았다면 그와 검을 섞는다는 것은 감히 꿈도 꾸지 못했을 것이다. 하지만 지금 가종령의 상태는 거의 반 시체나 다름없었다. 걸레처럼 찢겨진 옷 사이로 내비치는 핏물은 둘째 치고 시체처럼 창백한 얼굴, 게다가 다리엔 힘이 실리지 않는지 금방이라도 쓰러질 것처럼 위태롭게 신형을 휘청이고 있었다.

"자신이 뱉은 말은 지키리라 믿소."

주위를 힐끔거리며 거듭 확인하는 정운곡이었다.

"걱정 마라. 그들은 나서지 않을 것이다."

그제야 정운곡은 비릿한 웃음을 머금고 가종령을 향해 성큼 다가섰다.

노골적인 살기를 흘리는 정운곡의 모습에서 가종령은 이미 돌이킬 수 없을 만큼 벌어진 그와의 거리를 느꼈다.

"각오하는 게 좋을 거요."

그 말과 동시에 정운곡이 신형을 날렸다.

순간, 가종령의 손이 움직였다.

꽈앙!

한줄기 뇌전이 대지에 내리꽂히며 엄청난 굉음이 지축을 흔든 것도 그때였다.

솟구쳤던 먼지가 가라앉고, 장내의 광경이 모습을 드러냈다.

"……!"

정운곡은 자신의 발치에 깊숙이 박혀 있는 검을 믿을 수 없다는 눈으로 바라봤다.

"이기어검……."

형산 문하 중 누군가가 신음을 삼키듯 입을 열었다. 그뿐만이 아니었다. 붉은빛이 은은히 감도는 한 자루 검. 그것은 장문인을 상징하는 신물인 자전뇌검이 분명했다.

호두태가 그 자리에서 부복하며 소리쳤다.

"형산 문하 호두태가 장문인을 뵙습니다!"

이를 시작으로 나머지 형산 제자들도 일제히 그 자리에 무릎을 꿇었다. 오직 정운곡만이 망연자실한 표정으로 서 있을 뿐이었다.

그런 정운곡을 가종령이 안타까운 눈으로 바라봤다.

"너는 어째서 엎드리지 않고 서 있느냐?"

정운곡이 발악하듯 외쳤다.

"나는 인정할 수 없소!"

"어리석구나, 사제."

긴 한숨을 터뜨린 가종령이 이내 단호한 표정으로 정운곡을 바라봤다.

"너를 파문한다, 운곡."

"……!"

충격을 받은 듯 정운곡은 한참 동안 말을 잇지 못했다. 그리고는 풀풀 마른 웃음을 흘리기 시작했다.

"당신이 무슨 자격으로? 그리고 내가 무슨 죄를 지었기에?"

"사부님의 유언을 너도 기억하고 있겠지."

가종령이 말이 이어졌다.

"자전뇌검은 장문인의 신물. 하나 자전뇌검을 다룰 자격을 얻으려면 반드시 이기어검 이상의 무위를 증명해야 한다. 너는 자전뇌검을 다룰 자격이 있느냐?"

"……."

꿀 먹은 벙어리가 되어 입을 다문 정운곡을 가종령이 준엄한 음성으로 꾸짖었다.

"네 죄는 세 가지다. 거짓 신물로 제자들을 현혹해 장문인의 위엄을 해친 것이 하나요, 형산을 이끄는 우두머리로서 개인적인 감정에 치우쳐 마땅히 해야 할 일을 미뤄놓은 채 그 책임을 다하지 않은 것이 두 번째다. 끝으로 너는 당시 사부님의 유언을 들었음에도 불구하고 장로님께 거짓을 꾸며 아뢰는 기사멸조(欺師滅祖)의 죄를 저질렀다. 할 말이 있느냐?"

"흐… 나에게 죄를 뒤집어씌울 생각인가? 누구 때문에 본 파가 몰락의 길을 걷게 되었지? 바로 당신 때문이 아닌가? 형산은 끝났어, 바로 당신으로 인해서."

가종령이 고개를 저었다.

"내가 그리되도록 보고만 있지 않을 것이다"

지금은 날개 꺾인 독수리와 다를 바 없는 형산이나 언젠간 다시 예전의 위상을 찾을 것이다. 그의 사부가 그랬던 것처럼 가종령은 반드시 형산을 일으켜 세우리라 다짐했다. 그것만이 사부와 사문에 지은 죄를 털 수 있는 유일한 속죄임을 아는 까닭이다.

"형산은 다시 일어설 것이다."

그 말과 함께 가종령이 손을 뻗었다. 그러자 자전뇌검이 한 차례 꿈틀거리더니 그의 손으로 빨려들 듯 날아왔다.

격공섭물의 신기에 놀라움을 금치 못하는 형산 문하들을 뒤로하고 가종령이 정운곡에게 다가섰다.

"본래는 단전을 파괴하고 근맥을 잘라 내침이 옳을 것이다. 하나 그간의 정리를 생각해 형산이 네게 준 무공만 돌려받겠다."

"컥!"

가종령의 손에 들린 자전뇌검이 흔들리자 정운곡이 아랫배를 움켜쥐며 쓰러졌다.

"가거라. 하지만 두 번 다시 형산을 오르는 것은 허락지 않는다."

한 움큼의 피를 토한 정운곡이 원망 어린 눈으로 가종령을 노려봤다. 이십 년 넘게 쌓아온 내공이 한 줌 핏물과 함께 흩어져 버린 것이다.

허탈한 표정으로 일어선 정운곡이 비틀거리며 흑암보를 떠났다.

가종령은 착잡한 표정으로 이를 바라보다 정운곡이 완전히 사라지자 임소하를 향해 고개를 돌렸다.

"미안합니다, 보주."

임소하가 웃으며 고개를 저었다.

"아니에요. 오히려 잘됐어요. 가 아저씨, 아니, 장문인께서 있어야 할 곳은 여기가 아닌 걸요."

호계상이 잔뜩 인상을 찌푸리며 가종령을 향해 다가섰다.

"조만간 형산에 한번 찾아가겠다."

"언제든지 환영하겠소."

"웃지 마라, 이놈아. 네놈이 망가뜨린 내 칼 값 받으러 가는 거야."

가종령이 웃으며 고개를 끄덕였다. 비록 퉁명스러웠으나 호계상의 눈빛에 담긴 아쉬움과 염려를 그라 해서 모를 리 없었다.

흑암보를 나서기 전 가종령은 마지막으로 단리백을 바라봤다.

"오늘 얻은 것을 온전히 내 것으로 만든 다음 다시 당신을 찾겠소."

"기다리지."

무뚝뚝한 단리백의 대꾸에 가종령이 슬쩍 웃고는 돌아섰다.

"그럼……."

막상 돌아서긴 했으나 가종령은 선뜻 발걸음을 뗄 수 없었다. 이곳 흑암보는 오랫동안 머물며 적지 않은 기억을 남긴 곳이었기 때문이다. 하지만 자신을 바라보는 형산 문하들의 눈빛에 떠밀려 걸음을 옮기기 시작했다.

임소하와 호계상의 배웅을 받으며 가종령은 형산으로 돌아갔다.

멀어지는 그들의 모습을 바라보던 위송령이 불쑥 입을 열었다.

"지금도 이길 수 있다고 생각하나?"

사염천이 민망한 표정으로 뺨을 긁었다.

백무쌍이 피식 웃으며 사염천을 약올렸다.

"네놈이 생각해도 쪽팔리지? 아서라, 괜히 싸워봐야 늙은 몸뚱어리에 바람구멍만 숭숭 뚫릴 테니."

"험험. 괄목상대(刮目相對)라는 말이 있긴 하지만 이건 좀 심하군. 비무를 전후로 해서 완전히 딴사람 돼버린 걸 나더러 어쩌라고?"

이때 단리백의 표정이 딱딱하게 굳어졌다.

"자네도 느꼈나?"

명현자의 물음에 단리백은 대답 대신 한곳을 응시했다.

"언제까지 거기 서 있을 생각이지?"

"……!"

중인들이 놀란 얼굴로 단리백이 바라보는 곳을 향해 시선을 던졌다. 놀랍게도 십 장쯤 떨어진 정원수에 한 사람이 팔짱을 낀 채 기대 서 있었다.

삼십대 중반이나 되었을까.

우뚝 솟은 코와 굳건한 입매, 그리고 매처럼 날카로운 눈빛
이 인상적인 사내였다. 유일한 흠이라면 오른쪽 눈가에서 시
작되어 턱까지 이르는 끔찍한 흉터였는데, 이 때문에 전체적
으로 강인한 느낌을 주면서도 한편으론 매우 냉혹해 보였다.

그는 남빛에 가까운 청삼을 걸치고 있었고, 얼굴에는 여유
로운 미소가 떠나지 않고 있었다.

짝짝짝.

중인들의 시선을 느낀 그가 박수를 치며 웃음을 터뜨렸다.

"하하하. 감동적이군. 정파와 사파를 뛰어넘는 우정! 마치
한 편의 활극을 보는 것 같았어. 아주 유쾌해. 정말 흥미로운
구경거리였어."

단리백이 인상을 찡그렸다. 그의 목소리가 어딘가 귀에 익
은 듯 했기 때문이다. 아니, 그보다는 그를 둘러싼 음습한 분
위기가 낯설지 않았다.

그런 단리백의 표정에 사내는 어이없다는 표정을 지어 보
였다.

"뭐야? 나를 잊은 건가?"

사내가 손을 들어 자신의 얼굴에 새겨진 흉터를 가리켰다.

"이걸 모른다고 하진 않겠지? 자네가 직접 남긴 거잖아?"

"사도운……!"

"하하하. 서운하군, 이제야 나를 기억해 내다니."

"너는 그때 분명히……."

“큭큭, 그래, 죽었었지. 네 손에 말이야.”

욱신.

저릿한 통증이 가슴을 울렸다. 자신으로 하여금 처음으로 패배의 쓴맛을 알게 한 사내. 그때 입었던 상처가 새삼 단리백에게 경각심을 일깨웠다.

두 번 다시 마주하고 싶지 않은 기억과 조우한 단리백의 얼굴에 처음으로 긴장이 자리 잡았다.

무엇이 그리도 유쾌한지 사도운이라 불리운 사내는 연신 웃음을 터뜨렸다.

“왜, 믿겨지지 않나? 하지만 나 역시 마찬가지야. 나도 네가 죽은 줄 알고 있었거든.”

그런 그를 바라보는 단리백의 얼굴에는 동요하는 기색이 역력했다.

‘저 얼음 귀신이 저런 표정도 지을 줄 아는군. 대체 저자가 누구길래?’

호계상이 의아해하는 순간이었다.

“이건 또 뭐야?”

위송령이 거들먹거리며 앞으로 나섰다. 그렇지 않아도 형산파 문하들을 그냥 보내준 게 못내 아쉽던 참이다. 너, 잘 걸렸다 하는 표정을 지으며 사도운이란 작자에게 주먹을 날리려던 찰나,

우두둑.

돌연 사도운의 어깨와 팔에서 뼈마디가 부딪치는 소리가
터져 나왔다. 동시에 그의 손이 파리를 쫓듯 위송령을 향해
휘둘러졌다.

명현자가 경악해 소리쳤다.

"피해라! 풍멸쇄심수(風滅碎心手)다!"

위송령이 웃었다, 괜히 노인네가 호들갑을 떤다 생각하면
서.

실제로 그와는 아직 한참의 거리가 남아 있었고, 자신의 주
특기가 근접박투인 만큼 권풍이나 장력 따위는 어렵지 않게
피할 수 있다고 자신했다.

"뜬금없이 웬 헛손질……."

위송령의 웃음은 오래가지 않았다. 말로는 설명하기 힘든
음유한 기운이 오 장의 거리를 격해 자신의 내부로 파고드는
것을 느꼈기 때문이다.

턱.

한순간 눈앞이 하얗게 변하며 아무것도 보이지 않았다. 마
치 어둠 속에 오랫동안 적응되어 있다가 갑자기 태양을 바라
본 것처럼 눈앞이 아찔했다.

정신을 차렸을 때 위송령은 백무쌍의 부축을 받고 있는 자
신을 발견할 수 있었다.

"어떻게 된……?"

금방이라도 끊어질 듯 그의 음성은 가늘고 미약했다. 하나

그마저도 마지막엔 거의 들리지 않았다. 입을 열기가 무섭게 가슴이 빠개질 것처럼 고통스러웠기 때문이다. 마치 천 근에 달하는 몽둥이로 사정없이 두들겨 맞은 것 같은 느낌.

"빌어먹을……. 저 새끼가 사술을……."

위송령이 숨이 막히는 고통을 참으며 간신히 중얼거렸다.

팍!

순간 그의 코에서 핏물이 터져 나왔다.

쉬지 않고 흘러내리는 핏물은 진한 선홍색이었다. 그 한 번의 일격에 내부가 진탕되어 기맥과 오장육부가 뒤틀린 것이다.

잠깐의 방심에 비해 참으로 가혹한 대가를 치렀다.

내공이 고스란히 담긴 진혈(眞血)인 만큼 위송령은 입을 벌려 꾸역꾸역 핏물을 삼켰다. 그리곤 코피가 멎자마자 그 자리에 털썩 가부좌를 틀고 앉아 운공을 시작했다.

명현자가 칼날 같은 눈빛으로 사도운을 노려봤다.

"마도의 주구가 중원엔 어인 일인가?"

"마교!"

명현자의 말에 중인들은 저마다 놀라움을 금치 못했다. 정사대전 이후 변방 너머로 쫓겨난 마교이다.

비록 정사대전에 패했다곤 하나 여덟 명의 무서운 고수를 필두로 수많은 고수들이 구름같이 운집해 있는 최고의 무림 단체. 수백 년 역사를 자랑하는 구대문파조차 그들과의 싸움에서 얻은 피해로 지금껏 산속에 웅크리고 있지 않던가.

사도운의 표정에서 웃음이 사라졌다.

"마교? 그건 네놈들이 멋대로 붙인 이름이지. 명교(明敎),
하다못해 일월신교(日月神敎)라 불러주지 않겠나?"

"그래, 일월신교의 사람이 어째서 이곳을 방문한 건가?"

"걱정 마, 늙은이. 화산파 따위에 용무가 있어 찾아온 게
아니니."

겉으로는 청년으로 보이는 명현자였으나 사도운은 단번에
그의 본질을 꿰뚫고 있었다. 그만큼 그의 무위가 결코 낮지
않다는 반증이었다.

사도운이 단리백의 어깨 너머로 시선을 던졌다.

사도운의 얼음장 같은 시선은 받은 임소하는 자신도 모르
게 흠칫하며 한 걸음 물러서고 말았다.

그런 그녀를 향해 사도운이 깊게 허리를 숙였다.

"교주께서 기다리십니다. 그분께서 제게 신녀(神女)를 모
셔오라 명하셨지요."

"당신은 누구죠?"

"아, 제 소개가 늦었군요. 호교마장(護敎魔將) 마풍영, 인사
드립니다. 사도운이란 이름은 강호에서 활동하기 위해 편의
상 사용하고 있을 뿐입니다. 그러니 이름 내지는 마 호장(護
將)이라 불러주십시오."

깍듯하게 예의를 갖추는 그의 모습에서는 조금 전 위송령

을 쓰러뜨렸을 때의 위협적인 분위기는 찾아볼 수 없었다. 그러나 정작 중인들을 놀라게 한 것은 바로 호교마장이라 밝힌 그의 신분 때문이었다.

강호에 정사무림을 대표하는 열 명의 고수가 있다면 마교에는 여덟 명의 호교마장이 있었다.

교와 교주를 지키는 여덟 명의 수신호위. 모래알처럼 헤아릴 수 없는 고수들 가운데서도 절대 강자로 군림하는 그들 개개인의 무위는 십대고수에 필적하거나 그 이상으로 알려져 있었다.

실제로 정사대전 당시 십대고수 중 한 명이었던 무당의 속가제자 파뢰율검(波雷燏劍) 담정(潭正)이 이름 모를 호교마장에게 백초 만에 피를 토하며 쓰러진 이야기는 지금까지 회자될 정도였다.

"너는 마군(魔君) 진종립과 무슨 관계냐?"

"호오?"

명현자의 질문에 마풍영이 감탄성을 터뜨렸다.

"어떻게 알았지?"

"마교에는 열 두 까지의 절예가 존재한다 들었다. 호교마장은 각자 한 가지씩의 절기를 지니고 있는데, 호교마장의 우두머리 진종립의 절기가 풍멸쇄혼수였지."

"그렇군. 사부님께서 말씀하신 적이 있었어, 화산의 말코도사 한 명과 승부를 끝맺지 못한 적이 있다고. 그게 바로 당신이었나?”

“아니, 나는 당시 두 사람의 비무를 관전했을 뿐이다. 진종
립의 상대는 나의 사형이었다.”

“그런가? 하긴, 당신은 사부님의 상대론 부족해.”

순간 명현자의 짙은 검미가 꿈틀거렸다. 하지만 마풍영은
명현자에게 관심이 없다는 듯 다시금 임소하를 향해 고개를
돌렸다.

“저와 함께 가시지요. 이곳은 신녀께 어울리는 곳이 아닙
니다.”

“당신은 어째서 저를 신녀라 부르는 거죠?”

“모친께서 말씀해 주시지 않던가요?”

마풍영이 난감하다는 듯 얼굴을 찌푸렸다. 하지만 언제 그
랬냐는 듯 활짝 웃으며 입을 열었다.

“뭐, 상관없죠. 어차피 본 교에 가시면 자연히 알게 될 일
입니다.”

마풍영이 한 걸음 다가서자 임소하는 그만큼 물러섰다. 그
리고 두 사람 사이를 막아서는 인물이 있었다.

마주한 것만으로도 그대로 피가 얼어붙을 것 같은 자욱한
살기를 흘리는 사내, 단리백이었다.

잠시 인상을 찌푸리던 마풍영이었으나 이내 나직한 한숨
을 터뜨렸다. 그리곤 단리백을 향해 입을 열었다.

“내키진 않지만 교의 어르신들께서 자네에게 이 말을 전하

라 했네."

마풍영이 말을 이어갔다.

"본 교의 태상호법 자리가 비어 있는데, 혹시 자네가 관심을 가지고 있다면……."

"꺼져."

"성급한 건 여전하군. 이 말을 듣고 나서 결정해도 늦지 않을 것 같은데?"

느긋한 태도로 마풍영이 말을 이어갔다.

"의천맹이 본격적으로 네놈에게 칼을 겨눴어. 단순한 원한 때문에? 아니, 그게 아니야. 그들의 목적은 바로 신녀야. 맹주인 남궁정의 주화입마를 치료하기 위해 그녀가 필요한 것이지."

일그러지는 단리백의 표정을 마풍영은 놓치지 않았다.

"눈치 챘나 보군. 그녀의 능력에 대해서는 알고 있겠지? 그녀는 상대의 부상을 자신의 몸에 옮기는 게 가능해. 하지만 그게 주화입마라면 어떨까? 의천맹주는 지금 주화입마에 빠져 있지. 보아하니 그녀 역시 무공을 익힌 것 같은데, 주화입마를 받아들인다면 어떻게 될까?"

마풍영이 의미심장한 웃음을 머금었다.

"목숨이 경각에 달린 부상이라 할지라도 그녀가 받는 부상의 정도는 절반밖에 되지 않음을 알고 있어. 하지만 주화입마는 평범한 부상과는 본질적으로 달라. 처음엔 어떨지 몰라도 작은 돌멩이가 연못에 연속해서 파문을 일으키듯, 마른 짚더미에 불이 옮겨 붙듯 머지않아 주화입마가 그녀를 집어삼키겠지."

"무슨 말이 하고 싶은 거냐."

"간단해. 의천맹으로부터 그녀를 보호할 수 있는 곳은 본교뿐이라는 거야."

"어떻게 네놈이 의천맹의 일을 그렇게 자세히 아는 거지?"

"지금 중요한 건 그게 아니잖아?"

"거절한다. 네놈들에게도, 그리고 의천맹에게도 소하는 넘겨주지 않아."

"어이, 어이. 그러지 말고 신중히 생각해 봐. 의외로 괜찮은 곳이야. 당신들이 아는 대로 인육을 뜯어 먹고 피를 마시는 악귀들의 소굴이 아니라고. 오히려 선량함으로 따지자면 중원과 비교할 수가 없지. 게다가……."

마풍영은 말을 끝낼 수 없었다. 돌연 단리백 주위로 삼엄한 기파가 쏟아지나 싶더니 해일 같은 암경이 전면으로 덮쳐 왔기 때문이다.

그의 얼굴에서 웃음이 사라졌다.

우두둑.

그의 어깨와 팔에서 예의 뼈마디 부딪치는 소리가 터져 나왔다. 그와 동시에 마풍영이 양손을 휘둘러 전면을 후려쳤다.

꽈앙!

　귀청이 떨어질 듯한 충격음을 뒤로하고 사도명과 단리백이 세 걸음씩 물러섰다.

　"크큭, 그래, 그렇게 나와야지. 제안을 선뜻 수락하는 게 아닌가 해서 내심 불안했거든."

　마풍영의 얼굴에 떠오른 웃음이 점차 짙어지고 있었다. 지옥 밑바닥을 헤매는 악귀에게나 어울릴 법한 그런 미소였다.

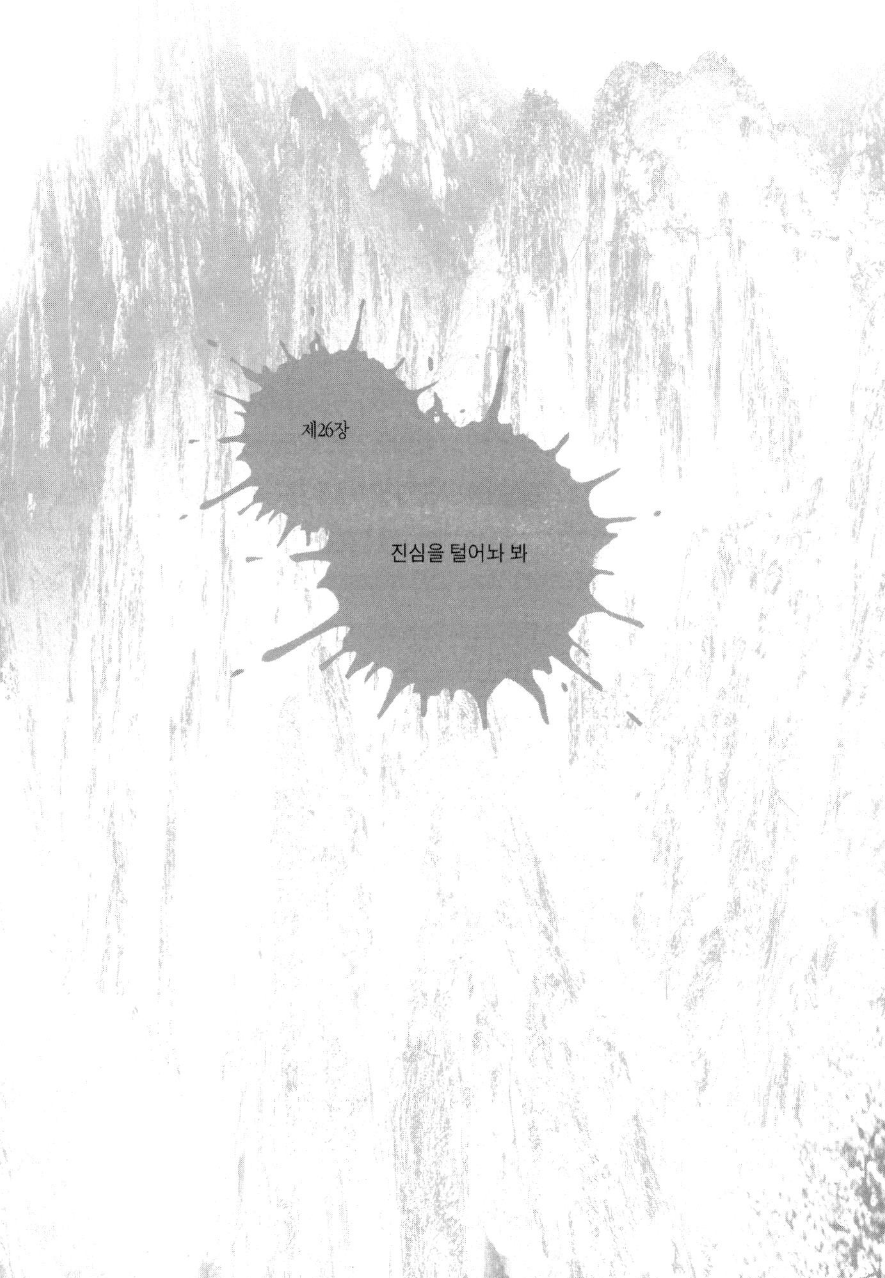

제26장

진심을 털어놔 봐

마풍영이 양손을 늘어뜨린 채 상체를 약간 숙인 독특한 자세를 취했다. 그리고 오른발을 앞으로 내디디며 살짝 거머쥔 오른손을 들어 단리백의 미간을 가리켰다.

그 순간 시야에서 마풍영은 사라지고 오직 그의 손만이 남았다.

단리백의 눈이 차갑게 식었다. 소리없이 지척에 이르러 있는 음유한 기의 흐름을 느낀 것이다.

대치 상태에 들어간 두 사람은 한참 동안 미동도 하지 않은 채 서로를 향해 자욱한 살기를 흘리고 있었다.

이를 관전하는 중인들 역시 숨죽인 채 지켜볼 수밖에 없었다.

쉽게 승부를 예측할 수가 없었다. 적수가 거의 없는 단리백이라 할지라도 상대는 호교마장 중 한 명이다.

단리백과 같은 고수의 존재감에 짓눌려 기를 펴지 못할 뿐, 강호사사는 백대고수 중 상위에 속할 만큼 내로라하는 고수였다. 더구나 가혹한 수련을 거치며 그들의 무공은 더욱 강해져 있었다. 한데 마풍영의 단 일 격조차 위송령은 견디지 못했다. 비록 방심이 부른 결과라 해도 그 현격한 무위의 차이는 단리백만큼이나 끝을 짐작하기 어려웠다.

두 사람 사이에 싸늘하게 얼어붙은 기류는 금방이라도 끊어질 듯 팽팽하게 당겨진 실과도 같았다.

비록 아직까지 어떠한 격돌도 없었지만 사실 이와 같은 기세의 겨룸은 그 어떤 싸움보다도 무서운 것이었다. 허점을 드러내거나 집중력이나 투지, 그 어느 것 하나라도 상대에게 뒤지는 순간 두 번 다시 돌이킬 수 없는 결과로 이어질 것이 분명하기 때문이다.

두 사람 사이의 기파가 급격히 흔들린 것도 그때였다.

마풍영을 노려보던 단리백은 심상치 않은 기류가 지척에 이르러 있음을 직감했다.

온몸의 신경이 본능적으로 위기를 알려왔다.

촉산을 나선 이후 처음으로 접하는 위험한 느낌.

마풍영의 손에서 흘러내리는 삼엄한 기운은 거리에 상관

없이 곧바로 자신의 미간을 관통할 것만 같았다. 그리고 그 예감은 빗나가지 않았다.

칙!

미약하나 섬뜩한 소리. 단리백의 뺨을 훑고 지나간 암경의 칼날이 허공에 핏물을 뿌린 이후에 터져 나온 소리였다.

본능적으로 고개를 젖히지 않았다면 그대로 절명했을지도 모를 위협적인 한 수였다.

임소하를 제외한 대부분이 강호무림을 질타하는 절정고수였으나 그들 중 어느 누구도 마풍영이 단리백을 어떻게 공격했는지 정확히 알고 있는 사람이 없었다.

단지 명현자와 유장령만이 언뜻 마풍영의 공격 수단을 짐작할 뿐이었다. 단리백이 사용하는 암경과 유사한 방법으로 진기의 칼날을 날린 것 같았다.

단리백은 이를 암도경(暗刀勁)이라 불렀는데, 음유하게 호신강기 안으로 파고들어 지척에 이르는 순간 날카로운 칼날로 돌변하는 그 수법 앞에서는 호신강기도 소용이 없었다.

눈에 보이지도 않고 어디에서 날아드는지도 모르는 경기의 칼날. 그것이 암도경의 가장 무서운 점이었다.

하나 그들이 생각을 정리하기도 전에 단리백은 이미 마풍영과의 거리를 좁혀가고 있었다.

온몸을 감싼 짙은 현광이 단리백의 손끝에 집중되었다. 용트림하듯 눈부신 빛을 발하는 순간, 이미 단리백의 손끝을 떠난 핏빛 강기는 한 자루 창이 되어 그대로 전면을 향해 격사되었다.

"쳇!"

마풍영이 와락 얼굴을 구기며 늘어뜨렸던 양손을 들어 번갈아 허공을 후려쳤다. 격식도, 일정한 초식도 없어 몹시 어설퍼 보이는 동작. 그러나 그 위력은 결코 어설프지 않았다.

콰르르!

뇌성을 동반한 장력 앞에 대기가 요동치는 것 같은 착각이 들었다. 단순히 가슴 앞에 모은 양손을 번갈아 휘두를 뿐인데도 주위의 공기가 무섭게 요동치며 가공할 경기가 사방을 온통 짓이길 듯이 마구 휘몰아쳤다.

텅!

묵직한 충격음과 함께 혈리탄의 궤도가 바뀌었다.

콰콰쾅!

방향을 잃은 혈리탄은 그대로 담을 허물어뜨리며 계속해서 나아가더니 종국엔 흑암보의 건물 하나를 송두리째 박살 내버렸다.

하지만 단리백의 공격은 그것이 끝이 아니었다.

수비에서 공격으로 전환하기 위해 마풍영이 단리백을 향해 신형을 날렸을 때 이미 그곳에 단리백은 존재하지 않았다.

마풍영이 정수리를 파고드는 날카로운 예기를 느끼고 고개를 들어올렸다.

“……!”

마풍영의 눈썹이 꿈틀거렸다. 어느새 단리백이 십 장 높이의 허공에서 자신을 내려다보고 있었다. 더구나 그의 양손 주위로 십여 개의 핏빛 강기가 화살의 형태를 완전히 갖추고 있었다. 처음의 공격은 이처럼 유리한 위치를 선점하기 위한 미끼에 불과했음을 마풍영은 비로소 깨달았다.

마풍영이 피식 웃음을 터뜨렸다.

“망할 자식, 여전히 약삭빠르군.”

마풍영은 단리백이 손을 앞으로 내미는 것을 보았다. 동시에 붉은 궤적을 남기며 비처럼 쏟아지는 혈리탄의 모습 역시 볼 수 있었다.

마풍영이 쌍장을 휘둘러 마주 장력을 날렸다.

풍멸쇄심수와 혈라강기. 희대의 절공(絶功)이 허공에서 격렬히 충돌했다.

콰콰콰콰쾅!

무시무시한 충격음이 터져 나왔다. 회오리처럼 휘몰아치는 경력의 칼바람의 타고 사방으로 비산하는 핏빛 광채가 한순간 사람들의 이목을 집중시켰다.

퍽!

“……!”

한순간 마풍영의 신형이 흔들리며 그의 등 뒤로 핏물이 뿌려졌다. 몇 겹에 달하는 장력의 벽을 쳤으나 연속으로 쏟아지는 단리백의 혈리탄을 완전히 막아내지 못한 것이다.

이를 놓치지 않고 단리백의 신형이 허공에서 뚝 떨어져 내렸다. 그리곤 먹이를 노리는 매처럼 마풍영을 향해 곧장 쇄도했다.

단리백의 얼굴에 당혹감이 스친 것도 그때였다. 천천히 고개를 들어 자신을 바라보는 마풍영의 얼굴. 그의 입매에 맺혀 있는 웃음을 발견한 까닭이다.

"걸려들었군."

마풍영이 둥글게 양손을 모으더니 허공을 격하며 천천히 내밀었다. 단리백의 가슴을 향해서였다.

단리백은 염왕수를 시전해 이를 마주쳐 갔다. 비록 눈엔 보이지 않았으나 상상하기 힘든 살기가 자신을 노리고 있음을 깨달았기 때문이다.

그러나 그의 손에 걸리는 것은 아무것도 없었다.

단리백의 눈에 의아함이 감도는 순간,

쫘앙!

천둥이 울려 퍼지는 듯한 충격음과 함께 단리백의 등이 터져 나가며 자욱한 피안개가 뿜어졌다.

첨벙.

그대로 십여 장을 날아간 단리백이 실 끊어진 연처럼 연못에 추락했다.

"의숙!"

놀란 임소하가 연못을 향해 뛰어갔다. 하지만 단리백의 모습은 보이지 않았다. 연못을 붉게 물들이며 번져 가는 핏물만이 그녀의 눈에 가득 들어올 뿐이었다.

반면 중인들은 경악한 나머지 할 말을 잃어버렸다.

이윽고 호계상이 중얼거리듯 입을 열었다.

"심즉살(心卽殺)의 경지……!"

의지만으로 상대를 해칠 수 있는 무학의 최고 경지. 의지가 곧 검이 되는 심검과도 같은 이치였다. 의형수검(意形手劍)을 비롯한 모든 경지를 몇 단계 뛰어넘는 기경스러운 위력 앞에 중인들은 아연실색했다. 아무리 호교마장이라 할지라도 설마 이 정도 고수일 거라곤 그들로선 상상도 하지 못했던 것이다.

거리를 제압하는 자가 승리한다. 이것이 무공의 근본 이치였다. 하지만 상대가 심즉살의 경지에 이르러 있다면 이조차 무의미하다. 거리 개념 자체가 아예 해당되지 않기 때문이다. 마음이 이르는 곳에 이미 검이 닿아 있는데 거리 따위가 무슨 소용이란 말인가.

그때였다.

"심즉살 따위가 아니야."

"의숙!"

연못 속에서 천천히 일어서는 단리백을 향해 임소하가 뛰어갔다. 차가운 물이 옷깃을 적셨으나 그녀는 신경 쓰지 않았다. 오직 단리백의 안위가 중요할 뿐이었다.

단리백은 손을 들어 임소하를 제지했다. 그리곤 마풍영을
노려보며 입을 열었다.

"심즉살의 경지에 이르러 있다면 그처럼 요란하게 진기를
허비할 이유가 없었겠지."

마풍영의 눈에 이채가 떠오르나 싶더니, 이내 웃음을 터뜨
렸다.

"크큭, 눈치 챘나? 맞아, 심즉살은 아니야. 사방에 흘려놓
은 진기를 임의의 한곳에 집중시켜 격발시킨 것이지. 이렇게
말이야."

치익!

단리백의 어깨 부근의 장포가 갈가리 찢겨 나가며 또다시
한 움큼의 살점이 떨어져 나갔다.

"이를 알아냈다 해도 어떡할 텐가? 이미 사방에는 진기의
결계가 쳐져 있다 해도 과언이 아니야. 마음만 먹으면 언제든
자네의 목을 날려 버릴 수도 있지. 이렇게 손짓 한 번만 하
면……."

퍼엉!

마풍영이 손을 까닥이자 연못에서 물기둥이 솟구쳤다.

"그만 인정하는 게 좋을 거야. 너 정도 되는 사내가 모를
리 없지 않은가? 이미 십 장 안의 공간은 내가 지배하고 있다
는걸."

단리백은 대답 대신 진기를 끌어올렸다. 오래전 검선과의 일전에서 단리백은 우일태를 통해 심검의 형태로 구현된 심즉살의 경지를 경험한 적이 있었다. 하지만 마풍영은 아직 심즉살의 경지에 이르러 있지 않았다. 그걸로 충분했다. 아직까지 무공의 우위는 자신이 앞서 있음이 확실했다.

우르르릉.

연못 한가운데 서 있는 단리백 주위로 짙은 파문이 번져 갔다. 그리고 단리백이 천천히 손을 들어올리자 그의 전면으로 핏빛을 아우른 거대한 강기 벽이 모습을 드러냈다.

"천강마벽이다!"

이를 본 사염천이 놀라 소리쳤다. 불호신투 척대명과의 일전에서 본 적이 있었기에 그 위력을 아직도 똑똑히 기억하고 있었던 것이다.

"호오? 강기 벽? 그래, 그걸로 어찌할 셈이지?"

단리백은 대답 대신 다른 한 손마저 들어올렸다.

그그극.

천강마벽의 압력을 견디지 못해 이미 연못은 밑바닥이 드러나 있었다. 거기에 또다시 하나의 천강마벽이 더해지자 연못의 물이 사방으로 넘쳐 나기 시작했다.

양손에 하나씩의 거대한 강기 벽을 세운 채 단리백이 마풍영을 향해 다가서기 시작했다.

마풍영의 얼굴에서 웃음이 사라졌다. 대신 살기로 번뜩이는 안광이 그의 눈에서 줄기줄기 쏟아졌다.

"여기까진가? 그래도 좀 더 나를 즐겁게 해줄 줄 알았는데… 아쉽군."

마풍영이 양손을 크게 휘저었다. 사위를 가득 메운 모든 경력을 일제히 격발시키기 위해서였다.

꽈앙!

지금까지와는 비교도 되지 않는 충격음이 천지를 집어삼켰다.

십 장 높이까지 솟구친 먼지구름을 바라보는 마풍영의 얼굴에 진한 아쉬움이 떠올랐다. 하지만 이도 잠시, 그의 눈매가 미미하게 꿈틀거렸다.

자욱한 먼지 때문에 앞을 볼 수 없었으나 살을 에일 듯한 살기는 조금도 줄어들지 않았던 것이다. 오히려 시간이 지날수록 살기는 더욱 짙어졌다.

이윽고 먼지 구덩이를 헤치며 단리백이 모습을 드러내자 마풍영은 놀라움을 금치 못했다.

"어떻게?"

단리백과 눈이 마주친 마풍영이 자신도 모르게 흠칫하며 한 걸음 물러서고 말았다. 단리백의 눈빛 때문이었다. 마주하는 것만으로도 온몸이 서걱 하는 소리를 내며 잘려지는 것 같은 지독한 예기를 담은 두 눈. 그 눈이 자신을 응시하고 있었다.

화악.

갑자기 엄청난 광풍이 단리백을 향해 휩쓸려 갔다.

급변한 주위의 기류를 느낀 마풍영은 단리백이 어떻게 결계를 빠져나왔는지 비로소 깨달았다. 단리백은 두 개의 천강마벽을 충돌시킨 것이다. 그 거대한 압력에 짓눌린 대기는 일순 진공 상태가 되었고, 이내 엄청난 흡입력으로 모든 것을 빨아들였을 터. 굉음의 정체는 격발된 진기가 폭발하는 소리가 아닌, 진공 상태가 된 공간이 주변의 모든 것을 흡수할 때 생기는 충격파가 분명했다. 방금의 광풍 또한 미처 채워지지 않은 진공 상태의 대기가 본래대로 돌아오며 빚어진 현상이었다.

고오오.

단리백의 전면으로 또다시 천강마벽이 모습을 드러냈다.

서로의 거리가 삼 장 정도로 줄어들었을 때 단리백의 모습이 흐릿해졌다.

"강기 벽 따위로 나를 막을 수 없다는 걸 깨닫게 해주지!"

핏빛 장벽 너머로 어른거리는 단리백을 향해 소리친 마풍영이 그대로 산형을 날렸다. 동시에 단리백 역시 앞을 향해 손을 내밀었다.

드드드!

전신을 찍어누르는 엄청난 압력을 동반한 천강마벽이 정면에서 덮쳐 오자 마풍영은 전면을 방비하던 쌍장을 들어 있는 힘껏 내갈겼다.

꽈꽈과과광!

천강마벽과 마풍영 사이에서 연거푸 격렬한 폭발음이 터져 나왔다. 태산을 짓이기고도 남을 듯한 엄청난 기세를 담고 있던 천강마벽이 주춤하는 순간,

"……!"

마풍영은 핏빛 강기 벽을 찢으며 자신에게 접근하는 손을 발견했다.

마풍영은 위험을 직감했다.

그 손에 닿으면 틀림없이 죽는다는 것을 본능적으로 느낀 것이다. 한없이 부드럽고 유연한, 지금까지의 빠른 동작과는 달리 느리기 이를 데 없는 손짓이었지만 그 속에는 보이지 않는 경기가 꿈틀거리고 있었다.

실제로 천강마벽을 뚫고 나온 단리백의 손은 자신의 호신 강기를 너무도 수월히 가르며 파고들고 있었다.

마풍영은 강기 벽을 밀어내던 손을 나누었다. 한 손으로 천강마벽을 비스듬히 옆으로 비껴치는 한편 다른 손으로는 단리백의 가슴을 향해 후려쳤다.

쩡!

손과 손이 부딪쳤음에도 불구하고 차가운 금속성이 터져 나왔다.

우두둑!

뼈가 부서지는 끔찍한 소리가 이어진 것도 거의 동시였다. 단리백의 주먹이 마풍영의 손과 팔을 차례대로 으스러뜨리며 가슴팍으로 파고들더니 그대로 그의 명치 어림을 내갈긴 것이다.

실로 한순간에 벌어진 일이었다.

사람들의 눈에는 마풍영과 단리백이 서로 몸을 부딪친 것으로밖에 보이지 않았다. 하지만 그 찰나의 공방이 빚어낸 결과는 참으로 참담했다.

천강마벽의 비껴 흘리는 데는 성공했으나 마풍영은 가슴뼈가 박살 나 움푹 주저앉아 있었다.

입 안 가득 차오르는 비릿한 피 내음.

"우웩!"

결국 마풍영이 왈칵 핏물을 토했다. 그 안에는 잘게 부서진 내장 조각마저 섞여 있었다. 단리백의 내가 중수법이 그의 내부를 안에서부터 산산조각내 버렸기 때문이다.

모든 이의 시선이 단리백에게 모아졌다. 비록 한순간이긴 했으나 단리백의 손에 맺혀 있는 혈라강기가 염왕수의 형태와는 확연히 달랐기 때문이다. 그러나 그것이 천강마벽이 한 곳으로 압축된 형태라는 것은 오직 당사자인 마풍영만이 알 수 있었다.

쿵.

마풍영의 신형이 썩은 고목처럼 무너져 내렸다.

"크큭."

차가운 바닥에 누운 채 마풍영이 웃음을 터뜨렸다. 어깨가 들썩일 때마다 그의 입에서는 쉬지 않고 핏물이 솟구치고 있었다.

마풍영은 고개를 기울여 기도를 막는 핏물을 뱉어냈다. 그리곤 꺼져 가는 음성으로 단리백을 향해 입을 열었다.

"흐, 멋진 한 수였어. 혈라강기라는 것은 그런 식으로도 운용이 가능하군. 역시 내가 인정한 사내야, 넌."

말없이 자신을 내려다보는 단리백의 모습에 마풍영이 미간을 잔뜩 찌푸렸다.

"그런 눈으로 보지 마라. 다른 사람이라면 몰라도 네놈은 나를 그렇게 볼 자격이 없다."

"무슨 소리지?"

"크큭, 잡아뗄 셈인가? 스스로도 알고 있지 않은가, 너와 나는 같은 부류의 인간이라는 것을?"

"닥쳐."

"아니, 못 닥치겠는걸. 나랑 똑같은 주제에 이제 와서 발뺌하겠다고? 역겹군."

미미하게 흔들리는 단리백의 눈빛을 마풍영은 놓치지 않았다.

"진심을 털어놔 봐. 약해 빠진 놈들과 지내는 게 즐겁나? 저따위 놈들과 같이 있는 것이? 예전에 나와 싸웠던 그 애송

이는 어디 갔지? 새파란 안광을 흘리며 죽일 듯이 날 노려보
던 그 괴물은 어디 있냐고. 크큭, 너는 시시해졌어. 시시한 놈
들과 어울리며 타락한 거야.”

마풍영의 입가에 맺혀 있던 웃음이 더욱 짙어졌다.

“부정하기 힘들지? 그래, 그럴 거야. 나는 누구보다 너라는
인간을 잘 아니까. 그날 내가 봤던 짐승이 아직도 네 안에서
꿈틀거리고 있다는 것을 알고 있으니까.”

“닥치라고 했다.”

“충고 하나 하지.”

하얗다 못해 푸르게까지 보이는 창백한 모습으로 마풍영
이 말을 이어갔다.

“맹수가 풀을 뜯으며 살 수 없듯이 피를 갈구하는 네 운명
또한 그 길을 벗어날 수 없어. 조만간 그 의미를 깨닫게 될 거
야.”

“……!”

“크큭, 다시 보자고.”

그 말을 끝으로 마풍영이 고개를 떨궜다.

사염천이 재빨리 마풍영에게 다가서서 맥을 짚었다. 하지
만 이도 잠시, 고개를 흔들며 일어선 사염천은 진정 두려움을
담아 단리백을 바라봤다. 마풍영은 완전히 숨이 멎어 있었다.
웃는 모습 그대로 절명한 것이다.

사염천뿐만이 아니었다. 유장령, 심지어 명현자의 얼굴도

굳어 있었다. 오랫동안 칼밭을 거닐던 그들조차 호교마장마저 황천에 보내 버린 단리백의 무위를 믿을 수 없었다. 그것도 단 일 격에. 진정한 단리백의 무위는 그들의 상상 이상이었던 것이다.

“정말 뒈진 거냐?”

운공을 마친 위송령의 질문에 사염천이 고개를 끄덕였다.

마풍영의 죽음을 확인하고도 분이 풀리지 않았는지 위송령은 충혈된 눈으로 그를 노려봤다. 이때 위송령의 눈에 들어온 것이 있었다.

“조심해!”

쉬쉬쉬쉭!

그의 음성이 울려 퍼지는 것과 동시에 수십 개의 철시가 중인들을 향해 날아들었다.

따다다당!

백무쌍과 사염천, 호계상이 사방에서 날아드는 철시를 걸어내기 시작했다.

이때 위송령이 코를 벌름거렸다.

“화약 냄새!”

그 순간 사방에 흩어진 철시 끝에 매달려 있던 작은 구체가 작은 불꽃을 일으켰다.

치이익.

“콜록! 이게 대체 뭐야?”

순식간에 사위를 뒤덮은 매캐한 연무(煙霧) 사이로 당황한 음성이 터져 나왔다.

"호흡을 멈춰! 독연(毒煙)일지도 몰라!"

사염천의 외침에 모두가 숨을 멈췄다.

임소하 역시 마찬가지였다. 한 치 앞도 보이지 않는 연기 속에서 그녀가 당황하고 있을 때 갑자기 어깨를 잡아채는 강한 손이 있었다.

"꺅!"

"쉿, 나다."

단리백의 음성을 듣고 나서야 임소하는 놀란 가슴을 진정시켰다. 고개를 들어올리니 희미하게나마 단리백의 얼굴 윤곽을 확인할 수 있었다.

지독한 연기 속에서도 단리백의 눈에서 흘러나오는 안광은 주위를 환히 밝힐 만큼 전율스러운 것이었다. 그래서 임소하는 단번에 단리백을 알아볼 수 있었다.

어깨 전체를 감싸고 있는 단단한 팔에 의지해 마치 가슴에 안기듯 바짝 붙어 있는 자신의 모습을 뒤늦게 깨달은 임소하의 얼굴이 확 달아올랐다.

그때였다.

"다섯 놈이 움직이고 있군. 상당한 고수야. 한 놈 한 놈이 강호사사와 동등하거나 그 이상일세."

유장령의 음성이었다. 과연 살수 출신답게 유장령은 시야가 완벽히 차단당한 상태에서도 상대의 움직임을 정확히 파악하고 있었다. 하지만 얼마 가지 않아 그들의 기척이 유령처럼 사라졌다.

단리백이 소매에 진기를 실어 힘껏 휘둘렀다.

무엇으로 만들어졌는지 알 수 없었으나 연무의 성질은 매우 독특했다. 독연은 아니었으나 마치 끈끈하게 엉겨 있는 것처럼 쉽게 와해되지 않았던 것이다. 하지만 이조차 단리백이 연달아 소매를 휘두르자 폭풍처럼 장내를 휩쓰는 강렬한 바람에 날려 허공에 흩어지기 시작했다.

시야가 확보되자 단리백은 주위를 살폈다. 동시에 사방으로 기감을 펼쳐 혹시 모를 암습에 대비했다. 하지만 아무것도 느껴지는 게 없었다.

"괜찮으냐?"

"네……."

잔뜩 붉어진 얼굴로 대답한 임소하가 단리백에게서 떨어졌다.

임소하가 무사한 것을 확인한 중인들은 의아함을 감추지 못했다. 마풍영이 흑암보를 방문한 목적이 임소하였음을 아는 까닭이었다.

이때 한곳을 바라보던 단리백의 눈에 이채가 떠올랐다. 마풍영의 주검이 놓여 있던 곳. 그러나 마풍영의 모습이 보이지 않았다. 바닥을 적신 핏물만이 그가 있었음을 말해줄 뿐이었다.

*　　　　*　　　　*

혹승은 거친 숨을 몰아쉬고 있었다. 그가 낼 수 있는 최대한의 경공을 전개한 지도 근 일각이 지났다.

무간마저 일격에 쓰러뜨린 단리백의 이목을 속이기란 결코 쉬운 일이 아니었다. 게다가 마지막에 단리백이 아무렇게나 휘두른 장력이 어깨에 스쳐 뼈가 바스러지고 말았다. 그럼에도 불구하고 혹승은 신음조차 흘리지 않았다. 그것은 그가 고통을 참는 독특한 무공을 익혀서도 아니었고, 본래 참을성이 강해서도 아니었다. 다만 단리백의 이목에 걸리는 순간 자신은 죽을 것이라는 것을 확실히 인지하고 있었기에 가능한 일종의 위기감 때문이었다.

부상의 치료보다 흑암보를 벗어나는 데 최대한의 힘을 기울인 것도 이 때문이다. 흔적을 남기지 않고 최대한 빨리 탈출하기 위해 혹승은 본원진기까지 사용하며 달리고 있었다. 하지만 이도 잠시, 숨은 점차 턱까지 차 올랐고 다리를 떠받치던 진기도 한계에 이르렀다.

"헉헉……!"

인적없는 깊은 숲 속에 도착한 혹승은 들쳐 업고 있던 마풍영의 시체를 내려놓고 거친 숨을 몰아쉬었다.

그렇게 얼마나 시간이 지났을까.

뚜두둑.

돌연 마풍영의 몸에서 뼈마디 부딪치는 소리가 터져 나왔다.

스스스.

동시에 그의 몸에서 희뿌연 안개와도 같은 흑색의 기운이 뭉클거리며 쏟아지더니 전신을 뒤덮었다.

"……!"

흑승은 경악해 마지않았다. 분명 마풍영의 심장은 멎어 있음을 확인했다. 체온은 싸늘하게 식어 있었고, 전신의 근육 역시 경직이 진행되고 있었다.

'말로는 들었지만 사실이었을 줄이야…….'

시체가 되살아나는 기사를 바라보는 흑승의 얼굴에 더없이 착잡한 빛이 떠올랐다.

가만히 마풍영의 가슴에 귀를 가져갔다. 미약하고 느리긴 했으나 심장이 뛰기 시작했다.

우두두둑!

더욱 섬뜩한 소리가 마풍영의 전신에서 흘러나왔다. 뒤틀린 뼈와 근육, 그리고 기맥이 제자리를 찾아가며 내는 소리였다. 찢어지고 갈라진 피부 역시 점차 아물고 있었다. 처음엔 매우 느렸으나 시간이 지날수록 육체의 복원이 빨라지고 있었다.

흑승은 천천히 손을 등 뒤로 가져갔다.

스릉.

천천히 뽑힌 한 자루 도가 완전히 모습을 드러냈다.

그의 칼은 정확히 마풍영의 목 한 자 정도에 위치해 있었다. 그러나 흑승은 선뜻 칼을 내려치지 못했다. 분명 아직까지라면, 완전히 마풍영이 부활하기 전이라면 확실히 그의 목을 날려 버릴 수 있을 것이다.

일각의 시간이 흘렀다.

결국 흑승은 칼을 휘두르지 못하고 한숨을 내쉬며 뒤로 물러섰다. 하지만 그는 이내 벼락을 맞은 듯 부르르 신형을 떨었다. 귓속을 파고든 음성 때문이었다.

"지금이 유일한 기회일지도 몰라."

고개를 돌리니 마풍영이 눈을 뜨고 자신을 바라보고 있었다.

"대, 대형……."

파랗게 질린 흑승과 달리 마풍영은 오히려 웃기까지 했다.

"나도 궁금하군, 목이 잘리면 죽을 수 있을지."

"알고… 계셨습니까?"

"네가 의천맹의 간자라는 것? 아아, 나도 최근에서야 알게 되었지. 상대방에게 간자를 심어놓은 건 의천맹뿐만이 아니야."

"……!"

"하지만 애석하게도 아직까지 그 사실을 알고 있는 건 나

뿐이지. 네가 나를 죽일 수 있다면 나의 죽음과 함께 그대로 묻혀질 거야.”

움찔하는 흑승을 향해 마풍영이 턱짓을 했다.

“망설일 여유가 없을 텐데? 앞으로 일각 정도면 나는 본래의 육신과 무공을 회복할 것이다. 그땐 네가 아무리 발버둥쳐도 살아날 수 없어.”

그렇게 말하곤 아예 눈까지 감아버리는 마풍영이었다.

흑승이 다시금 도를 치켜들었다. 한참 동안 망설였으나 흑승은 끝내 휘두르지 못하고 침울한 표정으로 도를 떨구고 말았다.

마풍영이 눈을 떴다.

“멍청한 놈.”

“미안합니다, 대형.”

마풍영의 얼굴에 쓸쓸한 미소가 떠올랐다.

“가라.”

“대형…….”

“내 눈앞에서 꺼지란 말이다. 설마 내 손에 죽고 싶어 기다리고 있는 건 아니겠지?”

흑승이 무언가를 말하려는 듯 입술을 달싹이다 홱 돌아섰다. 그리곤 그대로 숲 속으로 신형을 날렸다.

그가 사라지고 나서 얼마 지나지 않아 마풍영이 천천히 상체를 일으켰다. 그리곤 흑승이 사라진 방향을 주시하며 나직이 중얼거렸다.

"뭐, 일각이라고 해두었으니 그 정도 시간은 기다려 주지."

기어이 일각의 시간을 채우고 나서야 마풍영이 일어섰다. 하지만 그는 흑승을 뒤쫓지 않았다. 주변에 은밀한 인기척이 느껴졌기 때문이다.

마풍영의 입에서 싸늘한 음성이 흘러나왔다.

"누가 함부로 나서라 했나?"

그와 동시에 흑의를 걸친 네 명의 사내가 어디선가 나타나 마풍영 앞에 부복했다.

"죄송합니다, 대형. 저의 의견이었습니다."

팔열지옥 중 가장 연장자인 등활(等活)이 책임을 자처하고 나섰다.

"흑승이 아니고?"

"……."

등활은 아무런 말도 할 수 없었다.

흑암보에 가기 전 마풍영은 자신의 뒤를 따르지 말라고 명령했었다. 하지만 흑승이 아무래도 불안하다며 자신들을 설득했다. 그들 역시 단리백에 관한 정보를 어느 정도 알고 있는 상태였기에 걱정이 앞섰다. 그래서 흑승과 함께 흑암보 근처에 매복해 있었던 것이다.

"그러고 보니 흑승이 보이지 않는군요."

등활의 어설픈 연극에 마풍영이 실소를 머금었다.

이미 모든 것을 지켜본 그들은 흑승의 배신 역시 알고 있었다. 하나 그들에게 있어 흑승은 배신자이기 전에 오랜 세월 기쁨과 고생을 함께한 동료였다. 이미 죽어 사라진 호규나 대규 따위와는 비교할 수도 없는…….

"흑승은 지금 의천맹 쪽을 살피러 간 것 아닙니까?"

유들유들한 성격의 중합(衆合)이 조심스레 입을 열었다. 그러자 염열(炎熱)과 대열(大熱) 역시 고개를 끄덕이며 한마디씩 거들었다.

"대략 사나흘은 걸릴 것 같군요."

"그렇다는 것은 적어도 사흘 동안은 그놈의 코 고는 소리에 밤잠을 설치지 않아도 된다는 말이군요."

그 순간 마풍영의 손이 움직였다.

퍼퍼퍼퍽!

음유한 경력에 가슴팍을 얻어맞은 네 명의 사내가 뒤로 나동그라졌다.

그런 그들을 향해 마풍영이 말했다.

"네놈들은 바보다."

그 말을 끝으로 마풍영이 돌아섰다. 그 모습을 바라보는 네 명의 사내는 입에선 피를 흘리면서도 웃고 있었다.

"이로써 사흘은 벌었군."

등활의 말에 나머지 세 명 역시 고개를 끄덕였다. 그리곤 흑승이 사라진 방향을 바라봤다.

누군가가 중얼거리듯 입을 열었다.

"잘 가라, 흑승. 괜히 엄한 놈에게 죽지 말고."

*　　　*　　　*

산서 오대산.

문수보살이 머물렀다는 전설 때문에 청량산이라고도 불리우는 이곳은 사천 아미산, 절강 보타산, 안휘 구화산과 더불어 불교의 사대명산 중 하나였다.

다섯 봉우리 중 하나인 망해봉 주위에는 유독 짙은 안개가 깔려 있었다. 산정 바로 아래에서 시작되어 산의 중턱까지 이른 운무는 마치 끝없는 구름의 바다처럼 온 산을 휘감고 있었다.

끝없이 펼쳐진 운무 가운데 이름 높은 다섯 개의 봉우리만이 바다 위에 떠 있는 섬처럼 고아한 위상을 뽐내고 있을 뿐, 한 치 앞도 구분하기 힘든 안개 속에서는 어디가 하늘이고 어디가 산정인지 구분조차 불가능했다.

그 짙은 안개를 헤치며 오대산을 오르는 인물들이 있었다.

예상에 없던 날씨를 만났음에도 불구하고 백여 명에 달하는 인원 중 어느 누구도 당황한 기색은 찾아볼 수 없었다. 대열이 흐트러지거나 누구 하나 입을 여는 이도 없었다. 그저 묵묵히 선두의 지시대로 걸음을 옮길 뿐이었다.

그렇게 얼마를 걸었을까.

야트막한 언덕을 지나 제법 넓은 평지에 이르자 선두에 위치해 있던 중년인이 입을 열었다.

"이곳에서 자리를 잡는다."

중후함이 느껴지는 음성. 짙은 청삼을 걸치고, 짙은 검미 아래 자리 잡은 호목과 각진 턱이 조화를 이루어 매우 단단한 인상을 주는 사내였다. 절제된 표정 속에 잘 갈무리된 기파는 마치 잘 벼려놓은 한 자루 검을 보는 것만 같았다. 하지만 그런 그조차 눈빛 속에 도사리고 있는 음험한 살기만은 지워내지 못하고 있었다.

그의 명령이 떨어지기가 무섭게 백여 명의 사내가 일사불란하게 움직이기 시작했다. 나무와 바위 등에 모습을 숨기고 평지를 둥그렇게 에워싼 그들의 손에는 각기 번뜩이는 병장기가 들려 있었다.

"가주, 그들이 정말 이곳을 지날 것 같은가?"

늙수그레한 음성에 중년인이 고개를 돌려 자신과 어깨를 나란히 한 노인을 바라봤다. 주름 가득한 그의 눈매에도 짙은 살기가 내려앉아 있었다.

가주라 불리운 중년인이 고개를 끄덕였다.

"그들이 보름 전에 호북을 지났다는 정보가 있습니다. 흑암보가 위치한 정양(定養)으로 향하기 위해서는 반드시 이곳을 지나야 합니다."

"관도를 이용하여 오대산을 우회할 수도 있지 않은가?"

"다른 이들의 이목을 피해 은밀히 움직이는 자들입니다. 관도를 이용하는 일은 없을 것입니다. 게다가 호북에서 정양으로 이어지는 다섯 곳 모두 빠짐없이 인원을 배치했으니 숙부께서는 염려하지 마십시오."

"그래, 네 말이라면 틀림없지. 드디어 본 세가의 숙원을 풀 수 있겠구나."

문득 노인이 초조한 안색으로 주위를 둘러봤다.

"그런데 어찌하여 그들의 모습이 보이지 않는 게냐, 분명 무간이 팔한지옥을 소집했다 들었는데?"

중년인이 미간을 찌푸리며 못마땅한 눈으로 노인을 바라봤다.

"그들에게 의지하지 마십시오. 지금까지는 한 배를 타고 있지만 언제 돌아서서 우리에게 칼을 겨눌지 모르는 자들입니다. 더구나 무간이라는 그자… 비록 그가 제게 지옥전주(地獄殿主)의 직책을 맡기고 있다 하나 그는 제가 함부로 명령할 수 있는 인물이 아닙니다."

"그래도 지금은 한 명의 고수가 아쉬울 때인데……."

"아직까지 오대세가가 직접 움직이진 않은 것 같습니다. 그렇다면 의천맹이 동원할 수 있는 것은 기껏해야 집법당, 종리청의 개들 정도겠지요. 지금의 전력이라면 집법사자 전원과 겨룬다 해도 충분히 이기고도 남습니다."

“그렇다면 좋겠지만……”

이때 중년인이 손을 들어 노인의 말을 제지했다. 동시에 소리없이 검을 뽑아 들며 안개 속을 응시했다.

짤랑.

멀지 않은 곳에서 방울 소리가 들려온 것도 그때였다.

“버둥대며 사는 인생, 돌아보면 부질없다. 사람들아, 사람들아, 어이하여 욕심내며 어이하여 다투는고. 죽으면 매한가지, 몸 눕힐 한 뼘 땅 위해 북망산 기슭 찾는 것을. 어허이, 어허이……”

중년인은 실망을 금치 못했다. 그도 그럴 것이, 방울 소리에 맞춰 흘러나오는 노랫가락은 장송곡이 분명했기 때문이다.

잠시 후 안개 속에서 한 사람이 모습을 드러냈다.

아니나 다를까, 머리를 풀어 헤치고 수의를 걸친 그의 모습은 영락없는 장의사의 행색이 분명했다.

다만 이상한 점이라면 이십 개의 관을 실은 수레였다. 굳이 편한 관도를 놔두고 이처럼 험한 산길을 택해 관을 옮길 이유가 없었다.

덜컹.

바퀴가 돌부리에 걸린 듯 관을 실은 수레가 한차례 심하게 요동치더니 옆으로 크게 기울어졌다.

우당탕!

　수레에 실려 있던 관이 요란한 소리를 내며 우르르 쏟아졌다. 한데 장의사는 다시 관을 실을 생각도 하지 않고 오히려 어지럽게 흩어져 있는 관 사이에 털썩 주저앉더니 큰 소리로 중얼거리기 시작했다.

　"에… 이거, 이름을 어떻게 적어야 하나? 모용주? 모용찬? 모용수? 모용기는 이미 죽었으니 그는 아닐 테고… 이것 참, 곤란하군. 이름을 알아야 위패에 적을 것 아닌가?"

　"……!"

　중년인, 당금 모용세가의 가주 모용헌의 눈에서 섬전 같은 안광이 폭사되었다. 자신에게 하는 말이 분명했다. 눈앞의 상대는 결코 평범한 장의사가 아닌 것이다.

　이때 장의사가 모용헌이 있는 쪽을 향해 시선을 던졌다.

　"이보게, 자네 이름이 어찌 되는가?"

　모용헌이 앞으로 나섰다. 그와 동시에 백여 명에 달하는 그의 수하들도 안개 속에서 모습을 나타냈다.

　살기등등한 그들의 모습에 장의사는 잠시 움찔하더니 이내 곤란한 표정으로 머리를 긁었다.

　"이런, 이것 참 난감하게 되었군. 관은 이십 개밖에 준비하지 못했는데……."

　"너는 누구냐."

　"나? 보는 대로 장의살세."

　서로의 거리가 가까워지자 모용헌은 장의사의 얼굴을 자

세히 확인할 수 있었다.

군데군데 검버섯이 피어오르는 중늙은이였다. 머리카락은 절반이 넘게 빠져 이마가 훤히 드러나 있었고, 일반인보다 두 배는 커다란 머리를 지니고 있었다. 반면 목은 팔보다 가늘어 머리 무게를 이기지 못해 금세라도 부러질 것처럼 위태해 보였다. 게다가 하관이 좁고 눈 언저리는 양쪽으로 길게 찢어져 있어 보는 것만으로도 기괴함이 느껴졌다.

"이곳에서 기다리고 있는 줄 어떻게 알았지?"

모용헌의 질문에 노인은 순순히 대답해 주었다.

"늙은 점쟁이가 알려주더군. 북망산에 오르고 싶어하는 자들이 이쯤에서 기다릴 테니 후하게 장사 지내주라고 말이야."

"미친!"

모용헌의 수하 중 한 명이 노기를 참지 못하고 뛰쳐나갔다.

순간 장의사의 눈에서 섬전 같은 안광이 번뜩였다.

자신의 심장을 파고드는 검을 슬쩍 어깨를 한 번 비트는 것으로 간단히 피해낸 장의사는 그대로 손을 뻗어 자신을 공격한 청년의 목을 움켜쥐었다.

"고수……!"

모용헌이 신음을 흘렸다. 검을 피하고 손을 뻗어 목을 움켜쥐는 매우 단순하고 간단한 동작이었으나 그 안에는 자신조차 이르지 못한 현묘한 무리가 담겨 있었던 것이다.

"컥!"

고통스러운 표정으로 발버둥치는 청년을 향해 장의사가 안타까운 표정을 지어 보였다.

"저런, 괴로운가? 하지만 걱정 말게. 곧 편해질 거야."

그 말과 동시에 장의사는 청년의 목을 붙든 손에 힘을 넣었다.

뚝.

목이 부러지는 섬뜩한 소리와 함께 청년의 목이 수수깡처럼 꺾여 버렸다.

"사망유희(死亡遊戲)……."

모용헌의 짐작은 틀리지 않았다. 별호를 언급하자 장의사는 만족스러운 표정으로 고개를 끄덕였던 것이다.

"내가 그 오 모일세."

비로소 모용헌은 노인의 구부정한 허리 뒤로 삐죽이 모습을 드러낸 시커먼 철자와 넉 자 길이의 흉측한 가위를 발견할 수 있었다. 오문호의 성명절기인 귀왕척(鬼王尺)과 탈명교(奪命鉸)였다.

모용헌의 숙부인 모용수가 앞으로 나섰다.

"무슨 짓이냐, 오문호?! 무엇 때문에 본가와 의천맹 사이의 일에 개입하는 거냐?"

"의천맹과 당신네들 사이의 해묵은 원한 따위, 내 알 바 아니야. 단지 의천맹과 척을 지면 아무리 나라 해도 귀찮은 일이 많거든. 이 기회에 그들에게 잘 보여 나쁠 게 없지. 게다가 그들은 선수금으로 엄청난 액수의 장례비를 치렀다네. 그러니 쓸데없는 저항 말고 부디 극락왕생들 하시게나."

느물거리는 오문호의 말투에 모용수는 분기탱천(憤氣撐天)해 소리쳤다.

"오만함에 눈이 멀었구나, 오문호! 위패에 새겨야 할 것은 네 이름이다! 네가 아무리 십대고수라 해도 이곳을 살아 내려갈 수 없을 것이다!"

오문호가 주위를 빙 둘러보았다.

자신을 둘러싼 인물들의 무위를 가늠해 보길 잠시, 이내 천천히 고개를 끄덕였다.

"대부분이 검기상인의 경지에 이르러 있는 데다, 이기생형을 이룬 인물이 두 명이라……. 확실히 버겁겠는걸."

고민스러운 얼굴로 중얼거리던 오문호가 간절한 눈빛으로 모용수를 바라봤다.

"그냥 얌전히 죽어주면 안 될까? 사실 내가 갈 길이 바쁘거든. 그렇게만 해준다면 두 당 열 냥이었던 지전을 두 배로 늘려 살라주겠네."

"이런 미친놈!"

노성을 터뜨린 모용수가 대뜸 신형을 날렸다.

츠츠츳.

시퍼런 검기가 맺혀 일렁이는 한 자루 검이 곧장 자신의 목을 베어오자 오문호의 얼굴에서 웃음이 사라졌다.

챙!

"……!"

모용수의 얼굴이 돌처럼 굳어졌다. 사 척에 이르는 커다란 가위가 자신의 검을 물고 있었다. 게다가,

키익.

맞물린 가위가 이를 다물기 시작하고 있었다.

겉모습과 달리 오문호의 힘은 상상을 초월하고 있었다. 명검이라 자부하던 자신의 검을 오문호의 탈명교는 마치 두꺼운 천을 자르듯 베어오고 있었다.

철컹.

결국 오문호의 탈명교가 닫히고 말았다.

모용수가 들고 있던 검은 두 동강이 난 채 바닥을 구르고 있었다. 하나 다행히도 모용수는 마지막 순간 간신히 상체를 뒤로 젖혀 가위에 목이 잘려 나가는 불상사를 면할 수 있었다.

"응? 이상하군. 이 느낌이 아닌데……."

나직이 중얼거린 오문호가 관심없다는 듯 고개를 돌려 버렸다. 그 모습에 모용수는 알 수 없는 한기에 휩싸였다.

불에 덴 듯 갑자기 목 언저리가 뜨거웠다.

모용수가 손을 들어 목으로 가져갔다. 진득하고 뜨거운 무언가가 손바닥을 가득 채웠다. 그것이 자신의 피라는 것을 깨

달은 모용수의 얼굴이 창백하게 변했다.

"이, 이게……."

당황하여 주위를 둘러보자 자신을 바라보는, 조카인 모용헌의 절망적인 표정을 확인할 수 있었다. 그것이 모용수가 볼 수 있는 마지막이었다.

털썩.

모용수의 몸이 바닥에 힘없이 늘어졌다. 길게 갈라진 그의 목에서는 아직도 더운 피가 뭉클거리며 쏟아지고 있었다.

모용헌의 얼굴에 진한 아픔이 배어왔다. 미처 만류할 틈도 없이 순식간에 벌어진 일이었다. 오문호가 십대고수라 불리우는 이유를 뼈저리게 느끼는 순간이기도 했다.

그렇지만 제아무리 십대고수라 해도 두 개의 손이 이백 개의 손을 당할 수는 없는 법.

"쳐라!"

모용헌의 명령이 떨어지자 그의 수하들이 일제히 신형을 날렸다.

그런데 이상하게도 새카맣게 전면을 뒤덮은 모용세가의 무인들을 바라보는 오문호의 표정은 여유롭기만 했다.

"죽어라, 노괴!"

수십 개의 검이 오문호를 향해 떨어지는 순간이었다.

콰작!

오문호 주변에 널려 있던 관들이 일제히 박살 나며 그 안에서 시체들이 일어섰다.

"헉!"

모용세가의 무인들이 갑작스런 괴사에 헛바람을 들이켰다. 그리고 그들이 당황한 순간을 놓치지 않고 관에서 튀어나온 괴인들이 공격을 펼치기 시작했다.

순식간에 어지럽게 뒤얽힌 인영들 사이로 오문호의 웃음 소리가 흘러나왔다.

"흐흐. 좋아, 아주 좋아."

모용헌의 얼굴이 창백하게 변했다. 분명 멀리 떨어져 있던 오문호의 음성이 마지막에 이르러서는 거의 지척에서 들려오고 있었던 것이다.

사악.

예리한 무언가가 옆구리를 노리며 파고들자 모용헌이 대경하여 뒤로 물러섰다.

"쯧, 그렇게 움직여서야 치수를 잴 수 있나. 꼼작 마시게나. 그래야 반듯한 수의를 맞춰줄 게 아닌가?"

모용헌은 얼음 굴에 빠진 듯한 한기를 느꼈다. 고개를 숙여 바라보니 옆구리가 한 치쯤 베어져 핏물이 솟구치고 있었던 것이다. 그리고 전면에선 한 손에 탈명교를, 다른 손엔 귀왕척을 흔들며 오문호가 다가서고 있었다.

"크아악!"

사방에서 터져 나오는 비명 소리 또한 모용헌을 더욱 혼란

속에 빠뜨렸다.

주위를 둘러보니 처참한 주검이 즐비했다. 그 대부분이 자신의 수하들이었다. 반면 관속에서 튀어나온 괴인들은 마구잡이로 수하들을 주살하고 있었다.

그들 역시 피해가 없는 것은 아니었다. 어떤 이는 팔이 잘리고, 목이 절반 넘게 베어져 간신히 머리가 매달려 있는 자들도 있었다. 하지만 이상하게도 그들은 피를 흘리지 않고 있었다. 뿐만 아니라 지독한 부상을 입고도 쓰러지는 이가 없었다.

뒤늦게 모용헌은 그들의 정체를 깨달았다.

"강시!"

"클클, 바로 보았네. 이제 곧 자네들도 저들과 합류하게 될 거야. 장담하건대 자넨 내 소장품 중 가장 훌륭한 인형이 될 걸세."

"감히 이런 천인공노(天人共怒)할 짓을……!"

그때였다.

"오 노인의 악취미에 상관하고픈 마음은 없소만, 그자는 살려 데려오라 하지 않았소?"

"그놈이 그런 말을 했던가?"

"분명히."

모용헌이 고개를 돌려 소리가 들려온 쪽을 바라봤다.

"당신은?!"

모용헌의 얼굴이 와락 일그러졌다.

오 장쯤 떨어진 숲 속. 언제부터인지 그곳엔 한 사람이 배고픈 곰처럼 웅크리고 있었다.

철탑을 연상시키는 거대한 체구에 짙게 그을린 구릿빛 피부. 양손은 무릎까지 내려올 만큼 길었으며 팔의 두께는 웬만한 장정의 허벅지보다 두꺼워 마치 거대한 성성이를 보고 있는 것 같았다.

모용헌의 이마에 송골송골 식은땀이 맺혔다. 그의 모습이 기괴해서도 아니었고, 형형한 그의 눈빛에 오금이 저린 것도 아니었다.

"수왕(獸王)……!"

그랬다. 바로 눈앞의 사내가 당금 십대고수 중 한 명이었기 때문이다.

"음? 나를 아는가?"

사도명이 의외라는 듯 고개를 갸웃거렸다.

"거참, 이상하군. 산장에만 틀어박혀 중원엔 코빼기도 내비치지 않았는데 어찌 보는 놈들마다 나를 알아보는 거지?"

"클클, 네놈의 흉물스러운 낯짝을 지닌 놈이 몇이나 될 것 같으냐? 게다가 그 덩치 하며… 누군지 몰라도 네놈 관을 짜는 놈은 퍽이나 괴로울 게야."

"노인장이 남 말할 처지요?"

오문호에게 가벼운 면박을 던진 사도명이 모용헌을 향해

고개를 돌렸다.

"자네, 뭐 하고 있나, 나를 알아봤으면 냉큼 달려와 목을 길게 내밀지 않고?"

"다, 닥쳐라! 네놈이 아무리 십대고수라 해도 나는 너를 두려워하지 않는다!"

"호오, 그래?"

사도명이 천천히 신형을 일으켰다.

모용헌은 자신도 모르게 흠칫하며 한 걸음 물러서고 말았다. 바위처럼 웅크리고 있던 사도명이 신형을 일으키자 조금 전까지완 비교도 되지 않는 위압적인 기파가 태산처럼 전신을 찍어 눌러왔기 때문이다.

그런 모용헌의 발자국을 가리키며 사도명이 입을 열었다.

"입만 산 녀석이었군."

사도명의 한마디에 모용헌의 얼굴이 확 달아올랐다.

"닥쳐!"

잔뜩 붉어진 얼굴로 모용헌이 검을 휘둘렀다.

츠츠츳!

모용헌의 검끝에서 한줄기 서기가 꿈틀거리더니 그대로 삼 장의 거리를 격하고 사도명을 향해 날아들었다.

사도명이 피식 웃더니 지척에 이른 검기를 향해 손을 뻗었다.

"미친……."

허공에 떠다니는 먼지를 움켜쥐려는 듯한 그의 모습에 모용헌이 차가운 조소를 머금었다. 하나 웃음을 머금었던 그의 얼굴은 이내 경악으로 일그러지고 말았다.

따앙!

차가운 소성과 함께 검기가 허공에 흩어져 버렸다. 반면, 검기를 맨손으로 잡아챈 사도명의 손에서는 피 한 방울도 배어 나오지 않았다.

"제법 따갑군."

미미하게 인상을 찌푸릴 뿐 사도명은 이내 아무렇지 않다는 듯 모용헌을 향해 다가섰다.

"온몸을 짓이겨 고깃덩이로 만들어주마."

사도명의 엄포에 모용헌은 깊은 절망을 맛보아야만 했다. 도저히 어찌해 볼 수 없는, 자신과는 차원이 다른 고수였다. 유형을 이룬 검기를 맨손으로 잡아내는 인간을 무슨 수로 상대한단 말인가?

턱.

모용헌은 자신의 머리를 감싸쥔 커다란 손을 망연자실한 표정으로 바라봤다. 이미 그의 머릿속은 지독한 공포에 휩싸여 달아날 생각조차 못하고 있었다.

막 사도명이 손아귀에 힘을 넣으려는 찰나였다.

키익!

금속을 긁어내는 듯한 날카로운 소리와 함께 사도명이 한 걸음 뒤로 물러섰다.

"무슨 짓이오, 영감?"

이글거리는 사도명의 눈빛과 달리 오문호는 그저 놀랍다는 듯이 사도명의 손목을 바라볼 뿐이었다.

"호, 온몸이 돌덩이 같다길래 얼마나 단단하려나 싶었는데 이건 완전히 금강불괴로구먼? 탈명교 앞에 잘려지지 않은 건 지금까지 자네의 손목이 유일하다네. 이 오 모는 진심으로 감탄했어."

그제야 모용헌은 사도명의 손목에 그려진 한줄기 붉은 선을 발견할 수 있었다. 오문호의 탈명교조차 그의 피부에 작은 생채기 하나밖에 남기지 못한 것이다.

사도명이 잡아먹을 듯한 표정으로 오문호를 노려봤다.

"겨우 날 시험하기 위해서였다면 당신은 지금 실수한 거요."

"난 자네를 도우려 했을 뿐이야."

"무슨 소리요?"

"그놈을 살려둬야 한다고 말한 건 어디의 누구였지?"

"아!"

뒤늦게 자신이 한 말을 상기한 사도명이 민망한 표정을 지었다.

그런 그를 향해 오문호가 말했다.

"자네들은 저 날파리들을 정리해 주게나. 가뜩이나 귀한

내 인형들을 이런 곳에서 전부 망가뜨릴 순 없지."

사도명이 고개를 돌려 장내를 바라봤다. 처음엔 갑작스런 공격에 당황하여 속절없이 쓰러지던 모용가의 무인들이었지만 지금은 일정한 검진의 형태를 이뤄 강시들과 싸우고 있었다.

강시라 해서 특별한 것은 없었다. 특별한 무공을 익힌 것도 아니었고, 그저 단단한 몸에 팔다리가 잘리고도 쓰러지지 않는다는 것 외엔 달리 앞세울 게 없었다. 하나 그 공포심을 극복한 검기를 다루는 고수들 앞에선 이마저 무용지물이었다.

모용세가의 무인들은 아직 칠십여 명이 두 다리로 서 있었다. 반면 토막토막 잘려 움직일 수 없게 된 강시는 십여 구에 달했다.

한차례 고개를 끄덕인 사도명이 모용세가의 무인들을 향해 신형을 날렸다.

수하들의 위기를 직감한 모용헌이 고함치듯 외쳤다.

"도망가!"

모용헌의 음성에 고개를 돌린 모용세가의 무인들이 사도명을 발견했다. 하나 그들은 달아나지 않았다. 오히려 사도명을 향해 검기를 날리기 시작했다.

츠츠츠츠츳!

수십 줄기의 매서운 경기가 사도명을 향해 쏟아졌다. 하나 사도명은 이를 피할 생각도 하지 않고 저돌적으로 그들을 덮처 갔다.

카카카카카캉!

검기에 격중된 사도명의 상의가 갈가리 찢겨졌다. 하나 그 안에 드러난 피부는 한 점 생채기도 찾아볼 수 없었다.

우둑!

끔찍한 소리가 터져 나왔다. 사도명이 휘두른 주먹에 격중된 무인 한 명의 머리가 엄청난 힘을 견디지 못하고 목부터 뜯겨져 나간 것이다.

그뿐만이 아니었다.

퍽!

횡으로 휘두른 사도명의 팔꿈치에 차례대로 격중당한 무인 둘의 머리가 폭발하듯 터져 나갔다. 패력거산(覇力巨山)이라는 별호가 무색지 않은 무시무시한 괴력이었다.

"……!"

중인들의 얼굴에 공포가 자리 잡았다. 비처럼 쏟아지는 피에 섞여 후두두 떨어지는 허연 뇌수. 공포란 으레 그렇듯 순식간에 사람들 사이로 번져 나갔다.

"으아악!"

누군가의 비명을 시작으로 모용세가의 무인들이 뿔뿔이 흩어지기 시작했다. 몇몇은 부질없는 반항으로 목숨을 연명해 보려 했으나 누구도 사도명의 잔인한 손속을 벗어날 수 없었다.

사도명은 이리저리 뛰어다니며 닥치는 대로 주살하기 시작했고, 이는 그야말로 살육 그 이상도 이하도 아니었다.

무력하게 이를 지켜보는 모용헌의 눈에서 피눈물이 흘렀다. 오욕을 세월을 감내하며 어렵게 모은 수하들이었다. 언젠가 자신과 함께 모용세가의 이름으로 오대세가 위에 군림할 자들이었다. 하지만 이 모든 게 물거품이 되고 말았다.

참담한 절망, 깊은 절망. 끝없는 괴로움과 자괴감이 모용헌을 사로잡았다.

오문호가 그런 모용헌의 옆구리를 쿡쿡 찔렀다.

"자, 그럼 우리도 놀아보자꾸나."

약 올리듯 이죽거리는 오문호를 바라보는 모용헌의 눈에서 파란 인광(燐光)이 튀었다.

"죽어라, 노괴!"

자신의 미간을 향해 떨어지는 모용헌의 검을 발견한 오문호의 얼굴에 잔인한 웃음이 떠올랐다. 그리고 그 순간 오문호의 탈명교는 이미 모용헌의 팔꿈치 아래에서 날카로운 입을 벌리고 있었다.

서걱.

단번에 잘려 나간 모용헌의 팔이 검과 함께 바닥에 떨어졌다.

"그래, 바로 이 느낌이야."

사지 멀쩡하게 데려오란 말은 없었으니 숨만 붙여 데려가
면 그뿐이다. 만족스러운 손맛에 흡족한 표정을 짓고 있던 오
문호의 얼굴이 딱딱하게 굳어진 것도 그때였다.

퍽.

"크악!"

처절한 비명과 함께 오문호가 오른쪽 눈을 감싸며 바닥에
주저앉았다. 팔이 잘리는 순간 모용헌이 다른 손으로 그의 눈
을 찌른 것이다.

처음부터 팔을 희생하기로 작정하고 감행한 한 수였다.

데굴데굴 바닥을 구르던 오문호가 씩씩거리며 일어섰다.
하나밖에 남지 않은 눈을 희번덕거리며 모용헌을 찾았으나
이미 그는 안개 속으로 사라지고 난 뒤였다.

제27장

협(俠)이 무엇이라 생각하는가?

“크으윽.”

빠른 속도로 산 아래로 치닫던 모용헌이 고통스러운 신음을 흘렸다. 그러다 한차례 신형을 휘청이더니 갑자기 피를 토하기 시작했다.

“으웩!”

시커먼 피를 한 사발이나 쏟아내고서야 겨우 몸을 추스른 모영헌은 그제야 자신의 몸을 살필 수 있었다.

지혈을 했음에도 불구하고 팔꿈치 아래로 잘려 나간 팔에서는 아직도 피가 흘러나오고 있었다. 어깨엔 한 자루 나무 못이 깊숙이 박혀 있는데, 이 때문에 상의는 선혈로 낭자했다.

모용헌이 어깨에 박혀 있는 나무 못을 움켜쥐었다.

"으악!"

자지러지는 비명이 허공을 울렸다. 못을 뽑아내려 손에 힘을 주는 순간 엄청난 고통이 밀려왔던 것이다. 무엇으로 만들어졌는지 알 순 없으나 못은 꼼짝도 하지 않았다. 오히려 힘을 주면 줄수록 더욱 깊숙이 파고들며 고통만 배가될 뿐이었다.

"생사전(生死栓)……."

그제야 그것이 오문호의 성명암기인 생사전임을 깨달은 모용헌의 눈에 암담함이 떠올랐다. 그 상황에서도 오문호는 생사전을 날린 것이다.

오문호가 방심을 하지 않았다면, 아니, 자신이 조금만 동작이 굼떴어도 이렇게 살아서 숨을 쉬고 있지 못했을 것이다. 생사전이 가까스로 심장을 비껴간 건 오직 천운이 함께했기 때문이다. 그만큼 오문호는 두려운 존재였다.

"제길……."

애초부터 무리였다. 아무리 혹독한 수련을 거쳐 고수로 거듭난 수하들이라 해도 십대고수 둘을 상대로는 승산이 없었다. 일찌감치 수하들을 물리고 그 자리를 탈출했어야 했다. 그랬다면 그들은 그 우악스러운 괴물에게 그토록 허무한 죽음을 맞지 않아도 되었을 것이다.

사도명.

공포라는 감정을 자신의 뇌리에 깊게 각인시켜 놓은 인물.

그를 떠올린 모용헌은 자신도 모르게 진저리를 쳤다. 하지만 진정 그에게 두려운 인물은 따로 있었다.

'종리청 그놈이 십대고수마저 포섭할 정도의 인물이었단 말인가…….'

모용세가를 몰락시킨 장본인, 그리고 작금의 사태를 꾸민 배후의 인물.

결국 자신은 그의 손에 놀아난 꼴이었다는 걸 깨달은 모용헌은 억울하고 비통한 심정에 미칠 것만 같았다.

그렇게 모용헌이 회한과 분노로 몸을 떨고 있을 때였다.

멀지 않은 숲 속에서 두 개의 인영이 나타났다.

"거기 계신 분은 혹 지옥전주가 아니시오?"

"……!"

목소리가 들려온 곳으로 고개를 돌린 모용헌의 얼굴에 안도의 감정이 떠올랐다.

문사 같은 차림새를 한 오십대의 초로인과 넉넉한 풍채에 오 척에 달하는 거검(巨劍)을 짊어진 중년인. 비록 강호에 존재가 알려져 있진 않았으나 눈앞에 서 있는 두 사람은 각각 강호를 위진시키고도 남을 절정고수였다. 특히 문사 차림을 하고 있는 마하발특마(摩訶鉢特摩)의 무공은 십대고수와도 능히 견줄 만한 무공을 지닌 것으로 알려져 있었다.

"잘 오셨소."

모용헌은 때맞춰 나타난 그들을 보고 반색했다.

알찰타(頻㘉陀)와 마하발특마는 모용헌의 낭패한 모습에 적지 않게 당황한 눈치였다.

알찰타가 모용헌에게 다가섰다.

“이게 어찌 된 일입니까?”

모용헌은 빠드득 이를 갈았으나 그들에게 자세한 설명을 하지 않고 서둘러 말했다.

“나머지 여섯 명은 어디 있는 거요?”

“그렇지 않아도 대형의 지시로 이곳에 모이고 있는 중입니다. 머지않아 도착할 것입니다.”

그러면서 조심스레 모용헌을 부축하는 알찰타였다.

“다행히오. 사실은… 컥!”

모용헌은 말을 채 끝맺지 못했다. 그저 망연자실한 표정으로 자신의 아랫배에 깊숙이 박혀 있는 커다란 검을 바라볼 뿐이었다.

“어째서……”

알찰타가 씁쓸한 표정으로 고개를 저었다.

“그동안 고생했소. 이제 헛된 미망(迷妄)일랑 털어버리고 편히 가시오.”

“네놈들이 나를… 감히 나를……”

모용헌이 경악한 얼굴로 중얼거렸다. 하나 그가 할 수 있는 일은 아무것도 없었다. 무서운 눈으로 알찰타를 노려볼 뿐이었다. 이내 모용헌의 얼굴에 죽음의 그림자가 깊게 드리웠다. 그리곤 격렬하게 몸을 떨더니 그대로 천천히 쓰러졌다.

싸늘히 식어가는 그의 시신을 내려다보던 알찰타가 입을 연 것은 한참의 시간이 지나서였다.

"입맛이 쓰군요."

마하발특마가 고개를 끄덕였다. 그리곤 양손을 가볍게 흔들었다.

그의 손을 따라 바닥의 흙이 일어나 모용헌의 몸을 덮었다.

"여비로 쓰시게."

마하발특마가 품속에서 지전을 꺼내 봉분 위에 사른 다음 천천히 신형을 돌렸다.

"그녀에게 가십니까?"

알찰타의 물음에 마하발특마가 묵묵히 고개를 끄덕였다.

"산음(山陰)에 있다더군."

"이해할 수 없는 게 있습니다. 왜 굳이 떠난 그녀를 데려오라는 것일까요? 그녀의 무위는 대형조차 자신할 수 없을 정도라 들었습니다."

"달리 이유를 물어보지 않았네."

알찰타가 그럴 줄 알았다는 듯이 가볍게 웃었다.

"조심하십시오. 제 휘하 소지옥 둘이 그녀에게 접근을 시도했다 폐인이 되어 돌아왔습니다."

"그저 서신 한 장 전하는 일일세."

“그래도 조심하십시오.”

“그러지.”

그 말을 끝으로 마하발특마가 신형을 날렸다.

홀로 남은 알찰타는 나직이 한숨을 내쉬며 걸음을 옮기기 시작했다.

“휴, 이제 그들과 합류해야겠군. 그 성질 급한 바보들 앞에선 당분간 흑승 이야긴 삼가야겠지?”

어느새 안개는 완전히 걷혀 있었다. 거검을 둘러멘 그가 휘적휘적 산을 내려갔다.

*　　　*　　　*

짙은 어둠이 내려앉은 자시 말. 길게 늘어선 흑암보의 담벼락 근처를 서성이는 인영이 있었다.

인영은 잠시 주위를 두리번거리며 자신의 위치와 담의 높이를 잠시 가늠해 보나 싶더니, 이내 땅을 박차며 신형을 띄웠다. 그리곤 단번에 담을 타 넘어 달빛에 길게 드리운 건물 그림자 속으로 완벽히 녹아들었다.

한 번의 도약으로 무려 십 장에 가까운 거리를 이동하고도 인영은 아무런 소리도 남기지 않았다. 심지어 호흡조차 흐트러지지 않았다.

경공에 관한 한 둘째가라면 서러워할 호계상조차 이를 봤다면 혀를 내둘렀을 놀라운 신법. 하나 건물 그림자 속에 숨어든 이후 인영은 꼼짝도 하지 않았다. 아니, 꼼짝도 할 수 없었다. 자신의 어깨 위에 올려진 한 자루 검 때문이었다.

비록 검 자체의 무게는 얼마 되지 않았으나 자신도 모르게 상대에게 배후를 잡힌 인영에겐 그 무게가 천 근처럼 느껴졌다.

“담을 넘은 이유는?”

냉기가 풀풀 날리는 차가운 음성에 인영이 천천히 고개를 돌렸다.

목소리만큼이나 냉막한 분위기를 풍기는 사내가 무서운 눈빛으로 자신을 노려보고 있었다.

복면 사이로 드러난 인영의 눈동자가 당황한 듯 흔들렸다. 하지만 이내 무언가를 보고 크게 놀란 듯 두 눈을 부릅떴다.

인영의 시선을 따라 유효명 역시 고개를 돌렸다. 하지만 아무것도 없었다.

‘속았군.’

내심 쓴웃음을 삼키던 유효명은 자신의 명치 어림을 파고드는 예기를 느꼈다. 유효명의 눈에 한 자루 짧은 소도가 들어온 것도 그때였다. 하나 경공에 비해 인영의 무공은 썩 훌륭한 편이 못 되었다.

타탁.

두 사람 사이에서 가벼운 격타음이 터져 나왔다. 그리곤 인영은 다시금 석상이 된 듯 동작을 멈췄다. 이번에도 움직일 수 없는 이유 역시 검 때문이었다. 달라진 것이 있다면 검의 위치였다. 어느새 유효명의 검은 인영의 턱 바로 밑에서 서슬 퍼런 예기를 흘리고 있었다.

검과 목 사이의 거리는 불과 한 치. 반면 인영의 비수는 바닥을 뒹굴고 있었다. 비수를 휘둘렀던 오른손 역시 유효명의 왼손에 붙들린 상태였다.

도저히 반격이 불가능했다. 이 상태에선 유효명이 그저 슬쩍 손만 내밀어도 그대로 목이 꿰뚫리고 말 것이 틀림없었다.

"다시 묻지. 담을 넘은 이유는?"

유효명이 위협적으로 검을 살짝 움직였다. 차가운 검극이 목에 닿자 인영은 포기한 듯 한숨을 터뜨렸다. 그리곤 자신의 품속으로 손을 가져갔다.

유효명의 눈에서 살기가 떠올랐다.

"허튼수작."

주륵.

검신을 타고 흘러내리는 자신의 핏방울을 발견한 인영이 흠칫하더니 그대로 굳어졌다. 설마 유효명이 진짜로 자신을 찌를 줄 몰랐던 것이다.

"서신을……."

인영의 음성은 몹시 떨리고 있었다. 비록 검극이 피부를 살짝 파고든 정도였으나 그 안에 담긴 살기만큼은 몸서리쳐지게 두려웠다.

그제야 유효명은 인영이 서신을 꺼내려 했다는 것을 깨달 았다.

"약속하지. 손가락 하나라도 까닥하면 그대로 목에 바람구 멍이 날 거야."

유효명의 엄포에 인영이 겁먹은 표정으로 고개를 끄덕였 다.

유효명은 검은 거두지 않은 채 인영의 품속에 손을 집어넣 었다.

물컹.

"……!"

유효명의 얼굴이 굳어졌다. 편지 대신 정체를 알 수 없는 묘한 물체가 손 안에 잡혔던 것이다.

"이건……!"

뒤늦게 그것의 정체를 깨달은 유효명의 눈이 더없이 크게 흡떠졌다.

"이 색마!"

짜악!

경쾌한 타격음이 밤하늘에 울려 퍼졌다.

당황한 유효명은 황급히 뒤로 물러서며 인상을 찌푸렸다.

"여자였나?"

뺨이 얼얼했다. 하지만 그보다 당혹감이 더욱 컸다.

"개자식! 죽여 버릴 거야!"

분노로 부르르 몸을 떨던 인영이 유효명을 향해 신형을 날렸다. 어느새 집어 들었는지 그녀의 손에는 비수가 들려 있었다.

유효명은 인상을 찌푸린 채 그녀의 공격을 피하기 시작했다. 하지만 여인은 집요하게 유효명을 물고늘어졌다. 비록 무공은 유효명에 비해 뒤처진다 하나 경공만큼은 유효명보다 앞서 있었기에 유효명은 쉽게 그녀를 떨쳐 낼 수 없었다.

'골치 아프군.'

유효명은 당혹감을 금치 못했다.

냉혹함만으로 따지면 단리백 못지않은 인물이 바로 그였다. 강호사사조차 대놓고 유효명에게 시비를 걸지 못할 만큼 그의 손속은 망설임이 없었다.

유효명은 지금까지 살기를 흘리며 달려드는 적을 단 한 번도 살려둔 적이 없었다. 한데 지금의 유효명은 살초를 쓸 수 없었다. 손 안에 남아 있는 따듯하고 말캉한 감촉이 자꾸만 발목을 붙들었기 때문이다. 그렇지 않았다면 진작에 상대의 목을 날려 버렸을 것이다.

"아악! 분해!"

단 한 번도 유효명에게 상처를 입히지 못하자 여인은 빽 고함을 지르더니 그 자리에 털썩 주저앉았다. 그리곤 이내 대성통곡하기 시작했다.

"엉엉! 이 나쁜 자식! 아빠한테 전부 일러 버릴 거야!"

"……."

유효명이 난처함에 얼굴만 구기고 있을 때였다.

"뭐야? 한밤중에 누가 울어대는 거야?"

위송령을 선두로 강호사사 전원이 어슬렁거리며 나타났다.

"호?"

바닥에 주저앉아 울고 있는 여인과 유효명을 번갈아 바라보던 위송령이 의미심장한 웃음을 머금었다.

"흐흐, 살수랍시고 맨날 어두운 구석에 처박혀 있는 줄만 알았더니 그래도 할 짓은 다 하는군."

백무쌍과 사염천 역시 한 수 거들었다.

"한창 피 끓는 때잖아. 놔두고 얼른 가자고. 다른 건 몰라도 남녀상열지사(男女相悅之詞)만큼은 방해해선 안 되지."

"클클, 우린 갈 테니 얼른 어르고 달래서 재미 보려무나."

유효명의 눈에서 새파란 한광이 일렁였다.

이때 호계상이 절레절레 고개를 흔들며 앞으로 나섰다.

"으이그, 이것들은 나이만 헛먹었어."

"뭐야?"

벌컥 화를 내는 위송령 등을 무시하며 호계상이 여인을 향해 다가섰다.

유효명과 실랑이를 벌이던 와중에 이미 복면은 벗겨진 상태였다. 스무 살이나 되었을까. 갸름한 얼굴에 칠흑처럼 새까만 눈동자가 무척이나 귀여운 아가씨였다.

"처자는 뉘시길래 이 야심한 시각에 본 보를 방문하셨소? 그리 서글피 우는 이유는 또 뭐고?"

여인은 몹시 분에 겨운 듯 씩씩거리며 유효명을 가리켰다.

"저자가… 저자가……."

"저 녀석이 뭐?"

호계상의 반문에 여인은 유효명을 노려보며 입술만 달싹일 뿐이었다. 차마 자신의 입으로 사실을 밝힐 수 없었던 것이다.

그러기를 잠시.

겨우 분노를 다스린 여인이 신형을 일으켰다.

그녀는 유효명을 한차례 매섭게 쏘아보더니 이내 고개를 돌려 호계상을 바라봤다.

"혈왕을 불러주세요."

중인들의 얼굴에 의아함이 떠올랐다.

"소저는 누구신가?"

호계상의 질문에 그녀가 막 대답하려는 찰나였다.

"나를 찾는 이유는?"

어느새 자신의 지척에 서 있는 단리백을 발견한 여인의 눈에 은은한 놀라움이 떠올랐다. 그도 그럴 것이, 홀연히 나타난 단리백의 신법은 그녀조차 그 경지를 짐작할 수 없을 만큼 초절(超絶)한 것이었기 때문이다.

"당신이 혈왕인가요?"

단리백이 고개를 끄덕이자 여인이 품속에서 서신을 꺼내 그에게 내밀었다.

"아버지께서 전하라 하셨어요."

단리백에게 서신을 건넨 여인이 표독스러운 눈빛으로 유효명을 노려봤다.

"너, 오늘부터 잠은 다 잔 줄 알아. 공공문을 적으로 돌린 걸 평생 후회하게 해주겠어."

"공공문?"

호계상의 눈에 이채가 떠올랐다. 척대명이 공공문의 문주라는 사실을 이미 그 또한 알고 있었기 때문이다.

"소저의 방명이 어찌 되는가?"

"은소예요. 척은소."

"그럼 소저의 부친이 불호신투?"

척은소가 고개를 끄덕이자 호계상이 유효명을 향해 안됐다는 표정을 지어 보였다.

"쯧쯧, 하필이면 공공문과 척을 지다니……."

호계상이 혀를 차자 유효명의 얼굴에 불쾌한 감정이 떠올랐다.

"공공문 따위를 두려워할 내가 아니오."

"공공문 따위? 아서라, 녀석아. 그녀와 무슨 일이 있었는지는 모르겠으나 얼른 사과하고 끝내. 그렇지 않으면 앞으로 인생이 고달파질 게다.”

“무슨 뜻이오?”

“공공문은 개방에 버금가는 정보력을 지니고 있다. 사람을 쫓는 추적술은 타의 추종을 불허하지. 게다가 얼마나 집요한지 한번 문 먹잇감은 절대 놓치는 법이 없어. 생각해 봐라. 앞으로 넌 식사를 할 때도, 잠을 잘 때도, 그리고 뒷간에 갈 때도 그들을 신경 써야만 할 것이다. 비록 네가 무공은 강하다 한들 먹지도 자지도 않고 살 순 없지 않느냐?”

가만히 생각해 보니 호계상의 말이 맞았다. 더구나 척대명이 직접 나서지 말란 법도 없었다. 단리백에게 패했다 하지만 척대명은 십대고수. 자신과는 격이 다른 무위를 지닌 자였다.

잠시 생각을 정리하던 유효명이 척은소를 바라봤다.

“미안하오. 고의가 아니었소.”

유효명이 사과했으나 특유의 냉랭한 표정 때문인지 그 어디에서도 미안해하는 감정은 찾아볼 수 없었다.

“그게 끝?”

“그럼 무릎이라도 꿇으란 말이오?”

유효명의 반문에 척은소가 길길이 날뛰었다.

“그럼? 시집도 안 간 처녀 가슴을 마음대로 주물러 놓고 고작 한마디 말로 끝내려고? 이봐, 당신. 너무 세상을 만만히 보는 것 아냐?”

너무 흥분한 나머지 척은소는 주위의 이목을 신경 쓰지 못
하고 자신에게 부끄러운 사실을 언급하고 말았다.

뜨악해하는 중인들의 시선을 받은 유효명이 난처한 표정
으로 척은소를 바라봤다.

"그럼 나더러 어쩌란 말이오?"

"그 손을 내놓으면 용서해 주지."

자신의 가슴을 만진 손을 자르란 소리였다. 결국 유효명이
노기를 터뜨렸다.

"그보다 좋은 방법이 있소."

의아한 표정을 짓는 척은소를 향해 유효명이 한 걸음 다가
섰다.

자욱한 살기를 흘리는 유효명의 모습에 척은소가 흠칫하
며 물러섰다.

"그 방법이란 게 혹시 살인멸구(殺人滅口)?

유효명은 검을 들어 척은소를 가리키는 것으로 대답을 대
신했다.

그때였다.

"그쯤해 둬라, 명아."

유장령의 음성에 유효명은 마지못해 검을 거두었다.

휘적휘적 장내로 들어선 유장령이 척은소를 바라보며 부
드럽게 웃어 보였다.

"소저도 더 이상 그 녀석을 자극하지 말게나. 이번 일에 대

해선 내 조만간 자네 부친과 만나 매듭을 짓도록 하겠네. 살황이 한번 보잔다고 부친께 전해주게나.”

“……!”

척은소의 눈에 은은한 놀라움이 떠올랐다. 설마 이 사람 좋아 보이는 노인네가 중원 역사상 가장 뛰어난 살수 단체였던 살막의 주인이라곤 생각하지 못했던 것이다.

“그럼?”

척은소가 유효명을 가리키자 유장령의 눈꼬리가 가늘게 접혔다.

“내 손자 녀석일세.”

척은소가 입술을 잘근거리며 고민을 거듭하기 시작했다. 아무리 공공문이라 할지라도 살수를 적으로 삼아 좋을 게 없었다. 더구나 살수들의 지존이라 할 수 있는 살황이 아니던가.

이윽고 척은소가 고개를 끄덕였다.

“알겠어요. 전해 드리죠.”

의외로 선선히 대답한 그녀가 훌쩍 신형을 날리더니 담 위에 착지했다. 그리곤 이내 어둠 속으로 종적을 감췄다. 하지만 마지막 순간 잠시나마 유효명과 시선이 마주친 그녀는 한껏 미간을 찡그리며 위협적으로 주먹을 흔들어 보이는 것을 잊지 않았다.

어린아이 같은 그녀의 행동에 유효명은 자신도 모르게 피식 웃고 말았다.

"어? 저놈도 웃을 줄 아네?"

위송령의 음성에 유효명은 재빨리 얼굴에서 웃음을 지웠다. 그리곤 단리백 쪽을 바라봤다.

유효명에게 모아져 있던 중인들의 시선 역시 자연스럽게 단리백으로 향해졌다.

"무슨 내용인가?"

호계상이 조심스레 질문을 던졌다. 서신을 읽어가던 단리백의 표정이 심상치 않았기 때문이다.

단리백은 대답 대신 서신을 호계상에게 건넸다.

서신을 받아 든 호계상의 눈이 더없이 크게 홉떠졌다.

서신은 척대명이 보낸 것으로, 서너 개의 간략한 문구로 채워져 있었다.

중양(中陽)에 의천맹 집결.
권왕, 수왕, 불화점복, 사망유희, 종여서생 확인.
목적 불명(不明), 검단곡(劍丹谷) 방향으로 이동 중.

"그자의 말이 사실이었어."

며칠 전 자신을 호교마장이라 밝힌 마풍영이 이를 언급했을 때만 해도 호계상은 단순히 그가 엄포를 놓는 거라 생각했나. 하지만 이는 단순한 엄포가 아니었다.

검단곡은 산서 태원 인근의 성양산(成陽山)에 위치하고 있
었다. 성양산은 신농(神農)이 자편이라 불리우는 신비한 채찍
으로 수많은 약초의 효능을 밝혀냈다는 전설 때문에 신농원
약초산(神農原藥草山)이라고도 불리우는데, 중양에서 흑암보
가 있는 정양으로 오기 위해 반드시 거쳐야 하는 곳이기도 했
다.

경공을 익힌 무인에게 정양과 검단곡 사이는 불과 하루 남
짓한 거리. 그들의 목적이 어딘지는 분명했다.

"십대고수가 다섯씩이나 나설 줄이야……. 좋지 않군, 좋
지 않아."

"뭐야? 무슨 일인데?"

서신을 낚아챈 사염천이 와락 얼굴을 구겼다.

"그 망할 자식들이 지금 이곳으로 쳐들어오고 있단 말이
야?"

"그것도 십대고수를 다섯 명이나 앞세우고?"

"아주 작정을 했구먼. 풀뿌리도 남기지 않으려는 모양이
야."

돌려가며 서신을 읽은 위송령과 백무쌍이 차례대로 한마
디씩을 보탰다.

호계상이 단리백을 향해 조심스레 입을 열었다.

"어찌할 텐가?"

어둠 속을 응시하는 단리백의 눈에서 섬전 같은 안광이 피

어올랐다.

"그들은 검단곡을 넘지 못해."

"싸울 생각인가?"

반문한 호계상이 고개를 흔들었다.

"아무리 자네라도 이는 무리라 생각되네. 우리가 가세한다 해도 마찬가질세. 우리 넷이 힘을 모은다 해도 십대고수 한 명과 간신히 평수를 이룰 정도밖에 되질 않아. 유 노인과 효명 역시 수많은 이목을 뚫고 암살하기가 용이치 않을 테고……."

"소하를 깨워."

"……?"

"당신들은 검단곡에 가지 않아."

"무슨 말인가?"

"소하와 함께 촉산으로 가. 그곳의 절진을 보수한다면 검선 정도의 인물이 아니고선 결코 뚫지 못할 거야."

"설마 자네?"

"시간은 내가 벌지."

잠시 말이 없던 호계상이 눈살을 찌푸렸다.

"혁련세가 때와는 상황이 다르네. 사대세가의 정예를 비롯해 집법당 전체가 동원되었을 거야. 게다가 십대고수가 다섯이나 포함되어 있네. 자네 혼자서 그들을 감당할 수 있다고 생각하나?"

“달리 방법이 있나?”

“……..”

“저기… 말하는 와중에 미안한데…….”

위송령이 단리백의 눈치를 살피며 질문을 던졌다.

“우리도 가야 하는 건가?”

단리백이 위송령을 바라봤다.

위송령은 난처한 표정으로 애써 단리백의 시선을 피하고 있었다. 백무쌍과 사염천 역시 마찬가지였다. 그들 또한 지긋지긋한 촉산으로 되돌아가는 게 썩 내키지 않는 눈치였다.

위송령의 질문에 대답한 사람은 호계상이었다.

“살고 싶다면 가야지.”

“어이, 늙은 여우. 지금 나, 협박하는 거냐?”

벌컥 역정을 내는 위송령을 향해 호계상이 한심하다는 표정을 지어 보였다.

“촉산 말고 달리 숨을 곳이 있나? 사방 천지에 의천맹의 눈과 귀가 깔려 있다. 그들이 네놈들을 발견하면 고이 살려둘 것 같으냐? 모르긴 몰라도 눈에 불을 켜고 달려들 거다.”

“우리는 흑암보 사람이 아닌데?”

“그들이 보기엔 마찬가지야. 게다가 그들에게 있어서 이번 일은 결코 떳떳한 명분을 지니지 못하고 있지. 어떻해서든 비밀을 유지하려 들 거야. 살인멸구보다 좋은 방법이 어디 있을까?”

그 말에 강호사사는 아무런 반박도 할 수 없었다.

호계상이 유장령을 바라봤다.

"유 노인은 어찌할 생각이오?"

"우리는 따로 행동하겠네."

호계상이 고개를 끄덕였다. 상황이 어려워지자 발을 빼는 유장령의 모습이 못마땅한 건 사실이었으나 그를 억지로 붙들 명분이 없었다.

이때 어디선가 들려온 음성에 호계상이 반색을 했다.

"나는 혈왕과 함께 가겠네."

"자칫 화산파에 불똥이 튈 수도 있소."

호계상의 충고에 명현자가 씨익 웃어 보였다.

"당금 의천맹의 위세가 대단하긴 하지. 하지만 본 파 역시 녹록한 곳이 아니야. 과거 마교조차 어찌하지 못한 본 파일세. 의천맹이 본 파와 싸우려 한다면 그들 역시 피해가 상당할 터. 더구나 꼭 의천맹이 승리한다 장담할 수도 없는 게, 화산은 과거 전성기 때의 힘을 이미 팔 할 이상을 회복했다네. 의천맹이 아무리 대단하다 할지라도 전성기를 누릴 때의 화산에 비하면 부족함이 있지. 모르긴 몰라도 다른 구파 역시 마찬가질 게야."

"하지만 구대문파 대부분이 봉문을 하지 않았소?"

"과거의 제약 때문에 지금이야 어쩔 수 없이 몸을 웅크리고 있지. 하나 화산을 공격하면 나머지 문파들도 산문을 깨고 강호로 나설 거야. 그걸 알면서도 도박을 감행할 만큼 종리청은 어리석은 인물이 아니야. 게다가 마교의 움직임이 심상치 않은 이때 섣불리 본 파를 자극하는 일은 없으리라 장담하네. 어쩌면 대화로서 좋게 마무리 지을 수 있을지도……."

이때 차가운 냉소가 명현자의 말을 잘랐다.

"무슨 속셈이지?"

명현자가 단리백을 바라보며 쓰게 웃었다.

"속셈은 무슨, 그저 놈들 하는 짓이 마음에 들지 않아서일세. 소위 정파라는 작자들이 몰염치한 일을 꾸미고 있는데, 알고서도 이를 방관하는 건 성미에 맞지 않아."

단리백은 눈살을 찌푸린 채 명현자를 응시했다.

살을 에일 듯한 차가운 눈빛 앞에서도 명현자는 태연했다. 오히려 너털웃음과 흘리며 성큼 앞서가는 명현자였다.

"하하, 자네 발목을 잡는 일은 없을 테니 염려 말게."

명현자의 뒷모습을 복잡한 표정으로 바라보던 단리백이 호계상을 향해 고개를 돌렸다.

"소하를 부탁하지."

호계상이 고개를 끄덕였다.

"촉산에서 기다림세. 도움이 되지 못해 미안하구먼."

호계상의 얼굴에서는 진심으로 미안해하는 기색이 역력했다. 이에 단리백이 오히려 묘하게 얼굴을 찡그렸다. 하나 이도 잠시, 한마디 말을 남긴 채 단리백이 돌아섰다.

“나중에 술 한잔 사리다, 총관.”

호계상은 어리둥절한 표정으로 자신의 귀를 의심했다. 단리백에게 공대를 받는 날이 올 줄은 그 역시 한 번도 생각해 본 적이 없었던 것이다.

단리백의 모습이 완전히 사라질 때까지 호계상은 우두커니 서서 그가 향한 어둠 속을 바라볼 뿐이었다. 하지만 이도 잠시, 사염천을 비롯한 백무쌍과 위송령의 볼멘소리에 피식 웃음을 흘려야만 했다.

“좋으시겠어, 총관. 그간 열심히 아부한 보람이 있네?”

“저놈 손바닥은 필시 손금이 다 지워져 있을 거야.”

“씨팔, 내 드러워서……. 이젠 대놓고 차별이군.”

호계상이 사염천 일행을 구박하듯 입을 열었다.

“시끄럽다, 이놈들아. 빨리 움직이자. 짐 꾸리고 이것저것 준비하려면 밤을 새도 모자라.”

“예, 총관 어르신. 분부를 따릅지요.”

아니꼬워하는 기색이 역력한 그들의 대답에 호계상이 절레절레 고개를 흔들었다.

*   *   *

“협(俠)이 무엇이라 생각하는가?”

명현자의 질문에 단리백은 이렇다 할 대꾸조차 없었다. 그저 전면을 응시한 채 묵묵히 경공을 전개할 뿐이었다. 하나 명현자는 단리백의 얼굴에 떠오른 냉소를 읽을 수 있었다.

"사기(史記)에서 사마천은 이렇게 말했다네. 말은 반드시 지켜야 하고, 행동은 결과가 있어야 하고, 약속한 일은 어렵더라도 자기 몸을 아끼지 않고 전심전력하여 이행한다."

명현자의 말이 이어졌다.

"무릇 협객이라 함은 의협심(義俠心)을 지녀야 한다. 그렇다면 의협심이란 또 무엇인가? 자신을 희생하는 일이 있다 하더라도 불의한 강자를 누르고 바른 길을 걷는 약자를 도우려 하는 의로운 마음과 굳은 의지를 가리키는 것이다."

"무슨 말이 하고 싶은 거지?"

단리백의 싸늘한 음성에 명현자가 빙그레 웃으며 대꾸했다.

"그저 가는 길에 심심함을 덜고자 하는 것뿐일세. 서로의 생각을 주고받는 것 또한 나름의 즐거움 아니겠는가?"

그리곤 재빨리 질문을 던지는 명현자였다.

"의협심이란 단지 이것뿐인가? 그렇다면 의협심이 곧 협이라 할 수 있는가? 얼핏 간단해 보이면서도 실제로는 간단하지 않은 이유에 대해 생각해 본 적이 있는가?"

"생각할 가치도 없는 문제로군."

"자네의 고견을 들려주게."

단리백은 미미하게 얼굴을 찌푸렸으나 의외로 선선히 대

답했다.

"협을 추종하는 정파에서조차 쉽게 찾아볼 수 없는 게 협이기 때문이지."

명현자가 수긍하듯 고개를 끄덕였다.

"옳은 말이야. 협을 쫓는 것은 얼핏 쉬워 보여도 실제론 상당한 용기가 필요하니까. 용기뿐만이 아니지. 다른 이를 포용할 수 있는 넓은 마음과 정의에 대한 굳은 심지, 그리고 이를 뒷받쳐 줄 수 있는 신념이 없이는 불가능한 게 협이야. 사마천이 말하고자 하는 것, 이른바 무덕(武德)없이는 진정한 협이라 할 수 없지."

단리백이 걸음을 멈추고 명현자를 돌아봤다.

"앵무새가 협에 관해 읊는다 해서 진정 협을 이해한 것이라 할 수는 없지."

졸지에 앵무새가 되어버린 명현자가 무안한 표정을 지었다.

"그것 때문에 자네의 의견을 듣고 싶은 걸세. 자네에게 있어 협이란 대체 무엇인가?"

"간단한 예를 들지."

단리백이 명현자를 응시하며 입을 열었다.

"정사대전 당시 구대문파와 의천맹은 마교를 공격해 물리치는 것이 정의라며 공공연히 언급했었지. 이른바 불의에 대한 정의의 응징이 곧 협이란 논리를 앞세워서 말이야. 하지만 그것을 인정하는 사람이 몇이나 될까? 마교와 싸운 이유가 무엇 때문이든 일단 정파의 대의명분은 정의를 위해서였지. 하나 그들은 마교의 무인들뿐만 아니라 그저 교리에 따라 충실히 살고자 하는 일반 교도들까지 무참히 베어 넘겼어."

"……."

"당신들 말대로 그들이 헛된 교리로 사람을 미혹시켜 나쁜 길로 이끄는 사도의 무리였나? 그들에게 있어 자신들을 주살한 정파의 인물들은 과연 협객으로 보였을까?"

돌처럼 굳어진 명현자의 얼굴을 보고 나서야 단리백은 자신의 언성이 높아졌음을 깨달았다.

한결 누그러진 음성으로 단리백이 입을 열었다.

"누구나 마음에 품고 있는 협은 달라. 의천맹에도 분명 자신이 믿는 협을 실천하려는 인물이 있겠지. 그렇지만 내가 쫓는 협과는 그 방향이 달라. 내게 있어 그들의 협은 불의고 악이야. 그래서 나는 스스로 믿는 바를 관철시키기 위해 그들과 싸우려 하는 것이고."

"그것뿐인가?"

"자신이 믿는 바를 관철시키는 의지. 이것 말고 협을 논할 수 있는 게 뭐가 있지? 그것을 제외하고 온갖 미사여구를 갖다 붙인다 해도 이는 빛 바랜 명분밖에 될 수 없어."

명현자가 감탄성을 터뜨렸다.

"자네가 이처럼 달변에 능할 줄은 생각도 못했네."

명현자의 놀라는 것도 무리는 아니었다. 늘 과묵한 그였기에 명현자는 단리백이 이처럼 길게 대화를 이어간다는 것 자체가 신기할 뿐이었다.

하지만 협에 관한 그들의 대화는 더 이상 이어질 수 없었다. 목적지인 성양산이 눈앞에 모습을 드러냈기 때문이다.

"나에게 잠시 시간을 주겠나?"

갑작스런 명현자의 말에 막 검단곡을 향하려던 단리백이 걸음을 멈췄다.

명현자가 말했다.

"그들과 이야기를 해보겠네. 가급적 유혈 사태는 피하는 게 서로에게 좋지 않겠나?"

"협에 관해 장황히 늘어놓은 이유가 이 때문이었군."

"내 나름의 결론일세. 자네와 그들은 서로 싸워선 안 돼."

"……."

"어느 쪽이 되었든 한쪽은 반드시 참담한 상황에 놓이게 될 걸세. 나는 자네가 진정 협을 실천하는 사람이라 생각하네. 하나 안타까운 건 그들 중에도 자신의 협을 실천하려는 사람이 있을 거란 사실일세. 서로의 협을 관철시키기 위해 상대의 희생이 필요하다니… 참으로 안타까운 일이 아닌가?"

단리백이 명현자를 물끄러미 응시했다.

그러기를 잠시, 단리백이 입을 열었다.

"일각을 기다리지."

명현자는 일단 안도했다. 역시 단리백은 악인과는 거리가 먼 사람이었다. 오히려 영웅에 가까운 인물이었다. 강한 힘에 굴복하지 않는 기개, 그리고 신념, 친인을 위해 위험마저 기꺼이 감수하는 용기. 이것만으로도 그는 충분히 협객이라 불리울 만했다.

“충분하네.”

흡족한 얼굴로 고개를 끄덕인 명현자가 단리백을 남겨놓은 채 산을 오르기 시작했다.

의천맹의 무인들을 찾는 것은 어렵지 않았다. 경공을 전개해 산의 능선 부근에 도착하자 근처에서 부산하게 움직이는 기척을 느낄 수 있었던 것이다.

그곳에 도착한 명현자는 일단 놀랐다.

채 어둠이 가시지도 않은 이른 새벽, 곳곳에 위치한 화톳불 사이론 스무 명의 사내가 모여 있었다. 그리고 화톳불의 수는 서른 개를 훌쩍 넘기고 있었다.

명현자는 당황할 수밖에 없었다. 의천맹이 이처럼 많은 수의 무인들을 동원하리라 상상도 못했던 것이다.

어림잡아도 육백에 가까운 숫자였다. 게다가 그들에게서 느껴지는 기파는 하나같이 범상치 않은 것이었다.

주위를 두리번거리던 명현자의 얼굴이 굳어졌다. 그들 중 낯익은 얼굴 몇을 발견했기 때문이다.

‘종청, 조곡령, 풍적문에 두계산까지…….’

팔비쾌도(八飛快刀)라 불리우는 종청은 여덟 개의 단도를 귀신처럼 다루는 자로, 섬서 이남 일대에서 적수를 찾아보기 힘든 고수였다. 비록 십대고수 반열에는 들지 못한다 하나, 그가 팔비쾌도란 명호를 누린 지 벌써 사십 년. 약관의 나이에 강호무림에 출도한 이후 아직까지 명성을 구가하는 이유는 그만큼 그의 무위가 뛰어나기 때문이었다. 실제로 그의 무위는 백대고수 중 상위에 속하는 것으로, 구대문파의 장로와 견줄 수 있을 만큼 고강한 것으로 알려져 있었다.

개산칠창(開山七槍)이라 불리우며 하남 일대에서 손꼽히는 방파인 창룡방(蒼龍幇)의 방주인 조곡령 역시 명성만으로 논하기엔 종청에 뒤지지 않는 인물이었다. 비록 봉문했다 하나 전통적으로 하남은 소림이 기반을 닦아놓은 곳이었다. 아직도 대부분의 무관과 방파는 소림의 속가들이 운영하고 있었으며 그들의 텃세 때문에 타 문파가 자리 잡기 힘든 곳이기도 했다. 하나 조곡령은 창룡방을 세운 지 이 년 만에 수많은 견제를 물리치고 확고히 창룡방의 이름을 세운 입지전적인 인물이었다. 그 또한 백대고수 가운데 이름을 올리고 있었다.

그런 그들조차 풍적문과 두계산에 비하면 다소 명성이 빛을 바랬다.

풍적문은 특이하게도 쌍검을 다루는데, 정사대전 당시 그 활약이 눈부셔 절정검객이라 불리웠다. 이후 오랫동안 모습을 보이지 않아 그 행방이 묘연했는데, 지금 이 자리에 다시 모습을 드러낸 것이다. 과거에도 십대고수를 제외하고 그의 쌍검을 십 초 이상 받아내는 인물이 없다고 할 만큼 절정의 검공을 지니고 있었다.

척안(隻眼)의 노인 두계산은 무당의 속가제자 출신으로 삼십 년 전 실수로 사람을 죽인 이후 무당에서 파문당했다. 이후 몇 년간 모습을 드러내지 않다가 이십 년 전 청해의 무서운 고수 상고진을 삼 장 만에 때려죽임으로써 존재를 알리기 시작했다.

파문 당시 그는 단전이 깨지고 근맥이 절단되었으나 천고의 기연을 얻어 이전보다 훨씬 고강한 무공을 얻었다고 알려져 있었다.

하지만 무엇보다 그가 유명한 이유는 따로 있었다. 바로 할심독장(割心毒掌)이라 불리울 만큼 지독한 손속 때문이었다. 지금까지 그와 싸운 사람 중 살아서 숨 쉬는 이가 전무했기 때문에 붙여진 명호였다.

그들뿐만이 아니었다.

오대세가의 장로급 인물 대부분이 이곳에 함께하고 있었다. 그리고 정체를 짐작하기 힘든 오십여 명의 흑의인. 무언지는 정확히 알 수 없었으나 그들에게서 느껴지는 기세나 분위기는 지금까지 그가 알고 있던 의천맹의 무인들과는 확연히 달랐다.

그 외에도 무림에 몸담은 이라면 이름만 언급해도 누군지 알 수 있는 고수들이 즐비했다.

'쯧쯧, 전쟁이라도 치르려 하는 것인가?'

명현자가 못마땅한 표정으로 내심 혀를 찼다. 하지만 이내 성큼 걸음을 옮겨 그들에게 다가섰다.

"당신은 누구요?"

경계를 서던 무인 한 명이 명현자를 발견하고 소리쳤다.

"종리 총사를 불러주게."

명현자가 애써 웃으며 대꾸했으나 돌아온 것 냉랭한 음성뿐이었다.

"당신이 누구냐 물었소."

자신을 향해 노골적인 적의를 드러내는 무인의 모습에 명현자가 미간을 찡그렸다.

"화산의 명현이라 하면 알 걸세."

"무음매영?"

"바로 보았네. 내가 바로 그 사람일세."

무음매영이란 명호를 언급하자 사람들의 시선이 일제히 명현자에게 모아졌다. 비록 당금 화산의 위세가 날개 꺾인 독수리와 같다 하나 검선과 더불어 화산을 지탱하는 명현자의 이름은 아직까지 상당한 무게를 지니고 있었기 때문이다.

"방금 무음매영이라고 했나?"

고개를 돌린 명현자는 자신을 향해 다가서는 두계산을 발견하곤 고소를 머금었다. 두계산과는 과거 몇 번의 마주친 적이 있었다. 비슷한 연배에 같은 구대문파에 몸담고 있는지라 꽤나 돈독한 사이를 유지했었는데, 그가 파문당하고 할심독장이란 살벌한 명호를 얻고 난 이후로는 변해 버린 그의 모습에 실망하여 명현자는 일부러 그와 거리를 뒀다.

"오랜만일세, 계산."

두계산의 눈에 살기가 떠올랐다. 분명 눈앞의 청년은 한눈에 봐도 정신 나간 놈이 분명했다. 그렇지 않고서야 자신이 누군지 알면서도 태연히 이름을 부르며 말을 놓을 리 없었다. 하지만 청년의 허리춤에 비스듬히 매달린 한 자루 검에 시선이 닿자 두계산의 눈빛이 흔들렸다.

그 손잡이엔 운형(雲形)이란 글자가 뚜렷이 새겨져 있었다. 화산의 당대 장문인인 조일 도장의 월림(月臨), 그리고 검선 우일태의 풍아(風牙)와 더불어 화산삼대보검으로 불리우는 명현자의 신물이 틀림없었다.

그러고 보니 청년의 얼굴이 낯설지가 않았다. 마침내 두계산은 수십 년도 더 된 기억 속에서 한 사람의 모습을 떠올릴 수 있었다.

"믿을 수 없군!"

"이해하네."

명현자가 멋쩍은 웃음을 머금었다. 두계산의 입장에서 보면 반로환동 자체가 상식을 벗어난 일이었기 때문이다. 자신조차 처음엔 믿기 어려웠는데 타인인 그야 오죽하겠는가.

“종리 총사는 어디 계신가?”

“화산이 봉문을 깼다는 이야긴 금시초문입니다만…….”

어디선가 들려온 차가운 음성에 명현자가 고개를 돌렸다. 그리고 멀지 않은 곳에 서 있는 종리청을 발견할 수 있었다.

“내가 산문 밖을 떠돈 게 어디 하루이틀인가.”

능청스러운 명현자의 대답에 종리청이 미간을 좁혔다.

“이곳엔 어인 일이신지요?”

“그건 오히려 내가 묻고 싶은 말일세. 자네들이야말로 이곳에서 뭘 하고 있나?”

“의천맹의 행사에 명현 도장께서 관심을 가지고 계실 줄은 몰랐군요.”

“말 돌리지 말게. 자네들은 흑암보를 치기 위해 이곳에 모인 것이 아닌가?”

“……!”

“그만두게. 이는 결코 옳은 일이 아닐세.”

종리청이 굳어진 얼굴로 명현자를 응시했다.

“어떻게 아셨습니까?”

“누가 말해주었네.”

“그가 누굽니까?”

“그건…….”

명현자가 곤란한 표정으로 말끝을 흐렸다. 의천맹이 흑암보를 노리는 이유가 임소하 때문임을 이미 마풍영에게 들어 알고 있는 명현자였다. 하나 마풍영은 마교의 인물. 사실대로 언급하기엔 입장이 난처했다. 종리청이 이를 빌미로 집요하게 물고늘어질 경우, 자칫 화산이 마교와 내통했다는 말도 안 되는 누명에 시달릴 수도 있었기 때문이다.

반면 종리청은 종리청대로 마음이 복잡했다. 지금까지의 일은 철저히 비밀리에 진행되어 의천맹 내부의 고위 인사가 아니고서는 알 수 없는 일이었다. 한데 이를 의천맹과는 관계없는 명현자가 알고 있다. 이는 분명 내부에서 정보가 샌 것이 틀림없었다.

'본 맹의 간자가 있다는 것인가? 대체 누가? 어떤 목적으로?'

종리청이 의심스런 눈빛으로 주변의 인물들을 한 번씩 살펴봤다. 하나 딱히 짚이는 인물이 없었다.

이때 명현자가 다시금 입을 열었다.

"중요한 문제는 그게 아닐세."

명현자가 강경한 어조로 말을 이어갔다.

"의천맹은 정도의 길을 걷는 곳일세. 의천맹주 한 사람을 구하기 위해 어린 소녀를 희생해야 한다니, 이는 의천맹이 지향하는 목적과 크게 어긋나는 일이 아닌가?"

"명현 도장께선 혹시 맹주께서 이대로 일어나지 못하시길 바라는 게 아닙니까?"

"그게 무슨 소린가?"

“맹주님의 부재가 본 맹 내부의 반목으로 이어질 가능성이 크니까요. 본 맹이 사라진다면 화산이나 다른 구대문파는 이전처럼 강호로 나설 수 있을 테지요.”

“터무니없는 소리!”

“사실이 그렇지 않습니까?”

조소 어린 종리청의 한마디에 명현자는 처음으로 노기를 드러냈다.

“끝내 고집을 꺾지 않을 생각인가?”

“저야말로 묻겠습니다. 명현 도장께선 지금 본 맹의 행사를 방해하고 계십니다. 이것이 화산의 뜻이라 생각해도 되겠습니까?”

“본 파와는 상관없는 일일세. 이는 어디까지나 노도의 개인적인 문제야. 나는 이번 일을 도저히 묵과할 수 없네.”

종리청의 입매에 희미한 웃음이 떠올랐다.

“그렇다면 이야기는 간단해지는군요.”

종리청의 말이 떨어지기가 무섭게 오십여 명의 인물이 전면으로 나섰다.

명현자는 자신도 모르게 눈살을 찌푸리고 말았다. 그도 그럴 것이, 자신을 막아선 인물들은 하나같이 노골적인 적의를 드러내고 있었기 때문이다.

“외람되나 잠시 도장의 신변을 구속하겠습니다.”

명현자가 어이없는 표정을 지어 보였다.

“나를 너무 우습게보는군. 이들로 나를 막을 수 있다 생각하는가?”

“무음매영께서야말로 그들을 얕잡아 보고 계시는군요. 그들은 본 맹의 집법사자들입니다.”

“집법사자라고? 이들이?”

명현자의 얼굴에 의아함이 떠올랐다. 자신을 막아선 인물들은 지금까지 그가 알고 있는 의천맹의 무인들과는 어딘가 확연히 다른 분위기를 지니고 있었다. 하지만 이는 그들의 무위가 뛰어나서가 아니었다. 피부로 느껴지는 기파는 막 검기 상인의 경지에 오른 여느 무인들과 다를 바 없었다. 하지만 말로는 설명하기 힘든 묘한 위험이 그들의 눈빛 안에 내포되어 있었다.

검선과 더불어 화산의 최고 무인으로 추앙받는 무음매영이었다. 그런 자신과 비교하면 이제 막 검기를 다루기 시작한 애송이들이야 오십 명이 아닌, 백 명이 와도 두려울 게 없었다. 아무리 머릿수가 많다 해도 현격한 무위 차는 좁혀질 수 없기 때문이다.

분명 이를 모를 종리청이 아니었다. 그런데도 그의 어조에서는 자신감이 넘쳐흐르고 있었다. 그래서 명현자는 더욱 의아함을 금치 못했다.

“이처럼 막무가내로 나올 줄은 몰랐군.”

“이럴 수밖에 없어 안타까울 뿐입니다.”

종리청이 집법사자들을 향해 명령했다.

"도장을 구속하라."

"복명!"

우렁한 복창 소리와 함께 집법사자들이 명현자를 에워쌌다.

"꼭 이렇게까지 해야만 하는가?"

명현자의 탄식에 종리청이 차가운 웃음을 날렸다. 그와 동시에 집법사자들이 일제히 명현자를 향해 신형을 날렸다.

순간 명현자의 손이 벼락처럼 움직였다. 동시에 폭죽처럼 피어오른 열두 개의 홍매화(紅梅花)가 어지럽게 허공을 수놓았다. 화산의 절기 매화산수(梅花散手)였다.

비록 검으로 펼친 것은 아니었으나 진기가 유형화된 것이니만큼 각각의 홍매화는 검기를 능가하는 위력을 담고 있었다.

파파파팡!

뒤늦게 맹렬한 파공음이 허공을 찢었다.

우드득.

거의 동시에 들려온 무시무시한 소리에 명현자의 눈빛이 급격히 흔들렸다. 오른쪽으로 고개를 돌리니 홍매화를 어깨로 받아낸 집법사자 한 명이 억지로 그의 장역(掌域) 안으로 들어서는 모습을 볼 수 있었다.

"이런 무모한……!"

몸을 사리지 않는 집법사자의 행동에 명현자는 당황했다. 위협의 목적으로 시전한 매화산수였다. 그래서 일부러 그들을 공격권 안에 놓지 않았다. 비록 사이가 좋지 않다 하나 명현자 역시 정파의 인물. 그래서 굳이 애꿎은 집법사자들을 다치게 하고 싶지 않았던 것이다.

그런데 그들은 스스로 공격권 안에 몸을 던지고 있었다.

퍼벅.

콰직.

한 사람뿐만이 아니었다. 약간씩의 차이는 있으나 명현자 주위로 연달아 격타음이 터져 나오기 시작했다.

명현자는 급히 매화산수를 거둬들였다. 이대로라면 누군가 죽고 말 것이 틀림없었다. 아니, 이미 집법사자 중 몇 명은 매우 위중한 부상을 입고 있었다.

"물러서라!"

명현자가 호통을 쳤으나 집법사자들은 물러서지 않았다. 오히려 수중의 검을 휘두르며 명현자를 압박해 오고 있었다. 특히 부상을 입은 자들의 공격은 악랄하기 그지없었다. 보통 사람이라면 지독한 고통에 신음을 흘려야 정상인데, 그들의 눈빛에서는 두려움이나 고통을 읽어낼 수 없었다.

혹시나 하는 마음에 거듭 확인했으나 분명 살아 있는 사람이었다. 눈빛은 살아서 꿈틀대고 있었으며, 호흡도 존재했다.

당황해 물러서던 명현자가 종리청을 노려봤다.

"이들에게 무슨 짓을 한 것인가?"

그러나 종리청은 대답하지 않았다. 다만 단리백을 상대하기 위해 준비한 집법사자들을 명현자 때문에 잃게 된 것이 아까울 뿐이었다.

종리청의 옆에서 이를 지켜보던 하운이 한숨을 흘렸다.

"저들은 이제 두 번 다시 검을 들지 못할 것입니다."

종리청이 하운을 바라봤다.

"그런 눈으로 그들을 보지 마라. 이는 그들이 선택한 것. 너의 값싼 동정은 그들의 신념을 모욕하는 것이다."

하운은 무언가를 말하려 했으나 이내 입을 다물었다.

그의 눈에 떠오른 안타까움을 종리청이라 해서 모를 리 없었다.

남궁정을 암습한 괴인이 지니고 있던 마령단.

비록 성분은 완벽히 밝혀내지 못했으나 그 과정에서 얻은 성과는 적지 않았다. 마기를 제거하여 인성을 잃지 않으면서도 무공의 큰 진전을 얻을 수 있는 환단의 제조에 성공한 것이다. 다만 거기엔 큰 부작용이 따르는데, 그것은 복용한 자는 고통을 느끼지 못한다는 점이었다. 이로 인해 종리청의 집법사자들은 두려움을 모르는 고강한 무인들로 다시 태어날 수 있었다. 집법사자 전원을 검기상인의 경지까지 단숨에 끌어올린 것이다.

물론 그들은 이번 싸움을 마지막으로 두 번 다시 검을 들

수 없을지도 모른다. 고통이란 육체가 뇌에 전달하는 일종의 경고. 고통이 사라지면 한계를 뛰어넘는 힘을 낼 수 있지만 그로 인해 신경계엔 엄청난 무리를 가져오고, 결국 혹사된 육체는 서서히 붕괴의 길을 걷게 되는 것이다.

종리청은 난데없이 끼어든 명현자가 몹시 못마땅했다. 그만 아니었다면 이처럼 일찍 집법사자들을 움직이지 않았을 것이다. 하지만 명현자를 묶어두기에 그들만큼 적당한 인물이 없었다.

종리청이 마음에 들지 않는 것은 명현자 역시 마찬가지였다. 이처럼 그가 자신에게 노골적으로 나설 줄은 그조차 예상치 못한 일이었다.

쉬익.

매서운 파공음과 함께 한 자루 검이 미간으로 떨어지자 명현자의 눈빛이 달라졌다.

챙!

명현자가 가볍게 손을 휘젓자 그의 허리춤에서 운형이 푸른 검신을 드러냈다.

명현자는 그대로 검을 휘둘러 상대의 손목을 베어갔다. 그러나 명현자는 무위를 완전히 드러낸 것이 아니었다. 자신보다 경지가 낮은 상대가 검의 궤적을 볼 수 있도록 일부러 느리게 검을 휘두른 것이다. 비록 느렸지만 검로(劍路)만은 매우 절묘해 상대가 검을 거두지 않으면 그대로 손목이 잘려 나갈 것이 틀림없는 절초였다.

"……!"

명현자는 굳은 얼굴로 자신을 공격한 인물을 바라봤다. 의당 검을 거두고 물러서리라 생각했건만 그는 오히려 검에 힘을 실었던 것이다.

결국 물러선 쪽은 명현자였다.

이때를 기다렸다는 듯 팔방에서 빗줄기 같은 검기가 명현자를 향해 쏟아졌다.

명현자가 이를 악물었다. 그리곤 운형을 거꾸로 쥔 다음 검의 손잡이와 검집을 휘둘러 공격에 응수하기 시작했다.

퍼퍼퍼퍽!

어지럽던 검기가 허공에서 와해되나 싶더니, 명현자 주위에서 연달아 격타음이 터져 나왔다. 그리곤 명현자가 휘두른 검파와 검집에 얻어맞은 집법사자 중 몇이 그대로 허공으로 튕겨져 피를 뿌리며 날아갔다.

"허…….."

명현자의 입에서 허탈한 웃음이 흘러나왔다. 독하게 마음을 먹고 손을 쓴 만큼 어딘가 한두 군데는 틀림없이 부러졌을 것이 틀림없었다. 그런데도 불구하고 집법사자들은 다시금 신형을 일으켜 자신을 공격하는 대열에 합류하고 있었다.

더욱이 뒤늦게 정신을 차렸을 때는 상황이 너무 악화되어 있었다. 집법사자들은 단순히 마구잡이식으로 공격을 감행

한 것이 아니었다. 불규칙적이었으나 그들의 동작 하나하나
가 톱니바퀴 맞물리듯 일정한 형태를 구축하고 있었다.

'검진!'

다수가 한 사람을 압박하는 형태는 소림의 십팔나한진과
도 비슷했다. 하지만 그 안의 흐름과 규칙은 도저히 종잡을
수 없어 검진의 변화를 추측하기 힘들었다.

'개방이로군.'

명현자가 쓴웃음을 머금었다. 개방의 타구진(打狗陣)만이
이와 같은 특징을 지니고 있었다. 본래 타구진은 다수대 다수
의 싸움을 고안해 만들어진 것이었으나, 종리청이 이를 변화
시켜 지금과 같은 형태의 검진으로 변화시킨 것이 틀림없었
다.

이를 깨달았을 때는 이미 명현자는 검진 안에 완전히 갇혀
버린 뒤였다.

물론 그가 본신의 진정한 무위를 드러낸다면 검진을 깨뜨
리는 것도 불가능한 것은 아니었다. 하지만 그 순간 검진을
구성한 집법사자 대부분은 목숨을 잃을 것이다.

'이걸 노린 것인가……'

입맛이 몹시 썼다. 결국 종리청의 꾀에 속아넘어가고 만 것
이다.

만약 집법사자 중 사망자가 나온다면 화산과 의천맹의 관
계는 더 이상 돌이킬 수 없을 만큼 벌어지게 될 것이다. 지금

까지처럼 소원한 관계가 아닌, 그야말로 같은 하늘을 이고 살 수 없을 만큼 깊은 원한이 맺어지는 것이다.

그래서 명현자는 쉴 새 없이 쏟아지는 집법사자들의 공격을 흘려내거나 맞받아칠 뿐 치명적인 공격을 가할 수 없었다. 하지만 시간이 지날수록 부상자는 늘고 있었다. 어떤 이는 어깨가 주저앉아 있었고, 팔이 부러져 검을 들 수 없는 이도 있었다. 그럼에도 불구하고 집법사자들 중 어느 누구도 자신의 부상을 돌보는 자가 없었다.

그러던 중 문득 명현자의 눈이 이채를 발했다. 집법사자들의 어깨 너머로 낯익은 인물을 발견했던 것이다.

"대정, 아무리 소림을 떠났다 하나 불문(佛門)의 가르침마저 잊은 것인가? 자네가 이들과 동행하고 있다는 사실을 믿을 수 없군!"

한 켠에서 얼굴을 찌푸리고 있던 홍적문의 얼굴이 순식간에 붉어졌다. 대정은 그가 소림의 학승으로 있을 당시의 이름으로, 명현자와 친분이 깊었던 자신의 사부가 크고 바른 뜻을 추구하란 의미로 지어준 법명(法名)이기도 했다.

차마 명현자와 시선을 마주할 수 없어 홍적문은 이내 자리를 뜨고 말았다. 그 또한 내키지 않는 일이었으나 자신의 가족을 살리기 위해선 어찌할 도리가 없었다. 학정홍을 치료하기 위해 지금으로썬 남궁정의 대력금황기만이 유일한 희망이었다.

"어쩔 수 없군, 어쩔 수 없어."

이미 돌이킬 수 없는 사태에 이르렀음을 깨달은 명현자가 짙은 탄식을 토했다. 그리고 종리청을 향해 소리쳤다.

"자넨 틀림없이 후회하게 될 걸세."

그러나 종리청은 더 이상 명현자를 거들떠보지도 않았다. 아직 흑암보까지는 상당한 거리가 남아 있었고, 이를 위해 준비를 서둘러야만 했다. 중원 천지를 떠돌아다니는 명현자조차 알고 있는 사실을 흑암보의 인물들이 모르리란 법이 없기 때문이다.

그때였다.

"크아악!"

돌연 처절한 비명이 허공을 찢었다.

중인들의 눈이 비명이 터져 나온 곳을 향해 모아졌다. 채 가시지 않은 어슴푸레한 새벽의 미명(未明) 사이로 번뜩이는 한 쌍의 눈을 그들이 발견한 것도 그때였다.

"일각이 지났어."

인영의 서늘한 음성에 명현자는 탄식을 삼켰다.

"네놈은 누구……!"

의천맹의 무인 한 명이 인영을 향해 검을 겨누며 소리쳤다. 하나 채 말을 끝내기도 전에 한줄기 번뜩이는 홍광이 그의 목을 꿰뚫어 버렸고, 그는 손목만 한 구멍이 뚫린 자신의 목을 움켜쥔 채 허물어지듯 쓰러지고 말았다.

뒤이어 허공에 자욱하게 뿌려진 피보라 사이로 한 사람이 완전히 모습을 드러냈다.

짙은 혈포를 걸친 사내였다. 전신에서 피어오르는 끔찍한 살기는 둘째 치고, 마주친 것만으로도 전신이 얼어붙을 것 같은 모골 송연한 눈빛을 지닌 사내.

바로 단리백이었다.

*　　　*　　　*

"검단곡이 어느 쪽이죠?"

먼 길을 가기 위해 새벽부터 길을 나선 정 노인은 갑작스런 사태에 정신을 차릴 수 없었다. 분명 주위엔 아무도 없었다. 그런데 돌연 돌개바람이 휘몰아치나 싶더니 어디선가 갑자기 사람의 음성이 들려왔기 때문이다.

고개를 돌리니 백설(白雪)처럼 새하얀 백의를 차려입은 여인을 발견할 수 있었다.

"검단곡이라 하셨소?"

정 노인의 반문에 여인이 고개를 끄덕였다.

정 노인은 눈앞의 여인을 위아래로 훑어보았다. 고운 턱 선에 이어 도톰한 입술과 유난히 오뚝한 콧날, 그리고 선명한 눈매가 아름다운 여인이었다. 뽀얀 눈이 묻어날 것 같은 새하얀 피부와 꿈꾸는 듯한 몽환적인 눈빛은 천상의 선녀가 인세로 내려온 것이 아닐까 하는 착각마저 들 정도였다.

약간은 초췌하고 창백한 안색이 흠이었으나 그럼에도 불구하고 그녀는 글깨나 지었다는 그조차 필설로 설명하지 못할 만큼 아름다운 미모를 지니고 있었다.

"검단곡엔 왜 가는 거요?"

"찾을 사람이 있어요."

"사람? 아가씨가 무슨 착각을 했나 보구먼."

정 노인이 말을 이어갔다.

"검단곡엔 사람이 살지 않아. 사람은커녕 짐승도 살지 않지. 아니, 살지 못한다는 말이 맞을까?"

정 노인이 동이 터오기 시작하는 방향을 바라봤다.

"오래전에 그곳에서 무시무시한 싸움이 벌어졌지. 시신이 산처럼 쌓이고 핏물이 강을 이뤄, 시산혈해란 말이 무색지 않을 정도였어. 본래 그곳은 종류도 알 수 없을 만큼 수많은 약초들이 군락을 이루며 자생하고 있어서 이름도 만약곡(萬藥谷)이었다네. 한데 그 지옥 같은 싸움이 있고 나서 검단곡이라 불리우게 되었지. 검단곡엔 계곡 아래 칼처럼 날카로운 바위가 비죽비죽 솟구쳐 있는데, 당시 그 바위들이 피에 젖어 마치 피칠한 검을 보는 것 같았다는군. 그래서 칼 검 자에 붉은 단 자를 붙여 검단곡이라 부르네. 실제로 그곳에서 죽은 사람은 수천을 헤아리지. 그로부터 수십 년이 지났건만 지금도 검단곡엔 당시 죽은 시신들이 부패하며 만들어진 시독(屍

毒)이 안개처럼 독장(毒瘴)을 형성했기에 사람이나 짐승은 그 안에 들어서질 못해. 심지어 검단곡이 위치한 성양산조차 사람들이 다니지 않는걸."

여인의 눈이 반짝였다.

"그렇다면 성양산은 어느 방향인가요?"

"동쪽으로 백 리 정도 가다 보면 산을 개간한 화곡현(禾穀峴)이란 마을이 나오는데, 그곳의 초입에서 오른쪽의 작은 구릉을 따라 돌면 성양산이 보일 걸세."

말을 마친 정 노인의 눈이 휘둥그레졌다. 돌연 눈앞에서 여인의 모습이 헛깨비처럼 사라진 것이다.

'내가 꿈을 꾸고 있는 것인가?'

주위를 두리번거렸으나 정 노인이 본 거라곤 긴 먼지를 꼬리처럼 달고 내달리는 한줄기 광풍(狂風)뿐이었다.

*　　　　*　　　　*

"다른 건 몰라도 경공 하나만은 일품이라니까."

위송령의 감탄에 백무쌍이 멀찍이 앞서 달려가는 호계상을 바라봤다. 임소하를 등에 업고도 호계상의 움직임은 전혀 불편함이 없어 보였다. 한 걸음에 삼 장씩 빠른 속도로 치고 나가는 그의 모습은 마치 날개를 단 천리보마(千里寶馬)를 보는 듯했다.

사염천이 피식 웃으며 입을 열었다.

"그나마 발이라도 빠르니 지금까지 살아 있는 게지."

위송령이 고개를 흔들었다.

"경공뿐만이 아니야. 우리 중 저놈이 가장 악명이 높았던 건 다 이유가 있다고."

"쳇, 호가 놈 따위야 마음만 먹으면……."

"너 혼자 늙은 여우랑 싸워 이길 수 있어?"

"그건……."

위송령의 반문에 사염천은 선뜻 대답할 수 없었다. 확실히 무공은 자신이 위였다. 하지만 서로의 목숨을 노리고 싸운다면 이야기는 달라진다.

호계상은 누구보다 빠른 발을 지니고 있었다. 일단 그가 달아나기로 마음먹으면 단리백을 제외하고 그를 잡을 수 있는 사람이 당금 강호에 몇이나 될까?

경공뿐만이 아니었다. 정작 호계상의 무서운 점은 따로 있었다. 언제 어디서든 모습을 감출 수 있는 역용술이 바로 그 것이었다. 호계상 정도 되는 무공을 지닌 자에게 있어 천변만화(千變萬化)에 가까운 역용술은 그야말로 호랑이 등에 날개를 단 것과 다름없었다.

실제로 과거에 호계상을 적으로 두었던 사람들은 늘 두려움에 시달려야만 했다. 언제 어디서 자신의 친인에게 칼을 맞게 될지 모르기 때문이었다.

더구나 집요함과 독랄함으로 따지자면 강호사사 중 그가 단연 으뜸이었다. 사제의 모함으로 무림공적이 된 이후 그는 사람을 믿지 않았다. 그래서 호계상은 그 누구에게도 진심을 보여준 적이 없었고, 이 때문에 그 의중을 알 수 없어 더욱 두려운 존재이기도 했다.

이때 말없이 호계상의 뒷모습을 바라보던 백무쌍이 입을 열었다.

"그는 과거의 천면호리가 아니야."

위송령과 사염천이 한숨을 흘리며 수긍했다.

"알아. 사람이 변했지."

"그래서 더 무서워."

다소 의외의 말이었으나 그들 중 어느 누구도 반박하는 사람이 없었다.

최근의 호계상을 보며 이들은 많은 생각을 하게 되었다. 임소하를 대하는 호계상을 보고 있노라면 마치 친손녀를 대하는 것처럼 정성이 지극했다. 그 어디에서도 과거의 냉혈하고 비정한 천면호리의 모습은 찾아볼 수 없었다.

과거의 호계상은 지킬 것이 없었다. 하나 지금은 임소하라는, 그가 지키고 보호해야만 하는 커다란 약점을 스스로 떠안고 있었다. 분명 이것이 그에겐 악재로 작용할 것이 틀림없는데도 지금의 호계상은 더욱 무서운 존재가 되어 있었다.

이는 단지 무공의 고하를 놓고 판단할 문제가 아니었다. 마음가짐에서 비롯된 정신력, 혹은 의지, 그와 같은 면에서 호계상은 과거와는 비교할 수 없는 존재감을 지니고 있었다.

"하긴… 새끼를 지키는 야수가 제일 흉포한 법이니까."

사염천의 말이 끝나기가 무섭게 앞서가던 호계상으로부터 짜증 섞인 음성이 들려왔다.

"헛소리 그만 주절대고 빨리 따라붙어. 왜, 보약 한 재 지어주랴? 늙으니 다리에 힘이 없어?"

백무쌍이 한숨을 흘렸다.

"씨발, 세상 살기 참 힘들다. 기껏 그 단가 놈에게서 벗어나나 싶더니 이젠 저 여우 자식의 눈치를 봐야 하다니."

"내 말이."

고개를 끄덕여 수긍하던 위송령이 잊은 게 있다는 듯 덧붙였다.

"아참, 그리고 단가가 아니라 단리라니까. 몇 번을 말해줘야 아냐? 그놈 성은 복성이라고."

"닥쳐."

"치매에 좋다는 총명탕(聰明湯)이라도 사다 줄까?"

"총명탕보다 좋은 게 있지."

"뭔데?"

"예전에 들었는데, 노름꾼 손가락을 푹 고아 먹으면 기억력이 좋아진다 하더군."

"오냐, 이 뼈만 남은 강시 새끼야. 오늘 네놈 뼈다귀를 고아서 몸보신이나 해야겠다."

으르렁거리는 그들을 향해 호계상이 버럭 고함을 질렀다.

"노망났냐? 지금 그러고 있을 때야? 닥치고 뛰기나 해!"

"쳇, 호랑이 없으면 여우가 왕이라더니."

"괜히 별호에 여우가 들어가겠냐."

뒤에서 들려오는 툴툴대는 음성에 호계상은 절레절레 고개를 저었다.

이때 등에 업혀 있던 임소하가 호계상을 향해 입을 열었다.

"그런데 의숙은 어디 계시죠?"

"아아, 그라면 촉산에 먼저 가 있겠다고 했다."

"의숙 혼자서요? 왜요?"

"그 뭐라더라……. 아! 설치되어 있는 절진을 복구하려면 시간이 걸린다나 뭐라나."

재빨리 대답하는 호계상이었으나 임소하는 이를 곧이곧대로 믿을 수가 없었다. 왠지 모르게 어색함이 느껴지는 호계상의 음성 때문이 아니었다. 그보다는 좀 더 본능적인, 일종의 불길한 예감이 그녀의 마음을 불안하게 만들었다.

"내려주세요."

임소하의 요구에 호계상이 고개를 흔들었다.

"지금은 그럴 여유가 없다. 한시라도 빨리 촉산에 당도해야한다."

"하지만 그곳에 의숙은 계시지 않겠죠."

“……!”

“그렇죠?”

“소하야…….”

“절 내려주세요.”

단호한 그녀의 음성에 호계상이 한숨을 터뜨렸다. 하지만 그녀의 안전을 위해 부득이 선택한 방법이었다. 여기서 시간을 지체했다간 자칫 돌이킬 수 없는 사태에 직면하게 될지도 모르는 것이다.

“총관!”

“미안하다. 하지만 넌 알아야 한다, 네 의숙이 무엇 때문에 그와 같은 위험을 감수하는지. 네가 그에게 돌아가면 그의 모든 노력이 물거품이 되고 만다.”

“무슨 뜻이죠?”

“촉산에 도착해서 설명해 주마.”

임소하가 지그시 입술을 깨물었다.

그러기를 잠시, 임소하가 호계상을 향해 나직이 속삭였다.

“미안해요, 총관.”

그리곤 눈을 감고 호계상의 머리에 손을 올리는 임소하였다.

순간 호계상은 임소하가 무엇을 하려는지 깨달았다. 그녀는 그의 마음을 읽으려 하는 것이다.

호계상이 황급히 고개를 흔들어 임소하의 손을 떨쳐 내려

했다. 하나 이내 등 뒤에서 들려온 임소하의 당혹성에 호계상은 무거운 탄식을 터뜨려야만 했다.

"의숙……."

호계상은 자신의 뜨뜻한 무언가가 자신의 뒷목을 적시고 있음을 깨달았다. 그것은 눈물이라는 것을 깨닫는 데는 그리 오랜 시간이 걸리지 않았다.

"소하야……."

호계상은 가슴이 답답해져 오는 것을 느꼈다.

임소하는 모든 것을 알게 된 것이다. 자신이 생각한 바를, 그리고 느끼는 모든 걱정과 우려까지…….

아무리 단리백이 초절한 무공을 지녔다 한들 그 역시 사람이었다. 당금 정파를 지탱하는 의천맹의 전력, 거기다 십대고수가 한 명도 아닌 다섯씩이나 가세했다면 제아무리 단리백이라 할지라도 무사히 그곳을 벗어나기 힘들 것이다.

그가 알기로 단리백은 천하제일고수였다. 하지만 다른 다섯 명의 십대고수의 명성과 무공 역시 만만치 않았다. 그들이 힘을 합쳐 합공을 펼칠 가능성도 배제할 수 없었기에 걱정은 더욱 컸다.

이 모든 것은 임소하에게 들키고 만 것이다.

"걱정 마라. 네 의숙은 천하에 적수를 찾아볼 수 없는 고수다. 누가 감히 그를 해칠 수 있겠느냐? 게다가 너의 안전만 확보된다면 그 또한 무모하게 위험을 자초하진 않을 것이다. 아무리 어려운 싸움이라도 그 정도 되는 고수가 마음만 먹으면 얼마든지 그 자리를 벗어날 수 있다.”

“적을 두고 등을 돌릴… 그런 사람이 아니에요, 의숙은.”

잦아든 그녀의 음성에 호계상은 억장이 무너졌다. 그 또한 알고 있었다, 지금까지 보아온 단리백이란 사내가 어떤 사람인지.

부질없는 짓인 줄 알면서도 호계상은 임소하를 위로하기 위해 계속해서 입을 열었다.

“걱정 마라. 그는 항상 내 예상을 훨씬 벗어난 인물이었다. 방금 네가 읽었던 나의 생각 역시 이번에도 틀림없이 빗나갈 것이다. 나의 좁은 생각으로 잴 수 있을 만큼 그는 간단한 사내가 아니야. 그러니…….”

호계상은 더 이상 말을 이을 수 없었다. 등 뒤로 느껴지는 임소하의 흐느낌 때문이었다.

다행히 임소하는 더 이상 내려달라거나 단리백이 있는 곳으로 돌아가겠다는 등의 쓸데없는 고집은 부리지 않았다. 그녀 역시 지금 자신이 있어야 할 곳이 어딘지 알고 있기 때문이었다. 지금 단리백에게 자신이 얼마나 거추장스러운 존재인지, 그리고 얼마나 부담스러운 짐인지를 누구보다 잘 알고 있는 그녀였던 것이다.

“그를 믿자꾸나. 지금 우리가 할 수 있는 일은 그것뿐이다. 그는 단 한 번도 네 기대를 저버린 적이 없질 않느냐? 이번에도 반드시 네 기대에 부응할 것이다."

그때였다.

호계상은 갑자기 엄습하는 불길함에 걸음을 멈추었다.

뒤따르던 사염천 일행 역시 무언가를 느낀 듯 신형을 세우고 주위를 살피기 시작했다.

"뭔가 있어!"

위송령의 외침에 강호사사의 시선이 일제히 한곳으로 모아졌다.

관도 끝, 이백 장쯤 떨어진 곳이었다. 사람의 손이 타지 않아 심하게 훼손된 관제묘 곁에 걸터앉은 한 사람이 있었다. 아직 해가 뜨지 않아 흐릿한 인영만 확인할 수 있었으나 그에게서 느껴지는 분위기가 결코 낯설지 않았다.

"조심해라."

호계상의 주의에 나머지 강호사사가 전신의 내공을 끌어올리기 시작했다.

뒤도 돌아보지 않은 채 호계상이 입을 열었다.

"나와 소하가 이 길을 우회하여 빠져나가겠다. 네 녀석들에게 저자를 맡기마."

백무쌍이 투덜댔다.

"쳇, 그럴 줄 알았어. 달아나는 것 말고 네놈이 할 줄 아는 게 뭐가 있냐?"

"부탁한다."

사염천과 백무쌍, 그리고 위송령이 뻘쭘한 표정을 지었다. 지금까지 단 한 번도 그에게서 이와 같은 부탁은 들어본 적이 없었던 것이다.

"조심해라, 계상."

"나중에 술 안 사면 죽는다."

"도박 자금이나 한번 대주던가."

차례대로 한마디씩 던진 그들이 전면의 인물을 향해 걸음을 옮기기 시작했다. 그러다 문득 이상한 기분이 들어 뒤를 돌아보니 사염천이 여전히 그 자리에 서 있었다.

"뭐 해, 안 가고?"

사염천이 고개를 저었다.

"이미 늦었다."

"뭐?"

"천라지망(天羅地網)이 깔렸어."

사염천 일행이 기감을 열어 재빨리 주위를 훑었다. 아니나 다를까, 반경 오십 장 주변으로 물 샐 틈 없는 기파가 느껴졌다.

"이 자식들, 뭐야?"

위송령이 당혹성을 터뜨렸다. 주위를 둘러싼 인물들의 숫자는 백여 명을 훌쩍 넘기고 있었다. 게다가 그 한 사람 한 사람이 지닌 기도는 자신들과 비교해도 크게 뒤떨어지지 않았다. 특히 동서남북 네 곳을 점한 인물들은 자신들과 동급, 아니, 그 이상의 위험한 냄새를 풍기고 있었다.

"의천맹인가?"

"아니야. 그들에게 이 정도 여력이 남아 있을 리 없어."

사염천의 질문에 호계상이 고개를 저었다.

"움직인다!"

백무쌍의 말에 강호사사 전원이 전면을 응시했다. 드디어 관제묘 옆에 앉아 있던 사내가 신형을 일으켰던 것이다. 그리고 천천히 자신들을 향해 다가오고 있었다.

어느 정도 거리가 가까워지고 서로의 얼굴을 확인할 수 있게 되자 호계상을 비롯한 강호사사의 얼굴은 경악으로 굳어지고 말았다.

그런 그들과 달리 인영은 입가에 웃음까지 머금고 손을 흔들었다.

"여어, 열흘 만인가? 다시 만나 기쁘군."

"네놈은……!"

신음을 흘리는 사염천을 향해 사내가 씨익 웃어 보였다.

"하하하! 뭐야, 그 얼굴은? 마치 귀신이라도 본 것 같군."

"네놈은 분명 그때……."

"죽었다고? 하긴 무리도 아니지. 전신의 뼈가 박살 나고 심장도 으스러졌으니까. 그때 내 상태를 확인한 당신이 더 잘 알고 있을 거야."

강호사사는 눈앞이 아득해졌다. 그도 그럴 것이, 눈앞에 서

있는 사내는 자신들이 도저히 어찌해 볼 수 없는 고수였기 때
문이다.

호교마장 마풍영. 죽은 줄 알았던 그가 다시 모습을 나타낸
것이다.

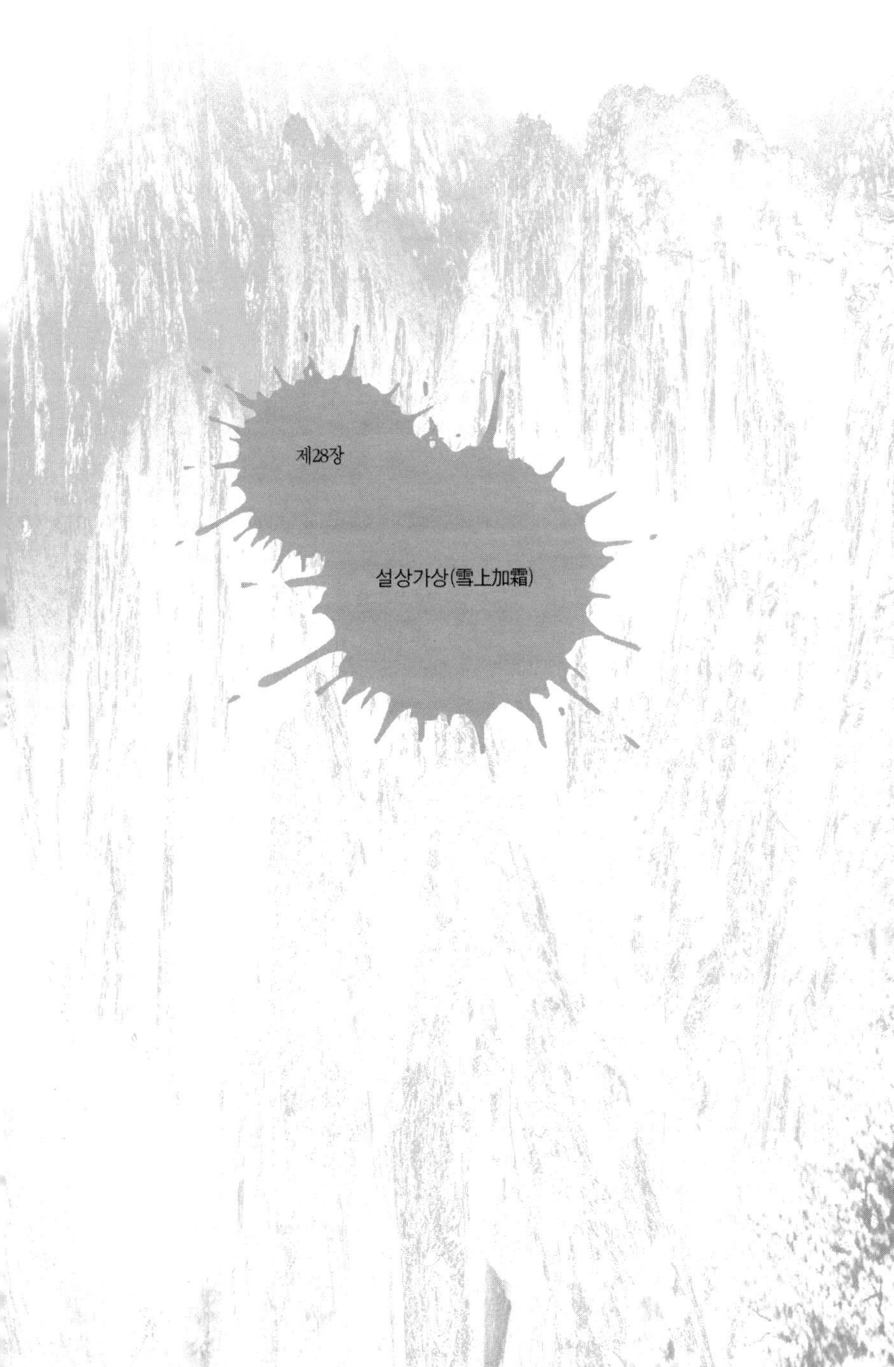
제28장

설상가상(雪上加霜)

장내에 커다란 소요가 일었다.

이 자리에 모인 대부분의 사람은 저마다 강호에서 내로라 하는 명성을 지닌 자들이었다. 그만큼 강호 경험이 풍부할뿐 더러 식견 또한 예리했다. 그래서 상대가 입은 붉은 장포만으 로도 그가 누군지 깨닫는 건 어려운 일이 아니었다.

피처럼 붉은 장포라는 것이 원래 그리 평범한 것이 아니기 도 했지만, 얼음장 같은 눈빛과 위협적인 기파가 더해지자 더 없이 위험한 분위기를 자아내고 있었다. 게다가 수많은 고수 가 운집해 있는 곳에 홀연히 나타나 다짜고짜 사람을 죽이고 도 태연한 그의 모습에서 중인들은 한 사람 외에 다른 이를 떠올릴 수 없었다.

혈왕!

거의 백 년도 넘게 모습을 드러내지 않았던 촉산혈문의 주인이 바로 그였던 것이다.

흔히 검가의 고수를 가리켜 예리한 검을 보는 것 같다는 표현을 쓴다. 그러나 단리백은 그런 표현을 넘어선 존재였다. 좌중을 압도하는 기백도 기백이었지만 무엇보다 마주한 것만으로도 그들로선 결코 넘어설 수 없는 존재감이 느껴졌다.

"자네가 당대의 촉산혈성인가?"

단리백에게 말을 건 인물은 다소 왜소한 체구에 가슴까지 수염을 길게 기른 중년인이었다.

단리백이 자신을 바라보자 조곡령이 의외란 듯이 입을 열었다.

"생각보다 젊군."

잠시 조곡령을 응시하던 단리백이 아무런 대꾸도 하지 않고 그에게 다가섰다.

"……!"

한순간 조곡령은 숨이 턱 막혀왔다.

그는 평생 두려움을 모르던 사람이었으나 단리백이 다가올수록 왠지 모를 섬뜩함에 휩싸였다. 단리백은 그저 말없이 자신을 향해 다가설 뿐이었다. 하지만 점차 거리가 좁혀지자 조곡령은 자신도 모르게 뒤로 물러서고 말았다. 단리백의 전신에서 구름처럼 피어오르는 가공할 기세는 도저히 그가 감당할 만한 것이 아니었기 때문이다. 이는 오랜 세월 도산검림을 헤쳐 온 그로서도 처음 접하는 무시무시한 것이었다.

단지 다섯 걸음이었다. 그런데도 조곡령은 심장을 옥죄는 위압감을 도저히 감당할 수 없을 지경에 이르렀다. 이대로라면 제대로 실력을 보이기도 전에 당하고 말 것이 분명했다.

"하압!"

더 이상 견디기 어려웠던지 조곡령이 노성과 함께 신형을 날렸다.

파파팟!

제비 꼬리처럼 갈라진 연미창(燕尾槍) 끝에서 두 가닥 예리한 경기가 피어오르더니 단리백을 향해 짓쳐들었다. 개산칠창(開山七槍)이라 불리우며 하남 일대에서 손꼽히는 방파인 창룡방(蒼龍幇)의 방주로서 조금도 손색없는 위력이었다. 하지만 그는 이내 섣불리 단리백에게 말을 건 자신의 행동을 후회해야만 했다.

"……!"

조곡령의 눈이 휘둥그레졌다. 믿을 수 없게도 자신의 눈앞에 서 있던 단리백이 환영처럼 사라져 버린 것이다.

"뒤다!"

누군가의 외침에 조곡령이 황급히 돌아섰다. 하나 이미 그때는 단리백의 주먹이 사정없이 그의 등뼈를 바수어놓은 뒤였다.

우드득!

입에서 폭포수 같은 선혈을 내뿜은 조곡령이 등이 반으로 꺾인 채로 바닥에 넘어졌다. 비명 따위는 지를 여유도 없었다. 단 일격에 그대로 절명해 버린 것이다.

중인들은 물론이고 종리청, 심지어 명현자의 안색까지 창백해졌다. 오랜 세월 무림을 알아왔다 자부하는 그들조차도 이처럼 단호하게 상대를 격살시키는 광경은 단 한 번도 본 적이 없었기 때문이다.

그런 중인들을 향해 단리백이 입을 열었다.

"싱겁군."

"이런 건방진!"

누군가가 고함을 지르며 단리백을 향해 달려들었다. 팔비쾌도(八飛快刀) 종청이었다.

그의 양손에는 언제 빼 들었는지 푸른빛이 감도는 두 개의 짧은 칼이 들려 있었다. 지금의 그를 있게 만들어준 성명병기, 청염비(青炎匕)였다.

쉭쉭!

날카로운 소성과 함께 두 줄기 빛이 종청의 손을 떠났다.

단리백은 양손을 내밀어 목과 가슴을 노리며 날아드는 종청의 비수를 잡으려 했다.

종청이 단리백의 의도를 파악한 듯 순간적으로 허공에 몸을 띄웠다. 이미 그의 손에는 또 다른 비수가 각각 들려 있었다. 그리고 처음 던진 청염비가 단리백의 몸에 닿기도 전에 또다시 허공을 갈랐다.

순식간에 검기를 동반한 금속의 광채가 사위를 가득 메웠다.

귀신같은 종청의 연환 공격에 중인들은 감탄해 마지않았다. 그가 섬서 이남 일대에서 명성을 날린 것은 분명 이유가 있었던 것이다. 그러나 불행하게도 그의 상대는 이보다 더한 위력을 지닌 이기어검조차 두려워하지 않는 고수였다.

분명 그의 무위는 조곡령보다는 나아 보였다. 하지만 단리백의 상대는 아니었다.

현란한 종청의 공격에 반해 단리백의 그저 손을 뻗어 상대의 무기를 잡아채는 단순한 방법으로 대응했다. 하나 그 안에 담긴 위력은 결코 단순하지 않았다.

파삭.

홍광이 맺힌 단리백의 손끝에 닿은 청염비가 수십 개의 파편을 남기며 산산조각났다. 뒤이어 단리백은 자신을 향해 연거푸 비수를 날리려는 종청과 순식간에 거리를 좁히더니 그의 가슴 안으로 파고들었다. 그리곤 그대로 그의 옆구리를 후려쳐 버렸다.

우직!

아직 종청은 발이 땅에 닿지 않은 상태였다. 혈라강기를 실은 단리백의 갈고리 같은 손은 무지막지한 위력으로 종청의 허리 어림을 늑골과 함께 터뜨려 버렸다. 온몸을 쥐어짜는 듯한 비명 소리는 뼈마디가 조각나고 살이 뜯겨지는 소리에 묻혀 들리지도 않았다.

사람들의 눈에는 종청이 몸을 날렸다가 단리백과 부딪쳤고, 그 충격으로 박살 난 것으로밖에는 보이지 않았다. 하지만 그 순간의 일격이 빚어낸 결과는 참으로 참혹했다.

터엉.

거의 두 동강이 나다시피 허리가 뜯겨져 나간 종청의 시신이 바닥에 떨어졌다. 그리고 뒤늦게 쏟아지는 자욱한 피비가 그의 시신을 적셨다.

"……!"

치가 떨릴 만큼 잔혹한 죽음 앞에 중인들은 그대로 얼어붙고 말았다.

그런 그들을 단리백의 칼날 같은 시선이 훑고 지나갔다.

"다음은 누구지?"

"……."

아무도 나서는 이가 없었다. 이미 두 명의 고수가 단 일 초만에 주검이 되어버렸다. 이와 같은 상황에서 선뜻 앞으로 나설 만큼 정신 나간 인물이 몇이나 될까.

심지어 명현자와 그를 에워싼 집법사자들 마저 한순간 공방을 잊고 아연한 표정으로 단리백을 바라보고 있었다.

그때였다.

"그렇게 내 처남을 죽인 것인가?"

철탑처럼 거대한 체구를 지닌 사내가 중인들을 헤치며 앞으로 나섰다. 그리고 뒤이어 울상을 하고 있는 괴상한 차림의 도사와 흉측하게 생긴 커다란 가위를 어깨에 짊어진 노인, 마지막으로 헌앙한 체구에 준수한 외모를 지닌 중년인이 모습을 나타냈다.

단리백은 단번에 그들이 누구인지 알 수 있었다. 지금까지 상대했던 자들과는 확연히 다른 기도가 느껴졌기 때문이다.

아마도 처음 나선 자가 만수산장의 주인인 수왕일 것이고, 음울한 표정을 짓고 있는 도사가 불확점복, 장의사 복장을 하고 있는 사이한 늙은이가 사망유희일 것이다. 마지막으로 나선 이가 자신과 함께 삼왕에 이름을 올리고 있는 권왕 홍적문임은 의심할 여지도 없었다.

단리백이 홍적문을 바라보며 냉소를 흘렸다.

"듣던 소문과 다르군."

홍적문의 얼굴이 순식간에 붉어졌다. 그라 해서 단리백이 자신을 비웃는 이유를 모를 리 없었다.

명리에 초탈하고자 했다. 더불어 하늘을 우러러 오점을 남기지 않는 삶을 살고자 했다. 하나 그 이유가 어찌 되었든 자신은 이미 진흙탕에 발을 디뎠고, 눈앞에 서 있는 단리백을 쓰러뜨리지 않고서는 자신의 전부라 할 수 있는 가족을 살려

낼 방법이 없었다.

단리백과 차마 시선도 마주하지 못한 채 홍적문이 입을 열었다.

"미안하오."

그 말을 끝으로 홍적문은 입을 다물어 버렸다. 그 이상 말해 무엇 할 것인가? 이해해 줄 리도, 이해해 주기를 바라지도 않았다. 다만 앞으로는 뼈가 부러지고 피가 튀는 싸움만이 기다리고 있을 뿐이었다.

"나머지 한 명은 어디 있지?"

단리백의 질문에 종리청이 눈살을 찌푸리며 한곳을 바라봤다.

멀찍이 자리한 큼지막한 바위, 그 뒤엔 다 헤어진 누더기를 걸치고 머리를 산발한 앙상한 체구의 노인이 겁먹은 표정으로 주위를 두리번거리고 있었다.

종리청과 눈이 마주친 종여서생이 고래고래 소리를 질렀다.

"너는 나를 죽이려하는구나! 나를 풀어주기 위해 이곳에 데려온 게 아니었어! 그렇지? 너는 나를 죽이려고 하는 거지?"

"당장 저들과 합류하시오. 이번 싸움이 끝나면 당신에게 자유를 주겠소."

종리청의 말에 종여서생은 마구 고개를 흔들었다.

"못해! 나는 못해! 나는 여기서 싸울 수 없어!"

말이 끝나기 무섭게 종여서생은 한 웅큼의 흙을 집어 들더니 입에 집어넣고 우물거렸다. 게다가 개처럼 코를 킁킁거리기도 하고 펄쩍펄쩍 뛰기도 하며 미친 사람마냥 머리를 흔들었다. 그러다 다시 바위 뒤로 모습을 숨기곤 고개만 내밀어 종리청과 단리백을 번갈아 바라보았다.

그의 모습과 행동은 영락없는 광인의 그것이었다. 그 어디에서도 십대고수의 위엄과 존재감은 찾아볼 수 없었고 정신 나간 노인의 가엾은 몰골만이 그가 보여준 전부였다.

인상을 잔뜩 찡그린 채 종리청이 한숨을 흘렸다. 애초부터 미친 노인에게 기대를 거는 것이 아니었다. 온전한 정신이었을 당시 종여서생은 십대고수 중 상대하기 가장 까다롭다 손꼽히는 자였다. 하지만 지금의 그는 십대고수라 부르기도 민망할 정도로 피폐해져 있었다. 혹시나 하는 일말의 기대조차 실망으로 바뀌고 마는 순간이었다.

하나 이 자리의 어느 누구도 이를 이상하게 여기는 사람이 없었다. 이미 그가 미쳐 있다는 소문이 전 무림에 파다하게 퍼진 터라 모르는 이가 없었기 때문이다. 오직 단리백만이 종여서생의 기묘한 행동에 차가운 안광을 번뜩이며 주변을 살필 뿐이었다.

자신들은 거들떠보지도 않는 단리백의 행동에 사도명이 얼굴을 씰룩였다.

"소문만큼 잘 싸우는지 두고 보겠다."

쿵.

진기를 끌어올린 사도명이 발걸음을 옮길 때마다 바닥이 움푹 꺼지며 깊은 족적이 새겨졌다.

비교적 먼 곳에서 막 시작하는 그들의 싸움을 주시하던 종리청이 입을 연 것도 그때였다.

"하운."

"말씀하십시오."

"집법사자를 제외한 나머지 인원을 수색에 동원해라. 그리 멀리 달아나진 못했을 것이다."

일부러 단리백을 흔들어놓기 위해 큰 소리로 외치는 종리청이었다.

단리백의 미간이 꿈틀거렸다. 호계상의 발이 아무리 빠르다 한들 아직 임소하는 정양을 벗어나지 못했을 것이다. 제아무리 강호사사라 한들 수백 명에 달하는 고수들을 상대로는 승산이 없었다. 더욱이 임소하를 지키며 싸운다는 것은 불가능에 가까웠다.

그런 단리백을 향해 조소를 던지던 종리청이 두 눈을 부릅떴다.

돌연 눈앞에서 붉은 섬광이 번뜩이나 싶더니 날카롭기 이를 데 없는 경기가 코앞에 이르러 있었던 것이다.

"총사!"

급히 종리청을 막아선 하운이 검을 휘둘러 이를 쳐내려 했
다.

따앙!

귀청을 파고드는 쇳소리가 울려 퍼졌다.

"큭."

짧은 신음을 흘리며 종리청이 어깨를 감쌌다. 그의 손가락
틈으로 검붉은 핏물이 뭉클거리며 흘러내리고 있었다.

그의 옆에서는 하운이 한바탕 피를 게워내더니 그대로 털
썩 주저앉았다. 그가 들고 있던 검은 허리가 부러진 채 바닥
을 뒹굴고 있었다. 정확히 단리백의 혈리탄을 막긴 했으나 그
충격을 견디지 못하고 검을 놓쳐 버린 것이다. 그의 손바닥
역시 피투성이가 되어 찢겨진 넝마와 다름없었다.

하운은 두려운 눈으로 단리백을 바라봤다. 의천맹 내에서
는 맹주인 남궁정과 오대세가의 가주들을 제외하고 가장 뛰
어난 무공을 지닌 그였다. 그런 그가 모든 힘을 쏟아 붓고도
단리백의 공격을 막아내지 못했다. 종리청의 가슴을 향해 날
아든 혈리탄의 궤도를 가까스로 틀어낸 것이 고작이었던 것
이다. 하지만 그 덕에 종리청은 심장이 관통당하는 치명상을
면할 수 있었다.

짧은 순간, 종리청과 단리백의 시선이 허공에서 얽혔다.

단리백이 입을 열었다.

"미리 말해두지. 네놈에겐 결코 편한 죽음이 기다리고 있

지 않을 거야."

임채성 부부의 죽음과 흑암보의 몰락. 이로 인한 모든 불행의 발단인 종리청을 단리백은 결코 용서할 수 없었다.

종리청은 소름이 쭉 끼쳤다. 뼛속까지 사무친 깊은 원한이 고스란히 담겨 있는 음성이었다. 그 안에 갈무리된 살기는 유부의 밑바닥에서나 느낄 수 있을 법한 지독한 공포를 담고 있었다.

두려움을 떨치기 위해 종리청은 더욱 목소리를 높여 하운과 사도명 일행에게 소리쳤다.

"하운! 어서 움직여라! 대협들께서는 그자를 상대해 주십시오!"

"알았소."

고개를 끄덕인 사도명이 단리백을 향해 성큼 다가섰다.

그렇지 않아도 부끄러워 죽을 지경이었다. 단리백이 종리청을 공격한 것을 자신 정도 되는 고수가 넋 놓고 지켜만 봤다는 사실에 얼굴이 화끈거렸다.

그와 동시에 의천맹의 다른 고수들을 인솔하기 위해 하운역시 신형을 일으켰다. 하나 아직 충격이 가시지 않은 듯 비틀거리는 그의 발걸음은 매우 위태로웠다.

하운이 막 명령을 내리려던 순간, 그의 신형이 굳어졌다. 여전히 사도명은 신경도 쓰지 않은 채 단리백이 품속에서 무언가를 꺼내 드는 것을 목격했기 때문이다.

붉은 용이 새겨진 한 자 남짓한 퉁소였다.

이처럼 살벌한 상황에서 한가하게 연주나 하자고 꺼내 든 것은 아닐 터.

하운의 뇌리를 벼락처럼 스치고 지나는 것이 있었다.

"음공!"

하운의 외침이 사라지기도 전에 온몸의 기혈을 그대로 증발시켜 버리고도 남을 것 같은 지독한 소음이 장내를 뒤흔들었다.

삐익!

"컥!"

단리백 주위에 포진해 있던 수십 명의 무인들이 파문을 일으키듯 차례대로 쓰러지기 시작했다. 저마다 한 사발이 넘는 피를 토하며 쓰러지는 그들의 얼굴에선 급격히 생기가 사라지고 있었다.

"으헝!"

가공할 내공이 담긴 엄청난 포효가 귀청을 때린 것도 그때였다.

퍼석.

주변의 바위가 산산이 부서지나 싶더니,

콰드드드드!

미친 듯이 요동치는 대기와 들썩이는 대지 사이에서 엄청난 광풍이 몰아닥쳤다.

단리백의 얼굴이 와락 일그러졌다.

"사자후……."

단리백의 시선이 홍적문을 향했다.

예상대로였다. 홍적문은 과도한 진기를 소모한 듯 핏기 한 점 없이 창백한 표정으로 거친 숨을 몰아쉬고 있었다.

공기의 진동에 공력을 싫어 상대에게 충격을 가하는 음공은 시전하기 까다로울뿐더러 대응 역시 쉽지 않았다. 홍적문은 결정적인 순간에 불문의 음공인 사자후를 터뜨려 단리백의 음공을 중화시킨 것이다.

주위에 즐비하게 쓰러져 있는 인영들을 쓸어보던 단리백의 얼굴에 진한 아쉬움이 떠올랐다. 가까운 곳에 있는 몇몇은 숨이 끊어진 자도 있었고, 재기 불능에 가까운 내상을 입은 자도 있었다. 하지만 그 수는 채 이십 명을 넘기지 않고 있었다. 단리백이 의도했던 바에 비하면 상당히 실망스러운 결과였다. 십대고수는 제외하더라도 적어도 의천맹 무인 대부분을 이 한 수로 죽일 수 있으리라 믿고 있었기 때문이다.

그나마 다행인 것은 연이은 두 번의 음공에 그들 대부분이 상당한 내상을 입은 터라 곧바로 움직일 수 없다는 점이었다.

단리백은 적룡소를 거둬 품속에 넣었다.

다시 한 번 음공을 시전하면 이 자리에 있는 대부분을 확실히 죽일 수 있었다. 지친 기색이 역력한 홍적문의 상태로 미루어 짐작하건대 연이어 사자후를 시전하는 것은 불가능할 것이다. 하지만 아무리 단리백이라 할지라도 음공을 시전하기 위해서는 막대한 내력을 소모해야 한다.

이미 음공을 사용하기 위해 본신의 내력을 끌어올린 단리백이다. 정해진 시간은 일 다향. 그 시간 안에 나머지 십대고수들을 쓰러뜨리기 위해선 내공 소모를 줄일 필요가 있었다.

그때였다.

사도명을 비롯한 능곡유와 오문호가 비틀거리며 먼지 속을 헤치고 나왔다.

"이런 제기랄! 아직도 귀가 멍멍하군! 대체 무슨 사술을 쓴 거야?!"

버럭 고함을 지른 사도명이 단리백을 향해 달려들며 냅다 주먹을 휘둘렀다.

단리백의 눈빛이 싸늘하게 가라앉았다. 그리고 그 역시 사도명을 향해 마주 신형을 날렸다.

스스스.

단리백의 전신에서 짙은 홍광이 아지랑이처럼 피어오르기 시작했다. 하나 이내 폭발할 듯 짙어진 핏빛 서기에 묻혀 단리백은 그 모습마저 희미하게 변했다. 극한까지 끌어올린 혈라강기가 처음으로 모습을 드러낸 것이다.

십대고수 간의, 그것도 오 대 일이라는 전무후무한 싸움.

향후 이백 년을 통틀어 가장 치열했다 전해지는 성양혈사(成陽血事). 그 처절하고도 지독한 싸움이 이제 막 시작된 것이다.

*　　　　*　　　　*

시선은 여전히 마풍영에게 고정시킨 채 호계상이 임소하를 향해 작게 속삭였다.

"싸움이 시작되는 즉시 앞으로 달려라. 절대 뒤를 돌아봐서는 안 된다."

"총관…….."

"걱정 마라. 우리들은 능히 제 한 몸 지켜낼 수 있다. 강호사사란 이름은 거저 얻어낸 게 아니야. 네가 그들의 수중에 넘어가는 것이야말로 우리가 가장 두려워하는 일이다. 그리되면 단리백 그놈이 결코 우릴 가만두지 않을 테니까."

그리고나서 슬쩍 임소하를 향해 웃어 보이는 호계상이다. 하나 호계상의 표정에 자리 잡은 굳은 결심을 짐작 못할 임소하가 아니었다.

호계상은 지금 목숨을 걸 각오를 하고 있었다.

강호사사 전원이 힘을 합친다 해도 호교마장을 상대로는 승산이 없었다. 게다가 호교마장뿐만이 아니었다. 동서남북을 점하고 있는 네 명의 절정고수. 그들에게서 느껴지는 기백은 과거 호계상이 경험했던 청성의 연청운과 비교해도 전혀 부족함이 없었다.

운이 좋아야 일각 남짓. 목숨을 건다 해도 임소하가 이곳을 벗어날 약간의 시간을 버는 게 고작일 것이다.

스르륵.

호계상의 팔에서 비단처럼 하늘거리는 면도가 풀려 나왔다. 그의 성명병기 혈영음도(血影陰刀)였다. 사염천을 비롯한 백무쌍과 위송령 역시 진기를 잔뜩 끌어올리며 전면을 응시했다.

한데 일촉즉발의 상황에서도 마풍영은 변함없이 여유로웠다. 오히려 강호사사를 바라보는 그의 눈매 위에는 가소롭다는 기색이 역력했다.

“지금!”

짧은 외침과 함께 호계상이 마풍영을 향해 신형을 날렸다. 이를 신호로 사염천은 동쪽으로, 그리고 백무쌍과 위송령은 각각 서쪽과 남쪽을 맡아 신형을 날렸다.

임소하는 호계상이 말한 대로 앞으로 달리기 시작했다.

촤라라락!

호계상이 혈영음도를 휘둘러 완벽히 임소하의 앞을 방비하며 마풍영과 그녀 사이를 차단했다.

마풍영의 입매가 비틀렸다.

“뭐 하자는 짓인지 모르겠군.”

피식 웃음을 머금은 마풍영이 전면을 가득 메운 은빛 그림자 속으로 손을 집어넣었다.

카라라락.

칼과 손이 부딪치자 허공에 새파란 불꽃이 튀어 올랐다. 순간 호계상은 알 수 없는 음유한 장력이 혈영음도의 그림자를 파고드는 것을 느꼈다.

찌익.

마치 예리한 가위가 비단을 자르듯 현란한 도영(刀影) 한가운데를 단번에 베어낸 마풍영의 손이 그대로 호계상의 목을 잡아왔다.

"……!"

호계상의 표정이 굳어졌다. 그 안에 담긴 웅혼한 기세는 도저히 그가 감당할 성질의 것이 아니었던 까닭이다. 그러나 호계상은 한 걸음도 물러서지 않았다. 오히려 한 발을 성큼 앞으로 내디디며 혈영음도에 진기를 주입했다.

모든 것이 이 한 수에 달려 있었다. 마풍영이 방심하고 있는 지금이 그들에게 주어진 유일한 기회였다.

허공에서 어지럽던 혈영음도의 은빛 그림자가 일순 종적을 감췄다. 대신 하늘거리던 도신이 빳빳하게 펴지며 마치 한 자루 창처럼 마풍영의 목을 찔러갔다.

그와 같은 변화는 마풍영조차 짐작하지 못한 것이었다.

퍽!

"큭!"

마풍영의 일장에 어깨를 얻어맞은 호계상의 신형이 주르

륵 뒤로 밀려났다. 하나 마풍영의 공격은 이어지지 않았다.

마풍영이 의외란 표정으로 자신의 목 언저리를 만졌다. 손바닥 가득 끈적한 핏물이 만져졌다. 고개를 틀어 피하긴 했으나 혈영음도의 날카로운 이빨에 피부가 길게 베어진 것이다.

그사이 임소하는 마풍영을 지나쳐 오 장 정도를 달려가고 있었다.

“염열(炎熱).”

마풍영의 음성에 북쪽을 맡고 있던 사람이 모습을 나타냈다. 작달막한 체구에 짙은 구레나룻을 기른 사내였다.

‘제길!’

호계상이 내심 욕설을 삼켰다. 이번 일격으로 마풍영의 허를 찔러 그에게 부상을 입힌 다음 염열이란 자를 상대하는 게 본래의 계획이었다. 하나 가볍게 얻어맞은 것 같은 마풍영의 일장으로 인해 전신의 기혈이 들끓어올라 한 걸음도 움직일 수 없었다. 더구나 마풍영은 피부가 베어졌을 뿐 이렇다 할 부상은 찾아보기 힘들었다.

더 이상 마풍영의 방심을 이용한 공격은 소용이 없을 것이다.

염열을 상대하기 위해선 마풍영에게 고스란히 등을 내줘야만 했다. 그것이 얼마나 무모한 일인지를 알면서도 호계상이 막 신형을 날리려 했을 때였다.

“큭!”

돌연 염열이란 자가 신음을 흘리며 쓰러졌다. 그리고 그의 등 뒤로 한 사람이 모습을 나타냈다.

"유 노인!"

호계상의 외침에 유장령이 한숨을 내쉬며 고개를 흔들었다.

"이 나이 들어 고작 강호사사의 뒤치다꺼리나 해야 하다니."

유장령을 발견한 마풍영의 눈에 이채가 떠올랐다. 암습이었다곤 하나 일격에 염열을 쓰러뜨린 무위도 무위였지만, 그조차 유장령이 지금까지 모습을 숨기고 있음을 눈치 채지 못한 것이다. 그러고 보니 낯선 얼굴이 아니었다. 분명 흑암보에서 마주쳤던 노인이 분명했다.

무언가를 깨달았다는 듯이 마풍영이 고개를 끄덕였다.

"그렇군. 당신이 살황이었어."

유장령이 빙그레 웃으며 마풍영을 바라봤다.

"알아봐 줘 고맙네."

"흑점을 지원한 이유가 당신을 포섭하기 위해서였으니까."

"역시 자네들이었군. 그렇다면 곽자문 또한 자네들 일행이었겠군?"

"호규? 아아, 그랬지. 일행은 아니지만 내가 부리던 인물이 맞아. 타락한 청성의 기재. 쓰고 버리기 딱 좋은 자였지."

유장령이 어느새 자신의 지척까지 달려온 임소하를 향해 웃음을 머금었다.

"내가 도와줄 수 있는 건 여기까지 뿐이다. 이젠 너 홀로 위기를 헤쳐 나가야 할 것이야. 인사는 되었으니 열심히 뛰어라. 그리고 저들이 찾지 못하게 꼭꼭 숨어라."

무언가 말을 하려던 임소하는 이내 고개를 끄덕이고는 유장령을 지나쳤다.

한데 무슨 영문에선지 마풍영은 임소하를 쫓지 않았다. 다만 쓰러져 있는 염열을 힐끗 바라보더니 유장령을 향해 질문을 던졌다.

"그는 죽었나?"

유장령이 고개를 저었다.

"그러고 싶었지만 그러지 못했네. 생각보다 그의 무공이 뛰어나더군."

말을 마친 유장령이 명아주 지팡이 끝을 염열의 등 뒤에 올려놓았다.

"움직이지 말게. 자네의 행동이 수하의 생사를 결정할 게야."

마풍영이 미미하게 인상을 찌푸렸다.

"좋은 생각이 아니군."

"마교의 인물들은 의리가 깊다고 알고 있지. 그것을 이용한다는 게 조금은 내키지 않지만 지금의 상황으로선 어쩔 수 없군."

"그러지 않는 게 좋을 거야."

마풍영의 말이 끝나기 무섭게 세 사람의 신형이 그 앞에 내동댕이쳐졌다.

호계상의 눈빛이 흔들렸다. 그들은 다름 아닌 사염천과 백무쌍, 그리고 위송령이었기 때문이다. 치열한 격전을 벌인 듯 그들의 옷은 넝마처럼 찢어져 있었고, 군데군데 핏물이 내비치고 있었다. 게다가 마혈과 아혈이 짚인 듯 바닥에 쓰러져 눈만 뒤룩뒤룩 굴리고 있었다.

그 뒤로는 사염천 일행과 만만치 않은 고초를 겪은 듯한 세 사람이 서 있었다. 각각 중합, 대열, 등활이라 불리우는 팔열지옥의 고수가 바로 그들이었다. 중합은 팔이 부러진 듯 어깨를 움켜쥐고 있었고, 대열은 머리카락과 옷이 검게 그슬려 있었다. 등활 역시 코가 주저앉고 다리를 절고 있어 결코 성한 모습이 아니었다.

마풍영이 웃었다.

"이젠 이쪽의 인질이 더 많아졌군."

유장령이 마주 웃었다.

"그들은 내게 인질로서 가치가 없다네. 자네 마음대로 하게."

유장령의 말에 사염천 일행이 잡아먹을 듯이 그를 노려봤다. 하나 유장령은 눈 하나 깜짝 않고 태연한 신색으로 말을 이어갔다.

“약속하지. 반 시진 후에 이자를 풀어주겠네. 하지만 그전에 자네들이 움직인다면 그 결과는 장담하지 못할 걸세.”

“어쩔 수 없군.”

마풍영이 쓴웃음을 머금었다. 그리곤 이미 한참을 달려간 임소하를 향해 크게 소리를 질렀다.

“나라면 그렇게 열심히 달리지 않겠소, 신녀! 당신이 우리와 멀어질수록 당신의 의숙은 그만큼 죽음에 가까워지고 있으니 말이오!”

유장령이 얼굴을 찌푸렸다. 단리백을 언급하는 마풍영의 말을 임소하가 뿌리치지 못할 거라는 걸 아는 까닭이다.

아니나 다를까, 슬쩍 고개를 돌리니 다시 되돌아오는 임소하의 모습이 눈에 들어왔다.

마풍영이 임소하를 향해 웃으며 입을 열었다.

“어째서 그토록 우리를 멀리하려 하는 겁니까?”

“당신들은 나를 잡으러 온 게 아닌가요?”

경계 어린 표정으로 대답하는 임소하의 모습에 마풍영의 얼굴엔 일순 어이없어하는 빛이 떠올랐다.

“이거 말도 안 되는 오해를 산 것 같군.”

슬쩍 웃은 마풍영이 중합을 비롯한 나머지 팔열지옥을 가리키며 말을 이어갔다.

“이들은 결코 당신을 해칠 뜻이 없습니다. 오히려 당신을 위협하는 존재들로부터 당신을 지키기 위한 자들이지요."

"그렇다면 어째서 당신은 의숙을 공격한 것이죠?"

임소하의 반문에 마풍영이 슬쩍 웃음을 머금었다.

"그건 어디까지나 그와 나의 개인적인 일입니다. 그리고 저는 어디까지나 호의로써 그를 대했습니다. 다만 그가 먼저 적의를 드러냈기에 같은 방식으로 대응했을 뿐이지요."

마풍영인 쓴웃음을 머금었다. 여전히 얼굴에서 의심을 지우지 못하는 임소하의 모습 때문이었다.

마풍영은 문득 짚이는 바가 있었다.

'죽어서도 도움이 안 되는 놈이군.'

과거 대규는 명성에 집착해 단리백을 죽이려 했고, 그 과정에서 임소하 역시 손과 어깨에 부상을 입었음을 기억해 낸 것이다. 결과적으로 그로 인해 임소하가 능력을 각성했고, 그녀가 천룡의 인을 물려받았음을 확인한 계기가 되었으나 대규의 얼간이 같은 행동 때문에 쓸데없는 오해를 사게 된 것도 분명했다.

마풍영이 쓰러져 있는 염열을 가리켰다.

"당신은 아마도 사람의 마음을 읽어낼 수 있는 힘을 가지고 있겠지요? 그의 마음을 읽어보십시오. 당신이라면 충분히 알 수 있을 겁니다. 제 말의 진위를 판단하는 데 이보다 좋은 방법은 없으리라 생각됩니다만?"

임소하가 잠시 주저했다.

한때는 폭주하는 힘을 제어하기 어려웠으나 마음의 안정을 회복한 지금은 무의식중에 이를 남발하지 않는 단계에 접어들고 있었다.

그동안 의식적으로 이 능력을 사용하지 않으려 노력한 그녀였다. 하지만 지금은 달리 방법이 없었다.

임소하는 쓰러져 있는 염열에게 다가가 그의 손을 잡았다.

임소하의 표정이 잠시 흔들렸다. 의식을 개방하기 무섭게 염열의 손을 통해 그의 마음이 파도처럼 밀려왔던 것이다.

'이건……!'

임소하는 놀라움을 금치 못했다.

염열에게서 처음 느낀 감정은 자신을 향한 경외심이었다. 거의 절대적이라 할 수 있는 맹목적인 믿음과 종교적 신념, 그리고 이를 바탕으로 자신에게 향해지는 그의 충성심은 임소하게 있어 커다란 충격이었다.

뒤이어 그의 생각을 알 수 있었다. 자신이 몸담은 명교와 교주, 그리고 자신이 그들에게 있어 어떤 의미를 가지고 있는지, 더불어 눈앞에 있는 마풍영을 그들이 얼마나 좋아하며 존경하고 있는지도. 또한 자신을 공격했던 대규에 대한 혐오와 분노 또한 여실히 느낄 수 있었다.

염열의 손을 놓은 임소하가 한숨을 터뜨렸다.

그런 그녀를 향해 마풍영이 입을 열었다.

"아직도 믿을 수 없습니까? 그들은 당신을 위해서라면 기꺼이 목숨을 던질 각오가 되어 있습니다. 당신이 원하신다면 이 자리에서라도 당장 증명을 해드리지요."

마풍영이 자신의 뒤에 도열해 있는 중합을 바라봤다.

"중합, 너는 신녀를 위해 목숨을 던질 준비가 되어 있느냐?"

"물론입니다."

"그렇다면 그 각오를 보여라."

"복명."

말을 마치기가 무섭게 중합이 임소하를 향해 깊이 부복했다.

"이렇게 신녀를 뵐 수 있어 영광이었습니다."

그리곤 자결을 하기 위해 번쩍 손을 들어올리는 중합이었다.

"그만두세요!"

비명 같은 임소하의 외침에 천령개를 내려치던 중합의 손이 머리 위 한 치쯤에서 멈춰 섰다.

임소하의 얼굴은 창백했다. 예상치 못한 마풍영의 명령과 망설임없는 중합의 대답, 그리고 이를 단호하게 실천하는 그의 행동에 전율마저 느껴졌다.

임소하가 마풍영을 노려봤다.

"당신은 정말 무서운 사람이군요. 어떻게 그런 명령을……. 당신도 그를 아끼고 좋아하잖아요. 그런데 어떻게……."

마풍영의 얼굴에 한줄기 쓸쓸한 웃음이 떠올랐다.

"그들은 제게 있어 혈육과도 같은 사람들입니다. 하나, 그보다도 당신의 존재는 우리에게 더욱 중요하기 때문입니다."

무언가 말을 하려던 임소하가 끝내 입을 다물었다. 그리곤 한참 동안 마풍영을 응시하다 그에게 다가섰다.

"소하야, 무슨 짓을!"

급히 자신을 붙드는 유장령의 손을 물리며 임소하가 입을 열었다.

"다른 건 몰라도 이것만은 알 수 있어요. 그가 마음먹는다면 누구도 이 자리를 살아서 벗어날 수 없다는 걸."

유장령은 그 말을 부정할 수 없었다. 비록 단리백에게 패하긴 했으나 그는 이제껏 자신이 보아온 어떤 고수보다 무서운 자였다. 어둠 속이 아닌 밝은 빛 아래 모습을 드러낸 이상 자신은 결코 그의 상대가 될 수 없었다. 아니, 암습을 하더라도 결과를 예상하지 못할 인물이 바로 그였다. 그는 유일하게 단리백과 비슷한 실력을 지닌 절정고수였던 것이다.

임소하가 고개를 돌려 마풍영을 바라봤다.

"제가 당신의 마음을 읽어봐도 될까요?"

마풍영의 얼굴에 난처함이 떠올랐다.

"그것만큼은 만류하고 싶군요."

"제게 숨기는 게 있나요?"

마풍영이 고개를 저으며 진심 어린 음성으로 입을 열었다.

“오해 마시길. 제 마음을 읽게 해드리는 것은 어려운 일이 아니나 결코 신녀께 기분 좋은 경험이 되지 않을 것입니다.”

“상관없어요.”

마풍영이 나직이 한숨을 흘렸다.

“그러시다면 기꺼이…….”

임소하를 향해 다가선 마풍영이 그녀 앞에 무릎을 꿇고 손을 내밀었다. 매우 공손하고 경건한 그의 태도에 호계상을 비롯한 중인들은 놀라움을 금치 못했다.

임소하가 마풍영의 손을 잡았다. 그리곤 마치 불에 덴 것처럼 화들짝 놀라 황급히 손을 뗐다.

마풍영이 쓰게 웃었다.

“그래서 만류한 것입니다.”

“당신은…….”

임소하는 말을 잇지 못했다. 비록 짧은 순간이었으나 그녀는 끝을 짐작할 수 없는 깊고 캄캄한 어둠을 느꼈다. 설명하긴 어려웠으나 그것은 끈끈하고 떨쳐 내기 힘든 악몽, 그리고 절망 그 자체였다. 그리고 이는 분명 낯선 느낌이 아니었다. 과거 얼핏 느끼긴 했으나 단리백으로부터 이와 비슷한 경험을 한 적이 있었던 것이다.

마풍영 그에게도 있었다, 온통 어둠뿐인 심연의 나락이. 그래서 그녀는 끝 모를 두려움이 엄습해 자신도 모르게 그의 손을 떨쳐 낸 것이다.

그렇다고 아주 소득이 없는 건 아니었다. 적어도 마풍영이 자신을 속이지 않고 있다는 것을 깨달았기 때문이다.

임소하가 마풍영을 향해 입을 열었다.

"당신에게 묻고 싶은 게 있어요."

"말씀하십시오."

"의숙께서 처한 상황이 위험한가요?"

마풍영이 고개를 끄덕였다.

"그는 결코 살아서 그곳을 빠져나올 수 없습니다."

"하지만 의숙은……."

"물론 그의 무공은 천하제일입니다. 저조차 그를 감당하기 벅찬 게 사실이니까요. 그래도 결과는 변하지 않습니다."

마풍영의 말이 이어졌다.

"그와 직접 싸워본 제가 누구보다 그의 실력을 잘 알고 있습니다. 하나 결코 호교마장 둘 이상을 동시에 감당할 수 없습니다. 십대고수 중 하위에 속한 삼왕과 사괴라 할지라도 그 수가 다섯에 이른다면 그에겐 승산이 없습니다."

"그런……."

"게다가 지금까지 그의 행보로 미루어 짐작컨대 의천맹은 결코 그를 살려두지 않을 것입니다. 그를 기다리는 것은 확실한 죽음뿐이지요."

"……!"

급격히 핏기가 사라져 창백해진 임소하를 바라보며 마풍

영이 슬쩍 운을 떼었다.

"하지만 방법이 없는 것도 아닙니다."

임소하는 자신도 모르게 손을 뻗어 마풍영의 옷자락을 쥐었다.

"어떻게 하면 의숙을 구할 수 있죠?"

임소하의 질문에 마풍영은 별것 아니라는 듯이 입을 열었다.

"당신이 그를 구하면 됩니다."

임소하는 당혹감을 금치 못했다.

"어떻게요? 전 그만한 힘이 없어요."

마풍영이 웃으며 자신을 가리켰다.

"잊으셨습니까? 우리는 기꺼이 당신의 명령에 따를 준비가 되어있습니다. 단……."

마풍영의 얼굴에서 웃음이 사라졌다.

"제게 약속을 해주셔야 합니다, 저와 함께 본 교에 돌아가시겠다는."

임소하의 눈빛이 흔들렸다.

정확한 이유는 알 수 없었으나 어머니인 명려군이 명교로부터 자신의 존재를 숨기기 위해 중원에 왔다는 것을 알고 있었다. 분명 거기엔 이유가 있을 것이다. 그래서 임소하는 선뜻 마풍영의 제안을 수락할 수 없었다.

이를 짐작한 듯 마풍영이 입을 열었다.

"당신은 아직 저희에게 명령할 권리가 없습니다. 하지만 신녀로서 명교에 돌아오신다는 약조를 하신다면 언제든지 저희는 당신의 명령을 따를 것입니다."

"소하야, 안 된다! 그자의 감언이설에 속지 마라! 네 어미가 명교로부터 벗어나려 한 것에는 필시 그만한 이유가 있을 것이다! 게다가 네 의숙도 이를 반대하지 않았느냐? 네가 명교에 입교하면 네 의숙은 크게 실망한 것이다!"

호계상의 외침에 임소하가 질끈 입술을 깨물었다.

반면 마풍영은 자욱한 살기가 일렁이는 눈으로 호계상을 노려봤다.

"네놈 따위에게 발언권을 준 기억은 없는데?"

흠칫하며 물러서는 호계상을 향해 마풍영이 걸음을 옮기기 시작했다.

"그를 해치면 전 명교에 가지 않을 거예요!"

임소하의 외침에 막 호계상을 향해 일장을 내갈기려던 마풍영이 한차례 이를 갈더니 천천히 손을 내려놓았다.

임소하가 마풍영을 향해 입을 열었다.

"그 대답… 이 자리에서 해야 하나요?"

"가능하시다면……."

"나를 의숙이 있는 곳에 데려다 주세요. 그분과 상의한 다음에 결정하겠어요."

마풍영이 가볍게 한숨을 흘렸다. 그리고 임소하를 향해 고개를 숙였다.

"미리 말씀드렸다시피 당신은 아직 제게 명령을 내릴 수 없습니다. 하지만 당신이 만류한 덕분에 나는 중합을 잃지 않아도 되었습니다. 그에 대한 답례로 당신을 그가 있는 곳까지 모셔다 드리겠습니다. 하지만 제가 당신의 부탁을 들어드리는 것은 이것이 마지막입니다."

"알겠어요."

임소하가 고개를 끄덕이자 마풍영이 지극히 공손한 태도로 손을 내밀었다. 임소하가 자신의 손을 잡자 마풍영은 가볍게 그녀를 안아 들었다. 그리곤 한줄기 바람이 되어 장내에서 사라졌다.

검단곡을 향해 신형을 날리는 한편 마풍영이 중합을 향해 전음을 날렸다.

"그들을 제거한 후 팔한지옥과 합류해 검단곡으로 와라."

"하지만 그들을 죽이는 건……."

"그들은 신녀의 발목을 잡는 장애물일 뿐이다. 그들의 존재가 신녀로 하여금 결정을 망설이게 하고 있어."

"하지만 만약 신녀께서 이에 대해 묻는다면?"

"내가 말하지. 뜻하지 않은 사고란 늘 있는 법이니까."

"복명."

이미 마풍영의 마음을 읽는 과정에서 끔찍한 경험을 한 임소하는 감히 그의 마음을 들여다볼 엄두를 내지 못하고 있었

다. 그렇기에 지금 마풍영이 중합에게 내린 명령은 짐작할 수
도 없었다. 다만 단리백이 무사하기를 바라는 마음만이 뇌리
에 가득할 뿐이었다.

*　　　*　　　*

소리조차 없었다.

무언가 눈부신 빛이 번쩍이나 싶더니, 이를 깨달았을 때는
급기야 살아 있는 듯 꿈틀대는 한 마리 핏빛 용이 어깨에 날
카로운 이빨을 박아 넣고 있었다.

"……!"

사도명은 무림에 나선 이후 처음으로 경악을 느꼈다. 이미
금강지신(金剛之身)을 이뤘다 자부하는 그였으나 이런 걸 정
통으로 맞고도 몸이 남아날지 의문이었다. 아니, 그전에 두려
움이 밀려왔다.

달려가는 속도를 줄이기엔 이미 늦은 상황. 사도명은 철묵
강기(鐵墨剛氣)를 극성으로 끌어올리는 한편, 혈리탄이 날아
드는 궤적에서 벗어나기 위해 있는 힘껏 상체를 틀었다.

쩌엉!

"큽!"

질끈 깨문 사도명의 입술을 비집고 한줄기 신음이 터져 나
왔다. 비껴 맞은 것이 분명한 데도 어깨가 송두리째 뜯겨져

나가는 것 같았다.

충격을 견디지 못해 비틀거리던 사도명은 삼 장 정도를 주르륵 밀려나고 나서야 간신히 몸을 바로 세울 수 있었다.

슬쩍 고개를 숙여 바라보니 잘게 바스러져 먼지처럼 흩어지는 의복 사이로 검붉은 피멍이 눈에 들어왔다. 강호무림을 통틀어 최강의 외문기공임을 자랑하는 철묵강기를 대성한 이후 처음 있는 일이었다.

"어디다 한눈을 파는 거야!"

갑자기 들려온 외침에 사도명이 고개를 들었다. 그리고 어느새 코앞까지 접근한 단리백을 부릅뜬 눈으로 바라봤다.

"크압!"

발작적인 외침과 함께 사도명이 힘껏 손을 휘둘렀다. 정묘함이라곤 느껴지지 않는, 초식도 뭐도 아닌 단순히 휘두르는 동작. 하나 그 안에 실린 위력은 단리백조차 무시할 수 없는 가공한 것이었다.

단리백은 본래 사도명의 빈틈을 노려 연격(連擊)을 퍼부으려 했다. 하지만 이를 위해 준비했던 암경을 거두며 눈부신 속도로 물러섰다. 아니, 물러섰다고 느낀 순간 다시금 거리를 좁혀 허공을 가르고 지나간 사도명의 손목을 낚아챘다.

까드득.

"……!"

이번에 놀란 것은 단리백이었다. 다섯 치 두께의 철판도 종잇장처럼 찢어발겨 버리는 염왕수를, 게다가 십이성 전력이 실린 자신의 손에 걸리고도 사도명의 손목은 으깨지거나 짓이겨지지 않았던 것이다. 그저 피부에 붉은 줄 몇 개가 그어졌을 뿐이다. 하지만 아무리 금강지신을 이뤘다 한들 고통마저 사라지는 것은 아니었나 보다.

훌쩍 물러선 사도명이 욱신거리는 손목을 움켜쥐고 단리백을 노려봤다. 그리곤 이내 노성을 터뜨리며 양손을 뻗어 단리백의 어깨를 잡아왔다.

차가운 냉소와 함께 단리백이 그의 손을 마주 움켜잡았다. 그대로 팔을 꺾어 부러뜨린 다음 팔꿈치로 관자놀이를 으깨 버릴 심산이었다. 한데…….

"큭."

단리백이 짧은 신음을 흘렸다. 사도명의 힘은 자신의 예상을 훨씬 웃돌고 있었다.

힘에서 우위를 점한 사도명은 기회를 놓치지 않았다.

"흐압!"

쫘자자작!

그의 상의가 갈가리 찢겨지나 싶더니, 꿈틀거리는 근육이 모습을 드러냈다. 유달리 긴 팔을 지닌 사도명이었다. 게다가 전력을 기울인 그의 팔은 단리백의 허벅지보다 훨씬 두꺼웠다. 극성으로 진기를 끌어올린 탓인지 본래 구릿빛이던 그의 피부는 먹물을 덧씌운 것마냥 새카맣게 변해 있었다.

“이대로 허리를 접어주마!”

단리백의 눈빛이 미미하게 흔들렸다. 사도명의 엄포가 두려워서가 아니었다. 그보다 그의 어깨 너머로 자신을 향해 달려오는 능곡유와 오문호의 모습이 눈에 들어왔기 때문이다.

이대로 손이 묶인 상태로는 그들을 상대할 방법이 없었다. 단리백은 발을 들어 사도명의 정강이를 걷어찼다.

까앙!

둔탁한 쇳소리가 울려 퍼졌다.

“흐흐, 그 정도론 어림없다.”

웃음을 흘린 사도명이 더욱 팔에 힘을 넣었다.

단리백의 얼굴에 난감한 표정이 떠올랐다. 하나 이는 나타날 때보다 더욱 빨리 사라져 가까이 있던 사도명조차 눈치 챌 수 없었다.

단리백이 재차 사도명의 정강이를 후려찼다.

까앙!

“소용없다니까.”

사도명의 비웃음에도 불구하고 단리백은 계속해서 그의 정강이를 걷어찼다.

깡! 깡! 깡! 깡!

연달아 터져 나오는 금속성과 함께 사도명의 얼굴에서는 점차 웃음이 사라졌다. 단리백보다 훨씬 큰 신장을 지닌 그다. 처음엔 분명 단리백을 내려다보고 있었는데, 지금은 그와 눈높이가 같아져 있었다.

"적당한 위치로군."

단리백의 서늘한 미소를 마주한 순간 사도명은 등골이 오싹해졌다.

그 순간,

"피해!"

능곡유의 외침에 주위를 둘러보던 사도명의 눈빛이 급격히 흔들렸다. 마주 잡은 단리백의 양손을 통해 섬뜩한 무언가가 흘러나와 자신의 팔을 타고 오르고 있었다. 그리곤 자신의 어깨 어림에 이르러 살아 있는 뱀처럼 꿈틀거리더니 한순간 날카로운 핏빛 화살로 변해 귓속으로 파고들었던 것이다.

처음에 비해 위력은 현저히 줄어 있었으나 그 안에 담긴 예리함은 처음 못지않았다.

단리백이 노리는 바를 깨달은 사도명의 얼굴이 핼쑥하게 변해 버렸다. 아무리 철묵강기라 해도 단련할 수 없는 부위는 존재하는 것이다. 단리백이 흘린 날카로운 기운이 고막을 뚫고 들어와 머릿속을 헤집는다면 제아무리 그라 할지라도 죽음을 피할 수 없었다.

체면이고 뭐고 없이 사도명은 그대로 넙죽 엎드렸다.

콰앙!

무거운 격중음, 비산하는 핏빛 광채가 한순간 모든 사람들의 주위를 집중시켰다. 어떤 자세, 어떤 부위를 통해서도 무형의 기를 유형의 힘으로 만들어 공격할 수 있는 혈리탄의 위력에 놀란 것이다.

팟.

단리백의 손을 놓은 사도명이 황급히 물러섰다. 아직도 허공에는 붉은 모래를 뿌려놓은 것처럼 혈리탄의 잔재가 남아 있었다.

이를 보는 사도명은 뒷목이 서늘해졌다. 조금만 늦었어도 자신은 머릿속이 곤죽이 되어버리고 말았을 것이 틀림없었다.

이때 능곡유와 오문호가 사도명을 스쳐 지나갔다. 그리곤 그대로 단리백을 양쪽에서 협공하기 시작했다.

언제 뽑아 들었는지 능곡유는 등에 메고 있던 열두 개의 깃발 중 자(子)와 인(寅)이 새겨진 깃발을 양손에 거머쥐고 쌍창을 휘두르듯 단리백을 공격했다.

오문호 역시 자신의 성명병기인 탈명교를 검처럼 사용해 단리백의 전신 요혈을 찔러오고 있었다.

사전에 손발을 맞춘 것은 아니었으나 그들의 공격은 마치 아귀가 잘 맞는 톱니바퀴처럼 쉴 새 없는 연환 공격으로 이어졌다.

단리백의 눈에서 짙은 안광이 폭발한 것도 그때였다.

소리없이 주위에 암경을 흘린 단리백이 일제히 이를 격발시켰다.

퍼엉!

"욱!"

능곡유의 입에서 답답한 신음성을 흘러나왔다.

내부를 뒤흔드는 강력한 일격! 더구나 폭풍처럼 짓쳐 드는 강력한 경력에 방향을 잃은 유룡기(游龍旗)가 오히려 자신을 덮쳐 오고 있었다.

깃발을 놓으며 물러선 능곡유가 이번엔 축(丑) 자와 해(亥) 자가 쓰여진 깃발을 뽑아 날아드는 두 개의 깃발을 걷어냈다. 하나 단리백의 공격은 아직 끝난 것이 아니었다.

치리리릭!

섬뜩한 소리와 함께 뼛속까지 서늘한 무언가가 바닥에서 솟구치고 있었다. 눈에는 보이지 않았으나 그것이 음유한 진기가 예리한 칼날로 변화한 것임을 깨달은 능곡유는 급히 허공으로 신형을 뽑아 올렸다.

콰자작!

눈 아래서 토막토막 잘리는 깃발의 모습이 섬뜩함을 자아냈다. 더구나 이 장 높이까지 몸을 띄웠음에도 불구하고 몇 가닥 암경의 칼날에 쓸린 듯 오른쪽 허벅지가 화끈거렸다.

"컥!"

답답한 신음 소리가 들려온 것도 그때였다.

고개를 숙여 아래를 바라보니 옆구리를 움켜쥔 채 황급히 물러서는 오문호의 모습이 보였다. 하나밖에 남지 않은 독안에서 연신 살기를 흘리고 있었으나 감히 단리백에게 덤벼들지 못하는 그의 모습은 평소 그답지 않게 상당히 위축되어 있었다.

단리백이 신형이 곧장 능곡유를 향해 쏘아졌다.

'망할!'

내심 오문호를 향해 욕설을 내뱉는 능곡유였다. 어떡해서든 단리백을 붙들어 자신이 반격할 시간을 만들어줘야 할 게 아닌가.

허공에 떠 있는 상태에서는 유룡기를 제대로 다룰 수가 없었다. 뿐만 아니라 내공을 끌어올려 방비하기에도 이미 늦었다.

"큭!"

급한 대로 단리백의 머리를 향해 발길질을 하던 능곡유가 신음을 터뜨렸다. 나름 적지 않게 수련한 원앙각(鴛鴦脚)이었으나 채 다섯 번도 펼치지 못하고 단리백의 손에 발목이 움켜잡혀 버린 것이다.

능곡유의 신형이 허공에서 뚝 떨어졌다.

발목이 으스러질 것 같은 고통에 능곡유가 잔뜩 얼굴을 찡그렸다. 하나 어느새 눈앞에 어른거리는 홍광을 발견하고는 얼굴에서 핏기가 사라졌다.

그때였다.

슈욱!

묵직한 파공음이 허공을 찢었다.

단리백은 일장에 능곡유를 때려죽이려 했으나 이를 포기해야만 했다. 견정혈을 향해 날아드는 매서운 경력을 무시할 수 없었기 때문이다.

염왕수를 시전한 단리백의 손이 붉은 궤적을 남기며 방향을 틀었다. 그리곤 그대로 암기처럼 날아드는 둥근 물체와 부딪쳤다.

쩡!

귀청을 때리는 충격음과 함께 단리백의 상체가 휘청했다.

단리백은 놀란 눈으로 암기가 날아온 곳을 바라봤다. 오른팔에 기다란 염주를 감아쥔 채 자신을 향해 손을 뻗고 있는 홍적문의 모습이 보였다.

"보리탄주(菩提彈珠)!"

단리백의 예상은 정확했다.

독특한 경로로 진기를 운행하여 둥글게 오므린 검지 위에 염주 알을 올려놓고 엄지를 튕겨내는 방식. 전대 소림의 나한각주였던 공능(功能) 대사 이후 익힌 이가 전무하다 알려진 소림의 무상신공(無上神功)인 보리탄주가 홍적문을 통해 모습을 드러낸 것이다.

그 위력은 탄궁 따위와는 비교도 되지 않을 만큼 빨라서 육안으론 쫓을 수도 없고, 위력 또한 세 장을 겹친 한 치 두께의 철판을 관통한다 알려져 있었다. 게다가 홍적문이 들고 있는 염주는 나무를 깎아 만든 평범한 염주가 아닌, 특별한 강철을 제련해 만든 철염주(鐵念珠)였다.

이미 내공을 회복한 듯 홍적문의 전신에서는 금강역사(金剛力士)를 연상케 하는 강렬한 투지가 느껴졌다.

순간 홍적문이 연달아 염주알이 튕겼다.

쉬리리릭!

강맹한 회전을 동반한 염주 알의 위력은 단리백조차 만만히 볼 수가 없었다. 결국 단리백은 능곡유를 잡고 있던 손을 풀고 양손을 번갈아 휘둘렀다.

따다다당!

연거푸 터져 나오는 충격음과 더불어 움푹 찌그러진 염주알이 사방으로 튕겨 나갔다.

능곡유는 그 순간을 놓치지 않고 재빨리 천근추(千斤墜)를 시전했다. 그의 신형이 유성처럼 바닥을 향해 뚝 떨어졌다.

눈앞에서 능곡유를 놓친 단리백은 노한 눈으로 홍적문을 노려봤다.

예상을 훨씬 웃도는 충격이었다. 호신강기로 몸을 보호하고 있음에도 불구하고 욱신한 통증이 뼛속까지 파고들었다.

'좋지 않군.'

단리백은 점차 마음이 조급해지기 시작했다. 지금 이 순간에도 시간은 계속 흐르고 있었다.

일 다향은 결코 긴 시간이 아니었다. 하나 단리백에게는 충분한 시간이었다. 그 어떤 고수라도 일 다향 안에 저승의 문턱에 밀어 넣을 자신이 단리백에게는 있었다.

그럼에도 불구하고 아직 아무도 쓰러진 사람이 없었다.

이미 두 번의 기회가 있었지만, 일방적인 우세를 점하고 있음에도 불구하고 결정적인 순간에 상대에게 치명타를 안기지 못했다. 이는 확실히 단리백에게 불리하게 작용하고 있었다. 일 다향의 시간이 점차 짧게 느껴지기 시작했던 것이다.

그때였다.

"비켜!"

쇠 종을 울리는 듯한 쩌렁한 고함 소리가 허공을 울렸다.

단리백은 소리가 들려온 곳을 향해 고개를 돌렸다.

사도명의 모습을 확인한 단리백의 눈빛이 가볍게 흔들렸다.

엉거주춤하게 서서 기다란 양팔을 바닥에 늘어뜨린 사도명의 모습은 커다란 성성이의 모습을 보는 것 같았다. 하지만 그 모습이 결코 우스워 보이지 않았다.

그도 그럴 것이, 만 근 바위를 옮기듯 사도명의 얼굴에선 연신 빗줄기 같은 땀이 흘러내리고 있었다. 뿐만 아니라 더없이 느리게 움직이는 그의 양손 사이로 흐릿한 서기가 점차 구체의 형태로 뭉쳐지고 있었다.

사도명이 힘겹게 양손을 뻗어 허공을 후려쳤다. 그 순간 그의 양손 사이에 맺혀 있던 구체가 폭발하듯 짙어지더니 선명한 푸른빛을 띠었다.

투웅.

거대한 북을 두드리는 소리와 함께 마차 바퀴만 한 크기의 구체가 사도명의 손을 떠났다.

쿵쿵쿵쿵!

정작 이를 던진 사도명조차 그 반탄력을 이기지 못해 무려 네 걸음이나 물러섰다. 그것도 등 뒤를 받친 바위가 아니었다면 오 장 가까이 밀려났을 것이다.

눈앞으로 날아드는 구체를 바라보던 단리백의 얼굴이 딱딱하게 굳어졌다.

사도명은 단순히 단단한 몸과 인간을 뛰어넘는 힘 때문에 십대고수에 오른 것이 아니었던 것이다.

단리백은 급히 천강마벽을 끌어올렸다.

고오오오.

한차례 대기가 출렁이나 싶더니 단리백의 전면으로 핏빛을 아우른 거대한 강기 벽이 모습을 드러냈다. 하나 천강마벽 너머로 어른거리는 단리백의 표정이 결코 밝지만은 않았다.

　장담하건대 당금 무림에서 천강마벽을 맨몸으로 받아낼
수 있는 인물은 아무도 없을 것이다. 제아무리 동피철골(銅皮
鐵骨), 금강불괴라 해도 마찬가지였다. 단순한 위력을 떠나
천강마벽 자체가 지닌 극강(極剛)의 성질은 세상에서 가장 단
단하다 알려진 금강석마저 가루로 만들 만큼 지독한 압력을
담고 있기 때문이었다. 하지만 위력에서 이를 넘어서는 무공
이 없으리란 법도 없었다.

　단리백이 알기에 천강마벽의 위력을 뛰어넘는 무공은 오
직 두 가지뿐이었다.

　심검, 또는 심즉살의 경지에 이른 무인의 공격. 다른 하나
가 천극뇌정추(天極雷霆墜)였다. 그리고 자신의 예상이 틀리
지 않았다면 방금 사도명이 던진 푸른 구체가 바로 천극뇌정
추일 가능성이 높았다.

　순간 강력하기 그지없는 두 개의 신공이 허공에서 충돌했
다.

　번쩍!

　갑작스럽게 쏟아지는 빛무리에 중인들은 화들짝 놀라 뒷
걸음질쳤다. 그리고 그 섬광의 정체가 강기와 강기가 충돌하
며 빚어낸 현상이라는 것을 깨닫는 데는 그리 오랜 시간이 걸
리지 않았다.

　엄청난 굉음이 천지를 뒤덮으리라 예상했지만 의외로 격
돌은 고요했다. 천강마벽과 천극뇌정추 사이에 존재하는 엄

청난 압력이 주변을 완벽하게 진공상태로 만들어 버렸기 때
문이다. 하지만 이로 인해 빚어진 결과는 중인들을 아연실색
하게 만들기 충분했다.

『촉산혈성』 4권 끝

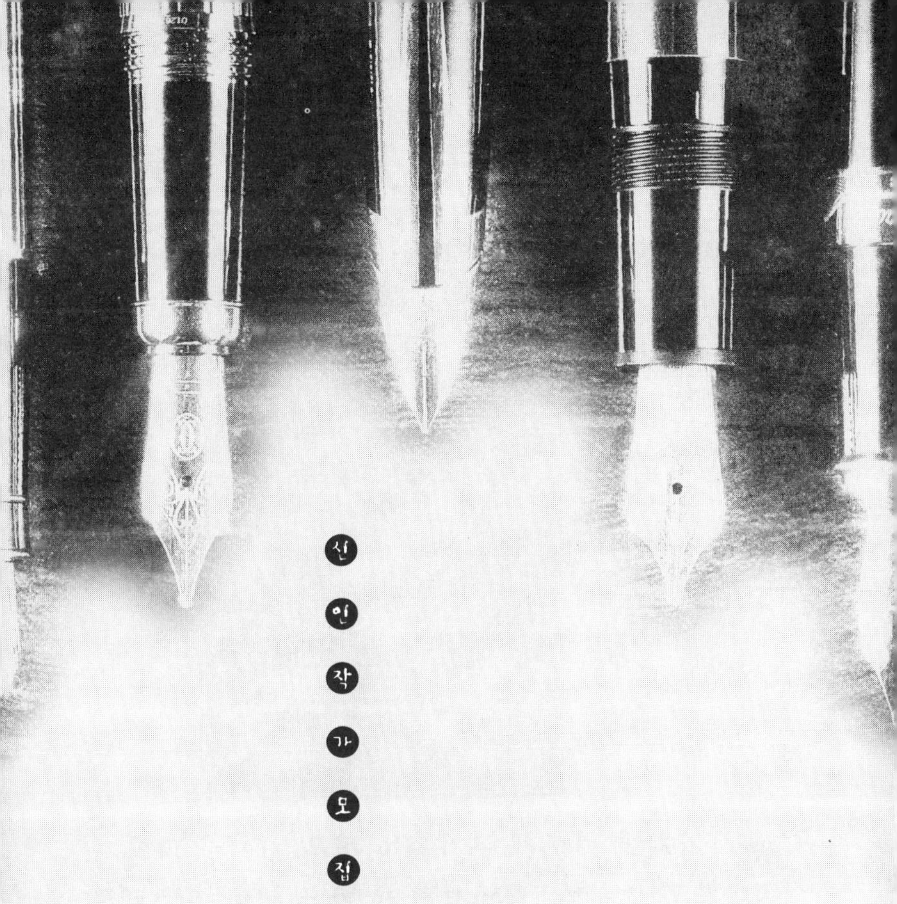
신

인

작

가

모

집

시작이 반이라고 했습니다.
작가의 길에 대한 보이지 않는 벽을 과감히 깨뜨리십시오!
청어람은 작가 지망생 여러분들의
멋진 방향타가 되어드리겠습니다.

저희 도서출판 청어람에서는
소설 신인 작가분들을 모집합니다.
판타지와 무협을 사랑하시는 분들의 많은 참여를 바랍니다.
소정의 원고(A4용지 150매)를 메일이나 우편으로 보내주시면
검토 후 출판 여부를 알려드리겠습니다.

주소:경기도 부천시 원미구 심곡1동 350-1 남성B/D 3F 우편번호420-011
TEL:032-656-4452 · FAX:032-656-4453
http://www.chungeoram.com
e-mail:chungeoram@chungeoram.com

지금 유전자가 말하는 사랑과 성의 관한 솔직 대담한 진실이 펼쳐집니다!

남편의 후광을 등에 업는 것은 까마귀와 인간뿐…

모두에게 바보 취급받던 독신 암컷이 단번에 인생대역전을 해서
서열 1위인 수컷의 아내 자리를 차지하게 될 수도 있다는 말입니다.
모든 여성이 이상형의 남자와 결혼할 수 있는 것은 아닙니다.
적당한 선에서 타협하여 적당한 사람과 결혼하지요.
하지만 솔직히 말해서 당연히 멋진 남자가 더 좋지 않겠습니까?
따라서 여성은 생각합니다.
'그럼 어떻게 하지? 유전자만이라면 가질 수 있어!'
그리하여 장기계획형이나 단기승부형과 같은 여러 가지 방법의
외도가 생겨나는 것입니다.
물론 모든 여성이 이를 실행에 옮기지는 않습니다.

하지만 기회가 있다면 어떨까요?
다른 조건과 이미 타협을 봤다면?
남편이 사소한 일은 눈치 못 채는 둔한 남자라면?
뭔가 유전자의 음모가 느껴지지 않습니까?

실패를 모르는 남자 선택법!
「내 남자친구는 왼손잡이」 법칙

어째서 여성은 왼손잡이 남성에게 마음이 끌리는 걸까요?

여기서 기억해야 할 것은 몸의 좌우와 뇌의 좌우는 원칙적으로 반대 관계라는 점입니다.
따라서 왼손잡이 남성은 우뇌가 발달했습니다.
발달했다는 사실이 왼손잡이를 통해 반영된 것입니다.

그리고 두 번째로 생각해야 할 것은 우뇌는 남성 호르몬의 일종인 테스토스테론에 의해 발달한다는 점입니다.
요약하자면 왼손잡이 남성은 우뇌가 발달했는데, 그것은 테스토스테론 수치가 높기 때문입니다.
그것은 다름 아닌 생식 능력이 높다는 것을 의미하지요.

「내 남자 친구는 왼손잡이」에 감춰진 의미는… 내 남자 친구는 생식 능력이 높아… 인 것입니다.

입소문을 통해 아는 분은 다 알고 계십니다!
올 한해 공인중개사 최고의 화제작!

1~2권 합본 | 이용훈 지음
3~4권 합본 | 이용훈 지음
5~6권 합본 | 이용훈 지음
용어 해설 | 이용훈 지음

수험생 기본 필독서
만화 공인중개사

제목 : 만화공인중개사 쓰신 분에게 감사드립니다.

학원을 두 달 다녔어요. 근데 과연 그 숫자 외우기 그런 게 몇 문제나 나올까 생각을 했어요.
아니라는 생각이 드네요. 학원강의를 뒤로하고 서점을 갔어요. 내 머리에 가장 이해될 수 있는
책이 없나 하구요. 거기서 만화를 발견했어요. 무조건 세 번 봤어요. 3개월 걸렸어요. 문제집을 보라고
했는데 그건 시행을 못했어요. 근데 합격을 했네요.
어떻게 감사의 말을 해야 될지……
도서관에서 만화책 들고 다니니까 사람들이 비웃더라구요. 만화책으로 공인중개사를 공부한다고
미친 사람처럼 보더라구요. 근데 그거 다 감수하고 했던 내가 자랑스럽습니다.
어떻게 감사의 말을 해야 할지… 정말 감사합니다.
부디 행복하세요. 제 나이 41살에 좋은 스승을 만난 것 같습니다.
엎드려 감사드립니다.

ᅳ본사 홈페이지에 독자분이 올린 메일 中 에서 발췌ᅳ